GOLDEN STATE OF *Mind*

NICHT
DIE TYPISCHE
HOLLYWOOD-LOVESTORY

Impressum

Sarah Knapp
Bruhnstraße 2a
40225 Düsseldorf
E-Mail: contact@the-writing-fox.com
Website: www.sophiemauve.de
Instagram: https://www.instagram.com/sophie.mauve.author/
TikTok: https://www.tiktok.com/@sophie.mauve

Lektorat und Korrektorat: Stephanie K. Foster
Coverdesign und Umschlaggestaltung: Florin Sayer-Gabor - www.100covers4you.com
Unter Verwendung von Grafiken von Adobe Stock: Banphote
Buchsatz: Melanie Gurenko (Wolftribe Autorenservice)

Druck: epubli – ein Service der Neopubi GmbH, Berlin

Für das Paar, das mir am Tag meiner Abreise ein Handy geliehen hat.

Damit ich den Vermieter des airbnb in Los Angeles kontaktieren konnte, der einfach mal den Code zu meinem Zimmer geändert hat, während ich kurz ohne Handy im Bad war.

Danke!

Ohne euch hätte ich meinen Rückflug verpasst.

Oder ich hätte das LAPD kontaktiert und eine Tür aufbrechen lassen.

Das wäre auch interessant geworden – für den Plot.

P.S.: Keine Sorge, er wollte mich nicht absichtlich aussperren. Er musste scheinbar das System neu starten und meinte, es genügt, mir nach der Zahlencodeänderung Bescheid zu geben …

TRIGGERWARNUNG

Los Angeles und die Filmbranche in Hollywood sind so herrlich kaputt.
Das spiegelt sich auch in der Handlung dieses Buchs wider.
Du wirst hier auf Menschen treffen, die sich mit Alkohol und anderen Drogen von der Realität ablenken und auf solche, die ihre Wut nur schwer unter Kontrolle haben. Solltest du zufällig ein traumatisierter Kinderstar sein, wird dieses Buch für dich ein ambivalentes Erlebnis sein. Falls du jemals Probleme mit Stalking hattest, ist die Geschichte ebenfalls mit Vorsicht zu genießen. Aber in Wahrheit ist Demi ja keine Stalkerin, also gibt es doch eigentlich nichts zu befürchten … oder?

SOUNDTRACK

Wenn jemand einen Soundtrack seines Lebens kuriert, dann Demi. Diese kleine Liste hat sie deswegen für all diejenigen zusammengestellt, die ihre Geschichte noch intensiver fühlen wollen:

I'm Tired – Labrinth with Zendaya (*weil Euphoria!*)

Fire on Fire – Sam Smith (*das Lied zu meinem Löwentanz*)

E.T. – Katy Perry (»*Boy, you're an alieeeeen!!!!*«)

Paparazzi – Kim Dracula (*sorry, aber das ist der perfekte Titelsong*)

The Point of No Return – Andrew Lloyd Webber (*für Nick, er mag das scheinbar*)

Infinity – Jaymes Young (*wegen der Poolparty*)

I'm Good (Blue) – David Guetta & Bebe Rexha (*auch von der Poolparty*)

Welcome to the Jungle – Guns N' Roses (*die schönste Erinnerung mit River* <3)

Turbo Killer – Carpenter Brut (*und eine Erinnerung an die guten Zeiten mit Rose*)

Burn Butcher Burn – Joey Batey & Joseph Trapanese (*es tut mir irgendwie leid, dass wir das getan haben*)

Cry Little Sister – Gerard McMahon (*für meine Feststellung über die Vampire und Werwölfe und Menschen*)

Running Up That Hill – Kate Bush (*wer von euch konnte die Szene wirklich fühlen?*)

One of Us – Tom Snow & Jack Feldman (*für das Indie-Filmteam und für alle, die da draußen für mehr Gleichberechtigung kämpfen*)

Blood // Water – grandson (*ich liebe diesen Song und er wurde mir kaputtgemacht*)

Oh, Pretty Woman – Roy Orbinson (wenn Rose sagt, das würde passen …)

Singin' In The Rain – Gene Kelly (Nick und Rivers Song)

Bad Blood – Taylor Swift (haha, wortwörtlich böses Blut, fällt mir gerade auf!)

Industry Baby – Lil Nas X & Jack Harlow (ich musste den Song hier irgendwo unterbringen)

Happy Birthday to You (fragt lieber nicht …)

weitere Songs werden noch im Text erwähnt und sie sind auch hier zu finden:
https://open.spotify.com/playlist/2ocWqySUZtPquvbVDPusSH

PROLOG

Er hing an einer steinernen Klippe aus Plastik, dann fiel er in ein tosendes Meer aus Matten. Fünf Sekunden nach dem unsanften Aufprall schrie seine Freundin nach ihm. Nick konnte nicht anders, er musste genervt seufzen. Er tat es aber so leise, dass es die Mikrofone kaum erfassen konnten. Warum war Kate hier? Sie war die letzte Person, die er am Set sehen wollte. Seine Freundin ignorierte seinen Wunsch. Kaum durfte der geplagte Mann eine kurze Pause machen, kam ihm eine über beide Ohren strahlende Kate entgegengesprungen. Ihre Hände verschwanden sofort unter seiner Kleidung, während die halbe Filmcrew zuschauen konnte. Nick war nicht begeistert. Doch so wie er jede seiner Rollen professionell spielte, machte er auch bei diesem Spiel mit. Es schaffte es noch nicht, sich endgültig zu trennen. Die Presse. Sie würde sich wieder auf ihn stürzen, zerfleischen, nichts mehr von ihm übrig lassen außer abgenagten Knochen. Mal wieder. Böser Herzensbrecher Nick, arme verlassene Kate. So oder so ähnlich würden die Schlagzeilen lauten.

Trotz seines wachsenden Unmutes folgte er der nach Parfüm duftenden Kate in seinen Trailer. Dort könnte er wenigstens in Ruhe mit ihr reden. Doch sie hatte einen Plan und er wusste von nichts.

SEQUENZ 1

Die Red Line der Metro ratterte durch Hollywood. Türen zischten beim Aufgehen und quietschten beim Zugehen. Noch mehr müde Gestalten schlurften in die Bahn. Niemand von uns wollte hier sein, aber jeder musste von A nach B kommen. Ein Hauch von Gestank tanzte durch den Wagon, dann kam Kälte hinterher. Ich zog meine Beine näher an meinen Körper, die Kapuze meines Sweatshirts zog ich mir tiefer ins Gesicht. So versank ich wieder in meinem viel zu grell leuchtenden Handybildschirm. Wie die meisten Menschen hier. Gelangweilt scrollte ich durch Instagram, während der Untergrund von Los Angeles an mir vorbeirauschte. Es musste die zwölfte oder dreizehnte Stelle in meinem Feed sein, als ich an einem schwarzweißen Bildnis hängen blieb. Genauso eins hatte ich mir erhofft. Mein Ziel war aber nicht das Foto selbst, sondern die Kommentare darunter. Die waren mal wieder der sabbernde Hit.

Ich entdeckte Flammen, Gesichter mit Schweißausbrüchen und zweideutiges Obst und Gemüse, gefolgt von einer Menge Geseufze und niederknienden Personen. Ein Nutzer sagte, Gott solle Gnade mit ihm haben. Ein paar zensierte Flüche der Erregung waren auch mit von der Partie. Wenige User hatten etwas Intelligenteres zu sagen. Zum Beispiel erwähnten manche ihre liebsten Filme, in denen Nick Morgan, der Mann auf dem Foto, aufgetreten war. Nick freute sich bestimmt über diese Aussagen. Ich aber hielt nur Ausschau nach der ersten Art von Kommentaren. Ich suchte sie, weil sie aussprachen, was ich dachte.

Es war schon amüsant. Fans weltweit versammelten sich unter solchen Bildern und teilten ihre erstaunlich ähnlichen, nicht besonders gesitteten Gedanken miteinander – und Nick posierte viel zu selten für Fotos dieser Art. Deswegen stürzten sich alle wie hungrige Hyänen auf die seltenen Exemplare. Obwohl, hungrig war das falsche Wort. Heute sagte man dazu ›thirsty‹, also durstig. Ich war genauso ›dehydriert‹ wie all die anderen hier. Aber die trauten sich immerhin, ihre Gefühle mitzuteilen. Während ich mir dafür – ironischerweise, denn Nick wurde bald vierzig – zu alt vorkam. Lieber betrachtete ich die Worte der anderen, als sei ich Wissenschaftlerin auf einer Feldstudie. Die besten Kommentare erhielten zustimmende Likes.

Ich schloss dieses Chaos, das sich Kommentarspalte nannte, und lehnte mich gegen die Scheibe der U-Bahn. Sie war nicht so kalt wie erhofft. Mit der vibrierenden Scheibe an meiner Schulter nahm ich mir endlich einen Moment, das Foto anzusehen. Mein Blick blieb vor allem an diesem Mund mit dem kaum angedeuteten Lächeln hängen. Ich sah es sehr lange an, schnaubte leicht, träumte. Damit der Typ neben mir nicht sah, was ich da anstarrte, drehte ich den Bildschirm von ihm weg. Worüber ich nicht nachdachte, war, dass die Scheibe hinter mir einen perfekten Spiegel darstellte. Der Kerl könnte also genau sehen, was ich krampfhaft zu verstecken versuchte. Aber er war in seiner eigenen Welt versunken, mit Kopfhörern auf den Ohren. Ich interessierte ihn einen kalten Dreck.

Gerade wollte ich das Handy wieder wegpacken, als mir auffiel, dass ich die Caption noch gar nicht gelesen hatte. Darin stand, dass das Foto für das Empire Magazine geschossen worden war. Das ›Model‹ trug ein helles Shirt. Seine Augen lagen im Schatten, was sie aber nicht weniger eindringlich machte. Die Haare waren absichtlich durcheinander und wieder so lang, wie er sie früher getragen hatte. Der Dreitagebart passte gut dazu. Die Bildbeschreibung sprach von einem Artikel zum Foto. Darin ging es um die Zukunftspläne des Schauspielers: Gerade war bekannt geworden, in welchem Film er als nächstes spielen würde. Eine Art *Haus des Geldes*, nur eben als Film statt als Serie, und im futuristischen Setting einer Raumstation. Nick sollte die Hauptrolle übernehmen, einen Weltraumpiraten namens Dorianth. Um mehr zu erfahren, musste man die Zeitschrift kaufen oder ein Abo abschließen. Sollte ich auf dem Weg in die WG eine holen, überlegte ich – als ich einmal erstickt auflachte und mir selbst mit der flachen Hand an die Stirn schlug. Ich Idiot. Warum war ich da bisher nie draufgekommen? Es war so f*cking naheliegend. Vielleicht hatte ich es einfach nie für realistisch gehalten.

Ich sprang auf, wollte aus der Metro aussteigen, nur um festzustellen, dass ich meine Station schon verpasst hatte. Nicht so wichtig, die Busse kurvten hier überall herum und im Nullkommanichts würde ich zuhause sein und recherchieren können. Ich rannte also zur nächsten Bushaltestelle, stolperte dabei beinahe über eine streunende Katze und sprang im letzten Moment durch die Tür. Ich wollte gerade durchatmen, da fuhr der Bus ruckartig los und es riss mich beinahe von den Beinen. Also flog ich erst mal durch den halben Gang. Zum Glück waren hier überall Griffe.

Ich sah mich um. Eine blonde, kleine Frau, sichtlich auf Drogen, bot mir einen Platz neben sich an. Da sonst nichts frei war, nahm ich das Angebot an. Dann fragte sie mich, ob ich ein guter Mensch wäre oder ob ich Trump mochte. Ich verriet ihr, dass ich hoffte, nie wieder etwas über diesen Mann zu hören. Sie fragte mich daraufhin, ob ich Lust hätte, mal mit ihr Nussbrot zu backen. Ich lächelte sie an, ohne verbindlich zuzusagen. Sie fing an, ein Lied zu summen und sich über die Mietpreise zu beschweren. Willkommen in Los Angeles.

In der WG angekommen schmiss ich meinen Rucksack auf mein ungemachtes Bett. Sofort hockte ich mich auf meinen löchrigen Schreibtischstuhl, ein Bein ausgestreckt, eins angewinkelt. Ich schlug das Magazin auf, das ich noch schnell am Kiosk besorgt hatte. Etwas in mir war so unruhig, dass ich den Text kaum lesen konnte. Ich überflog das Interview bloß, verarbeitete nur einzelne Wörter in meinem davongaloppierenden Gehirn. Da war es wieder. Das verboten gutaussehende Schwarzweißfoto im hellen Shirt. Ich wollte so einiges tun. Aber jetzt musst du dich zusammenreißen, Demi, sagte ich mir selbst. Du hast einen Plan. Du musst ihn nur noch ausführen. Das schaffst du.

Ich öffnete die Casting-Call-Website und suchte nach dem Projekt *Orion Nebula*. So sollte der Film heißen. Sofort flogen mir die Suchanzeigen entgegen.

Es wurde eine nette ältere Dame gesucht. Nein, so weit war ich noch nicht.

Einer der Piraten (am besten ein großer Mann, breit gebaut) stellt sich als Doppelspion heraus. Auch diese Rolle war noch unbesetzt. Nö, auch nix. Wobei … es wäre lustig, sich einfach mal darauf zu bewerben und die Reaktionen abzuwarten.

Oh, da war doch was: »Geisel gesucht. Alter, Geschlecht und Optik egal. Verschiedene Rollen zu vergeben, Statisten, Komparsen und Kleindarsteller in mehreren Szenen. Schauspielerfahrung erwünscht.«

Ich starrte noch ein paar Sekunden auf die Anzeige, bevor ich akzeptierte, dass sie real war. Das war keine Halluzination und auch keine meiner beinahe maladaptiven Tagträumereien. Sie war echt. Man konnte sich tatsächlich, quasi ohne Anforderungen, für den nächsten Film von Nick Morgan bewerben.

Mir war auf einmal nach einem Schnaps, aber der hätte meine Pläne zunichtegemacht. Denn jetzt musste ich eine Bewerbung aktualisieren und optimieren und ein Castingvideo drehen. Es fühlte sich merkwürdig an, die verstaubte Kamera nach all der Zeit wieder aus dem Regal zu holen und auf Rec zu klicken. Es rauschte und klackerte ein wenig, als ich den Knopf drückte, was in mir ein wohliges Nostalgiegefühl auslöste. Ich kochte mir noch schnell einen billigen Instantkaffee, dann schaltete ich die Tageslichtlampe an. Helles, gleißendes Licht knallte auf die Wand, die mal blank gewesen war. Jetzt hing sie voll mit Fotos und Deko, von der ich nicht mehr wusste, woher sie kam. Nach fünf Minuten war alles weg, außer Sicht in einer Kiste. Ich hatte meinen Hintergrund wieder. Wieder klickte ich Rec. Es klackte. Ich konzentrierte mich. Und los.

Eigentlich hatte ich mich längst damit abgefunden, mein Leben lang im TCL Chinese Theatre nur hinter der Theke zu stehen und überteuertes Popcorn zu verkaufen. Seit der letzten Ablehnung waren meine Ambitionen nicht mehr die größten gewesen. Namenlose Geisel in einer Weltraumbank war jetzt auch nicht unbedingt die Traumrolle. Aber genau das erhöhte die Chancen! Ich meine, wer würde sich dafür schon so richtig ins Zeug legen?

Ich filmte mich selbst, wie ich mit Geistern sprach und wegen nichts verzweifelte.

Gestresst und panisch auszusehen, fiel mir heute leicht. Nur fünf Versuche, schon war ich zufrieden. Ich wählte die Dateien aus, dann drückte ich auf Absenden.

Erst jetzt, als das Adrenalin sich etwas zurückzog, merkte ich, wie müde ich war. Und hungrig. Zum Glück war noch Suppe von gestern da, die wärmte ich mir auf. Ich warf mich damit aufs Sofa. Zwei Spritzer Suppe konnten sich nicht mehr in der Schüssel halten. Florian, mein deutscher Mitbewohner, rückte murrend zur Seite. Gerade noch rechtzeitig zog er einen Stapel Notizblätter zu sich. »Kannst du nicht gucken, wo du dich hinpflanzt?«, grummelte er.

»Sorry, bin gedanklich woanders.«

»Wo diesmal?«

»Nicht weit von hier.«

»Studio City?«

»Jepp.«

»War klar.«

Damit stand Florian auf, nahm seine Uni-Notizen mit und verschwand in seinem Zimmer. Ich schaltete Prime ein und wählte *Euphoria* aus, zweite Staffel. Die hatte ich zwar schon gesehen, aber ich liebte einfach die Atmosphäre dieser Serie. Wie cool wäre es, mal bei einem solchen Projekt mitzumachen? Nur halt mit Erwachsenen. Ich hatte mit meinen fünfundzwanzig Jahren nicht das Glück, noch so jung auszusehen wie Zendaya. Aber so was Kaputtes wie *Euphoria* konnte man sicher auch gut mit Studenten durchziehen. So wie *Spring Breakers* in Serienform. Ich geriet in bunte Fieberträume, schrieb und inszenierte gedanklich schon mein eigenes Drehbuch. Dann setzte die Musik von Labrinth ein und es donnerte im Hintergrund. Gewitter waren selten in L.A. Ich liebte die Stimmung, die sie verbreiteten. In der kleinen Wohnung mit Dachschräge wurde es durch das Prasseln des Regens noch viel gemütlicher als sonst. Ich kuschelte mich unter meine Decke mit dem Galaxy Print und schloss die Augen, so wie die Darstellerin auf dem Bildschirm gerade. Der Gefühlssturm der Serie brach über mich herein. Irgendwann schlief ich ein, noch immer mit dem Gewitter im Hintergrund und der dramatischen Musik aus dem Lautsprecher.

Heute musste ich nicht arbeiten, sondern konnte stundenlang im Internet versauern, um alles Mögliche über Nick und den geplanten Film in Erfahrung zu bringen. Leider war *Orion Nebula* keine Buchadaption. Sonst hätte ich mir diese Lektüre sofort gekrallt. Stattdessen schaute ich mir in den kommenden Tagen eine Reihe anderer Weltraumabenteuer an. Dann noch Piratenfilme, Mafiastreifen und ähnliche Storys, in denen Gefangene gemacht wurden. Um in die richtige Stimmung zu kommen, versteht sich.

Ein paar der Filme wollte Florian mit anschauen. Eines netten Abends saß auch seine Freundin Kalisha mit uns auf der Couch. Sie gehörte quasi zum Inventar der Wohngemeinschaft, so oft war sie hier. Auf dem Bildschirm flackerte der erste Teil von *Fluch der Karibik* vor sich hin. Kalisha mixte Cocktails.

»Wollen wir danach noch irgendwo hingehen?«, fragte sie aus der WG-Küche heraus, während Captain Jack Sparrow gerade vor sich hin philosophierte. »Ich meine, es ist Freitagabend und wir sind in unseren wilden Zwanzigern.«

Klar wollte sie noch ausgehen, dachte ich grinsend. Sie war perfekt gestylt, mit ihrem Gothic Look und den frisch gefärbten, blau leuchtenden Strähnen. Sogar ihre Brille war schwarz-blau. Dieser Look musste gesehen werden! Meiner war weniger sehenswert, ich sah aus wie aus dem Bett geschubst. Das war fast immer so. Kalisha und ich waren optisch das absolute Gegenteil. Das Kurvenwunder und das flache Brett. Die Elegante und der Tomboy. Wir hatten nur eine Gemeinsamkeit: gefärbte Haare. Meine waren mal pink gewesen. Jetzt waren sie verwaschen blond-rosa-gräulich. Dazu trug ich eine Baggyhose und ein noch weiteres Sweatshirt. Den Oversized Style hatte ich wirklich gepachtet.

»Sehe ich so aus?«, warf ich als Antwort zurück.

Kalisha lachte: »Du siehst immer so aus. Du kannst dich ja noch umziehen. Aber wenn ich heute nicht mehr tanzen kann, werde ich irre.«

Florian wollte auch raus aus der Wohnung. Er tanzte zwar nicht so gerne, dafür liebte er es, an der Bar neue Gesprächspartner zu finden. Von da aus sah er dann seiner Freundin zu und diskutierte mit seinen neuen Bekanntschaften über die Expansion des Universums oder das Sozialleben des Archaeopteryx oder irgendwas in der Art.

Ich war unschlüssig, ob ich noch vor die Tür wollte. Morgen war ich für die Mittagsschicht eingetragen, also sollte ich nicht allzu lange wachbleiben. Trotzdem hatte ich Lust auf Party. Da blinkte mein Handy auf.

Eine Nachricht vom Castingbüro!

Nach drei Fehlversuchen hatte ich endlich mein Handy entsperrt. Kurz hielt ich inne. Was, wenn es eine Absage war? Ganz ruhig, lass uns mal die Wahrscheinlichkeiten berechnen. Es war Freitag, fast acht Uhr abends. Machte sich um die Zeit noch jemand die Mühe, Zusagen zu verschicken? Oder war es nur eine generische, automatisch versandte Absage?

Vielleicht sollte ich mich erst mit Kalisha betrinken und dann die Nachricht öffnen.

Vielleicht war mir der Inhalt dann egaler.

Andererseits erschien mir jede weitere Minute unerträglich.

»Ahhhhrg!« Ich stolperte in die Küche und lehnte meinen Kopf an Kalishas Schulter. Dafür musste ich mich ziemlich weit herunterbeugen. Es sah bestimmt bescheuert aus, aber ich brauchte jetzt ihre starke Schulter.

»Was denn? Was brennt dir auf der Seele, Demi?«

»Casting«, seufzte ich.

Kalisha brauchte mehr Information: »Was für ein Casting?«

Jetzt lehnte ich mich an die Arbeitsplatte der Küche. »Ich habe zum ersten Mal seit Äonen mal wieder eine Bewerbung verschickt. Bei diesem Film spielt jemand mit, mit dem ich gerne mal zusammenarbeiten würde. Und jetzt kam die Antwort und ich will sie nicht lesen und mach mir in die Hosen.«

»Mal *zusammenarbeiten?*« Sie lächelte verschmitzt. »Darüber musst du mir mehr erzählen! Aber kein Problem, wenn du willst, öffne ich die Nachricht für dich.« Kalisha meinte es ernst und sie meinte es freundlich. Kurz bedachte ich ihr Angebot. Dann merkte ich, dass es sich falsch anfühlte, wenn sie es zuerst erfuhr. Da musste ich selbst durch. Ich kniff die Augen zusammen. Tu es einfach. Kurz kam ein Schub von heftiger Nervosität. Doch schon als ich mich überwunden hatte, die Mail zu öffnen, verpuffte die Angst und machte der Konzentration zum Lesen Platz.

»Liebe Frau Shaw, Ihre Bewerbung passt zu dem, was wir suchen. Wir würden Sie gerne am …«

Mehr musste ich nicht lesen. Das genügte an Information. Wo und wann der Spaß stattfand, war egal.

Ich hatte ein Ja erhalten. Nur das zählte.

Party-ja-yeah-und-Remmidemmi!

Alles in mir wurde kribbelig.

Ich schnappte Kalisha mit einer eleganten Drehung ein Glas vor der Nase weg. Sie wollte die Drinks noch ein wenig dekorieren, kam jetzt aber nicht mehr dazu. Schon hüpfte ich ins Wohnzimmer. Florian schaute auf und verdrehte die Augen. Dann grinste er mich an: »Jetzt will ich aber, dass du ein gutes Wort für meine Story einlegst.«

»Ja, ja, klar, mach ich, Mister Stephen King Junior.«

Wir stießen miteinander an. Auf unseren gemeinsamen Abend, meinen kleinen Erfolg und auf den Unsinn des Lebens, der natürlich 42 lautete. Außerdem darauf, dass wir keine Stubenhocker waren. Denn nachdem Jack Sparrow lebendig davongekommen war, durchstreiften wir tatsächlich noch die Straßen von Silver Lake. Wir kehrten in eine Bar ein, in der sich die Studierenden der USC tummelten. Hier nahm es niemand so genau mit den Ausweisen, deswegen war der Laden so beliebt. Ich bestellte einen Mojito. Mit dem Glas in der Hand tanzte ich mit Kalisha, als wäre sie Nick. Sie hatte nichts dagegen einzuwenden. Der Bass vibrierte durch unsere Körper und die Cocktails ließen ihre Wirkung erblühen. Ich fühlte pure Euphorie. Hätte ich am nächsten Tag nicht arbeiten müssen, wer weiß, wie lang die Nacht noch geworden wäre.

So ging ich um kurz nach eins allein nachhause. Florian übernachtete bei Kalisha, die Wohnung gehörte nur mir. Das nutzte ich für einen angetrunkenen Abschlusstanz in der Küche. Mit einer Gummilöwenmaske, die mir irgend so ein Typ mal zum Geburtstag geschenkt hatte. Zum Gesang von Sam Smith als Löwe durch die Küche tanzen, hat seine eigene Art von Stil. Das dachte ich zumindest in diesem Moment.

Zehn quälende Tage später saß ich endlich im Warteraum und freute mich darauf, einer gelangweilten Jury auf die Nerven zu gehen. Es stand viel auf dem Spiel.

Im Anhang der E-Mail hatte noch ein Ausschnitt des Skripts gehangen. Darin ging es um die Szene, in der Dorianths Gang in die Weltraumbank mit den wertvollen Rohstoffen stürmte und die Mitarbeiter und Kunden kalt überraschte. Speziell in meinem Dokument war eine Notiz hinzugefügt worden, dass ich vielleicht eine ›besondere Geisel‹ sein würde. Eine Erbin, die das Vermögen ihres Vaters an diesem Tag auf sich selbst übertragen wollte. Mein Alter und so weiter würden zur Rolle passen.

Im Warteraum saßen wirklich alle möglichen Menschen und es waren ziemlich viele. Wenn man darüber nachdachte, war das zu erwarten gewesen. Es gab kaum Voraussetzung für die Rollen. Außer, dass man in irgendeiner Form Schauspielerfahrungen haben musste; und es war für eine Major-Produktion. Jeder, der mal einen Anfängerkurs besucht hatte, versuchte sein Glück. Eine besonders hoffnungsvolle junge Schauspielerin zitterte links von mir mit den Beinen. Sie war höchstens zwanzig Jahre alt. Ihr Make-up war grell, was an so einem Tag nicht unbedingt von Vorteil war. Man sollte lieber neutral aussehen, damit die Eigenheiten des Gesichts besser zur Geltung kamen. Die junge Frau las bestimmt zum zehnten Mal dieselben drei Seiten

Skript. Nach jedem Durchgang kämmte sie sich die Haare, sprühte sich mit Deo ein und frischte auch sonst einiges auf. Ich war überrascht, wie wenig sie mich bisher gestört hatte. Meine Stimmung wechselte erst zu genervt, als das Mädchen das Bedürfnis verspürte, sich vorzustellen.

»Ich bin Stella. Wer bist du? Warst du schon mal hier? Ich habe den Weg kaum gefunden und erst recht keinen Parkplatz.«

»Bist ja aber rechtzeitig hier.« Ich zuckte mit den Schultern.

»Ja, weil ich fast eine Stunde extra eingeplant hatte.« Sie zeigte ihre übermenschlich strahlenden Zähne. Kurz schwieg Stella, dann quasselte sie mich weiter voll: »Bei wie vielen Filmen oder Serien warst du schon?«

»Drei, die im Kino oder bei Netflix gelaufen sind.«

»Oha. Voll cool.«

»Naja, viel ist das nicht.«

»Ja, aber du warst schon in welchen. Glückwunsch dazu. Weißt du, was lustig ist? Ich bin nur auf die Idee gekommen, Schauspielerin zu werden, weil ich Stella heiße. Weißt du, weil das Stern bedeutet. Wie ein Filmstar.«

»Vielleicht hatten es deine Eltern ja heimlich geplant.«

Stella runzelte die Stirn, als würde sie ernsthaft darüber nachdenken. »Meinst du? Die sind gar nicht so die kreativen Leute.«

Ich zeigte ihr nun offen, dass ich keine Lust auf dieses Gespräch hatte: »Was weiß denn ich, ich kenne sie nicht. Darf ich mich jetzt konzentrieren?«

Stella wollte noch etwas sagen, aber zum Glück wurde in diesem Moment mein Name aufgerufen: »Demetria Natalie Shaw, Hazel Shirley, Justin Fred Tackett.«

Jetzt erst wurde mir bewusst, dass wir schon die ganze Zeit in alphabetischer Reihenfolge aufgerufen wurden. Stellas

Nachname musste weit hinten im Alphabet stehen. Außer uns saßen nur noch eine Handvoll Menschen im Raum.

Ich ging in das Büro. Hazel, Justin und ich, wir alle sahen uns unsicher an. Doch schon nach wenigen Sekunden verschwand dieser Blick, denn in so einer Situation durfte man nicht unsicher aussehen. Der Casting-Direktorin fiel es natürlich trotzdem auf. Klar, sie musste die feinsten Züge von Emotionen erkennen. »Uns läuft die Zeit davon, wir müssen schneller machen. Also drei von euch auf einmal«, erklärte sie die Vorgehensweise. »Stellt euch auf!«

Wir drei Kandidaten stellten uns in einer Reihe auf. Wir sollten unsere Bewerbungsunterlagen nochmal angeben, unsere Namen in die Kamera nennen und dann direkt loslegen. Ein Praktikant der Produktionsfirma würde heute Dorianth verkörpern. Innerlich musste ich darüber schmunzeln, weil er für einen Schurken zu jung und unschuldig aussah. Andererseits tat Nick Morgan das für sein Alter auch und das machte die Rolle erst so interessant. Als wäre Peter Pan jetzt selbst Pirat geworden.

Der Praktikant hielt uns eine Spielzeugwaffe vor die Nase, wir Geiseln sollten schreiend in die Ecke rennen. Wenn der erste Schuss ertönte, mussten wir absolut still sein. Dann durfte nur noch das Gesicht sprechen, die heftige Atmung und die zitternde Körperhaltung. So viel zur Regieanweisung.

Schon die Atmosphäre des Raums, mit den Postern an der Wand, der aufgestellten Kamera und den verwendeten Begriffen, zog mich mit voller Macht zurück in die Filmwelt. Ich sah mich schon mit Nick Morgan über den roten Teppich schreiten. Er posierte zurückhaltend, aber professionell. Ich machte es ihm nach, nur selbstbewusster. Blitzlichtgewitter. Champagner auf der Aftershowparty. Whiskey auf

Eis auf der Afteraftershowparty. Ich auf seinem Schoß, während er noch eine Flasche orderte. Ich merkte gar nicht, wie sich meine Haltung so veränderte, dass sie perfekt zur reichen, eingebildeten Erbin passte.

Dann startete der Praktikant seinen Überfall. Sofort war ich voll drin. Er schrie. Ich demonstrierte Todesangst.

Man könnte meinen, das sei schwierig.

Aber das war es nicht. Einerseits würde ich behaupten, dass sich die Schauspielschule gelohnt hatte. Die Bühnenscheu hatte ich sowieso schon vor langer Zeit abgelegt. Andererseits spielte ich hier eine Rolle, die mich in das Leben meines Celebrity Crushs bringen konnte. In so einem Moment schauspielerst du nicht mehr. Dann ist es echt.

Na gut, die Situation ist vielleicht eine andere. Ich wurde nicht wirklich gleich von einem Weltraumpiraten erschossen. Aber die Intensität der Gefühle ist echt. Das innere Beben und die Aufregung. Die überbrodelnde Motivation. Die hellwache Aufmerksamkeit. Alles, was dich in solchen Momenten packt – es funktioniert. Kanalisiere es in das, was im Skript steht (oder sich aus der Improvisation ergibt) und nichts kann dich mehr halten.

Hätte ich damals doch schon gewusst, dass … ich fing einen Gedanken an, der mich seit Jahren ärgerte, und da kam die Wut. Die Wut, die auch unterschwellig in der Erbin pulsierte, die sich so auf diesen Tag gefreut hatte. Jetzt war er ruiniert. Die Erbin funkelte Dorianth finster an. Ihre Zähne waren zusammengebissen. Sie zwang sich, still zu sein. Wenn sie noch einen Ton von sich gab, wäre sie tot.

Erst als die Casting-Direktorin »Genug!« rief, realisierte ich wieder, dass Menschen neben mir standen und eine Kamera auf mich gerichtet war. Mein Blick war vorher nur auf den zugegebenermaßen hübschen Praktikanten gerichtet gewesen. Er kam meinem Gesicht extrem nah. Ich grinste ihn nun wissend an, denn ich hatte erkannt: Auch er machte sich insgeheim Hoffnungen, Schauspieler zu werden. Genau wie ich hatte er alles gegeben. Zwischen uns pulsierte eine Spannung, mit der man Autobatterien starten könnte. Ebenso pulsierte mein Knie. Ich hatte mir beim Zurückrutschen auf dem Boden Schürfwunden zugezogen und hatte es nicht einmal gespürt.

Ich blieb sitzen wie festgeklebt, drehte nur den Kopf in Richtung Schreibtisch. Die Direktorin nickte kurz anerkennend. Hieß das, es hatte ihr gefallen?

Doch ich wurde ohne weitere Informationen heimgeschickt. Danke, Tschüss, wir melden uns. Nun gut, wir waren eben noch keine Stars. Als ich das Büro verließ, durfte Stella endlich herein. Viel Glück, dachte ich und meinte es gar nicht so zynisch, wie man denken könnte.

Vor der Tür kam die Angst zurück, denn je näher ich der Erfüllung meiner Träume war, desto größer wurde die potenzielle Enttäuschung. Eigentlich war es gut gelaufen. Aber man wusste ja nie.

»Hast du Lust auf Green Leaves?«, hatte Kalisha mir per WhatsApp geschrieben. Ich sagte sofort zu. Die Ablenkung konnte ich gebrauchen und ich hatte Lust auf veganes Essen.

SEQUENZ 2

Effie wischte und wischte und die Theke blitzte allmählich wieder, aber ich sah es nicht. Ich stand nutzlos an den Getränkekühlschrank gelehnt und scrollte sinnlos durch die Apps auf meinem Handy. Plötzlich landete ein nasser Putzlappen klatschend auf der Kinokasse, direkt vor meiner Nase. Hoffentlich saß gerade keiner im Büro und schaute sich die Sicherheitsaufnahmen an.

Ich sah rüber zu Effie. »Tut mir leid. Ich warte auf eine wichtige Nachricht«, begründete ich meine Faulheit.

Effie kam mir näher und fragte: »Verrätst du denn, auf was für eine du wartest?«

Ich war mir nicht sicher, was oder wie viel ich ihr erzählen wollte. Ach, was soll's, dachte ich dann. Was sollte schon schiefgehen, wenn meine Lieblingskollegin Bescheid wusste?

»Es geht um Nick. Du weißt ja, welcher. Es besteht die klitzekleine Minimöglichkeit, dass ich bei seinem nächsten Film mitmachen kann. Aber es kommt einfach weder eine Zu- noch eine Absage.«

Effie staunte nicht schlecht. Respektvoll hob sie den Lappen von der Kasse hoch. Sie wollte gerade antworten, als eine Gruppe Kunden auf uns zukam. Rucksack, Baseballcap, Souvenirtüte in der Hand, Pullover aus dem Hard

Rock Café um die Hüfte gebunden. Eindeutig Touristen. Sofort lächelten wir in freundlichster Kundenservicemanier. Das Gespräch musste warten.

Kurz vor Ende der Schicht kam Effie auf die Frage zurück, die ihr unter den Nägeln brannte: »Machst du es nur wegen Nick oder hättest du auch so vorgesprochen? Erhoffst du dir was Bestimmtes davon?«

Ich zuckte theatralisch mit den Schultern. »Wenn ich das wüsste. Ich weiß nur, dass ich so eine Gelegenheit nicht verfliegen lassen kann.«

Effie strahlte jetzt wie die Grinsekatze und verkündete: »Ich wette, du bekommst die Rolle. Also schnapp... « – in dem Moment leuchtete mein Handy wieder auf. Eine E-Mail. Das Gerät fiel mir beinahe in einen Colabecher. Es war ... eine Absage? So stand es jedenfalls in der Betreffzeile. Klar und fett und deutlich und vernichtend. Ich starrte dumm vor mich hin, unfähig, einen Gedanken zu formen. War ich doch nicht gut genug gewesen? Hatte ich mich so sehr verschätzt? Peinlich. Oder war es möglich, dass ich übertrieben hatte? War meine Performance zu sehr Theater und zu wenig Film? Ich sah langsam zu Effie. Die hatte zehn tanzende Fragezeichen im Gesicht.

»Es ist eine Absage«, brachte ich schließlich hervor.

Dann erschien die nächste Benachrichtigung auf dem Screen. Hoffentlich nicht die nächste Hiobsbotschaft. Absender war wieder die Produktionsfirma hinter *Orion Nebula*. Diesmal stand im Betreff: »Missverständnis! Bitte öffnen.«

Ich war nur noch verwirrt und hielt Effie das Smartphone hin. »Kannst du bitte lesen.«

Effie nickte und las: »Liebe Demi, bitte entschuldige die versehentlich gesendete Absage. Deine Adresse ist in die falsche Liste gerutscht. Wir würden dich gerne für einen Screentest als Erbin wiedersehen. Mit freundlichen Grüßen, Timothy Jones (Praktikant Golden Mind Productions – Casting).«

Effie las das ganze nochmal leise für sich. Dann hob sie den Kopf und strahlte mich wieder an. »Ist nicht dein Ernst!«, rief sie begeistert. »Demi, geh schon, hau ab! Such dir sofort einen Stern vor der Tür aus!« Sie begann zu lachen.

Ich musste ebenfalls lachen und ihm nächsten Moment wurde mir klar: Vielleicht musste ich diesen Job im Kino kündigen. Unser netter Chef würde mir sicher keinen ganzen Monat frei geben. Hoffentlich würde ich danach was Neues finden, falls es doch nichts werden sollte mit der glamourösen Filmstarkarriere. Sonst könnte ich die Mietzahlungen vergessen, vom Schulkredit ganz zu schweigen …

Wow, erwachsen sein war echt mies. Selbst wenn einem die besten Dinge passierten, hatte man nur die Sorgen und Nachteile im Kopf.

Bis zum Tag des Screentests, der gleichzeitig meine erste Probe darstellte, hatte ich es noch nicht geschafft, zu kündigen. Stattdessen war ich krankgemeldet. Effie hatte versprochen, die Klappe zu halten. Da ich selten einen auf krank machte, hegte niemand Verdacht. Jetzt stand ich wieder vor diesem Bürogebäude in Century City, in dem das Casting stattgefunden hatte. Die saubere, verspiegelte Fassade reflektierte das Sonnenlicht so stark, dass es blendete. Wie viel Dreck, metaphorisch sowie real, wohl hinter dieser Fassade lag? Würde ich nun ein Teil davon werden? Waren wir alle nur Dreck? Wir waren jedenfalls nur Sternenstaub. Wir alle … Demi, konzentrier dich.

Ich trat durch die Eingangstür, ging zur Rezeption, stellte mich vor. Meine Schritte fühlten sich anders an als sonst. Nach neureicher High Society. Dieses Mal war ich auch nicht nur eine Nummer auf der Liste. Ich wurde begleitet, erst zu einem Fahrstuhl, dann hoch in den siebten Stock. Der Fahrstuhl bestand aus reinem, durchsichtigem Glas. Nicht ein Fleck war auf der Scheibe zu erkennen. Ich schaute auf die Welt herab. Da unten waren so viele Menschen, die immer kleiner wurden, während sie wichtig durch die Gegend wuselten.

Der Mitarbeiter von der Rezeption führte mich in einen größeren Raum als letztes Mal. Darin befand sich ein provisorisch aufgebautes Set. Die Atmosphäre glich der vor einer Tanz- oder Theaterstunde. Auf einem der Tische saßen zwei Personen. Ich meinte, mich vage an sie erinnern zu können. Es waren ein Mann von etwa sechzig bis siebzig Jahren und ein junges Mädchen, maximal zwölf. Sie hätten Großvater und Enkeltochter sein können. Ich ließ mich auf etwas Smalltalk ein und fand so heraus, dass auch diese beiden Geiseln mit größerer Bedeutung spielten. Der Mann sollte während des Überfalls einen Herzinfarkt erleiden. Somit wurde er zu einem organisatorischen und moralischen Problem für die Bankräuber. Die würden sich streiten, ob sie ihn retten sollten oder nicht. Das Mädchen war die Tochter des Bankdirektors. Manche Geiselnehmer waren dafür, sie freizulassen. Andere meinten, damit ihr wertvollstes Druckmittel zu verschenken.

Ich sog jedes Wort auf, da ich echt wenig vom Skript kannte. Gerade wollte ich fragen, ob der Mann zufällig noch mehr über die Handlung wusste, da rief eine Frauenstimme meinen Namen und hielt mir einen Kleiderbügel vor die Nase. War das mein Kostüm? Es sah aus wie diese vermeintliche Anti-Zellulite-Leggins. Überall im Stoff waren Noppen. Es war immer wieder unterhaltsam, wie Menschen sich die Mode der Zukunft vorstellten. Ein Paar High Heels bekam ich auch in die Hand gedrückt, mit in sich verdrehten Absätzen, fast wie eine DNS-Doppelhelix. »Und bind dir einen Pferdeschwanz«, bemerkte die Kostümbildnerin noch tonlos.

Man schickte mich in einen Nebenraum. Darin stand eine cremeweiße große Blumenvase mit einem Büschel Pampasgras. Rein zum Spaß stellte ich mir vor, sie telekinetisch schweben und zerbrechen zu lassen. Dann betrachtete ich das Kostüm näher. Es war wortwörtlich ein Kostüm, nur eben aus diesem eigenartigen Stoff, der an manchen Stellen dünner und an anderen dicker war. Es war hellblau und sah sehr lang und schmal aus. Auch die Absätze waren hoch. Das würde lustig werden, denn ich war so schon vergleichsweise groß.

Ich hockte mich auf den Stuhl im Art déco Stil, der vor dem Spiegel stand und schlüpfte in die Schuhe. Sie passten überraschend gut. Ein, zwei, drei Schritte zum Testen. Gar nicht mal so schlecht, das Laufen fiel mir leichter als gedacht. Ich zog die High Heels wieder aus und entledigte mich auch meiner restlichen Kleidung. Es war ziemlich kalt hier drin, die Klimaanlage könnte gerne etwas sanfter sein. Hoffentlich war ich morgen nicht wirklich krank. Doch kaum hatte ich die Strumpfhose des Kostüms angezogen und den Rock darüber, wurde es warm. Der Stoff war dicker als erwartet. Die Bluse und das Jackett waren weniger bequem. Ich sah skeptisch in den Spiegel. Es passte einigermaßen und sah auch gar nicht so schlecht aus. Aber ich war nicht hundertprozentig glücklich. Vielleicht müsste noch mal ein Schneider ran. Für diesen ersten Test sollte es ausreichen. Als ich fertig angezogen war, wirkte ich ungewohnt steif. Zur Sicherheit stellte ich noch einmal meine Trittfestigkeit auf die Probe. Wie lustig wäre es, wenn ich aus der Tür herausstolpern würde und direkt in die Arme von Nick Morgan? Dann wäre ich eins dieser typischen Fanfiction-Mädels.

Doch ich stolperte nicht.

Ich trat normal vor die Tür und stand tatsächlich Nick gegenüber. Das war ein Scherz, oder? Nur von wem?

Meine Haltung war erfrischend aufrecht und sicher für so eine Situation. Mir fiel auch kein Buch oder Getränk aus der Hand oder sonst irgendein peinlicher Mist, der Romanfiguren passierte. Zielsicher ging ich auf Nick zu und stellte mich höflich vor. Auf diesen Stelzen war ich eindeutig größer als er. Das fühlte sich zwar ein wenig merkwürdig an, aber immerhin war ich nicht das süße, hilflose Mädchen, das ihn von unten anhimmelte. Nick war auch nicht abweisend oder ekelhaft, wie man beim männlichen Love Interest aus höheren Kreisen erwarten könnte. Er erwiderte meinen Gruß mit einem schüchternen Lächeln. Tatsächlich schien er sich zu freuen, uns Amateure kennenzulernen. Ich würde heute noch im Anti-Klischee-Bingo gewinnen! Dass ich sofort wieder auf seine Lippen sah und mir vorstellte, sie zu küssen, gab nur einen halben Punkt Abzug. Das konnte ja mal passieren.

Jetzt betrat der Regisseur den Raum. Wir drei Kleindarsteller wurden leicht nervös. Nick juckte es kein bisschen. Ihn juckte nur seine Nase. Er kratzte sie und schob sich die schwarzen, halblangen Haare aus dem Gesicht. Der Regisseur erklärte derweil, was er von uns sehen wollte.

Sieh nach vorne, ermahnte ich mich, von mir selbst genervt. Nicht zur Seite! Da gibt es nichts zu sehen, vorne spielt die Musik!

Aber dieser Mann war so hübsch.

Und er hatte irgendetwas Undurchdringliches an sich, weil er der Öffentlichkeit so wenig preisgab. Ich wollte doch nur ein bisschen mehr über ihn erfahren! Ich war wieder die Feldforscherin …

Aber nein, das war unprofessionell und er würde es ganz sicher merken. Hör zu und spiel deinen Part. Du wolltest doch besser sein als die nervigen y/n-Figuren von Wattpad!

Warte, was wollte der Regisseur von uns? Mist, jetzt hätte ich gerne eine Rückspultaste gehabt. Es war wohl Improvisation gefragt.

Die Darsteller positionierten sich im Raum. Ich vergaß, wo rechts und links waren, was gerade aber gar nicht mal von Bedeutung war. Oder hatte doch jemand gesagt, dass ich nach links gehen sollte? Oh, Mist, Mist, Mist.

Inzwischen war ein weiterer Mann hinzugekommen, der den Bankangestellten darstellte. Mit ihm sollte ich mich im Hintergrund unterhalten. Das hatte ich mitbekommen und so stand es auch im Drehbuch. Nach außen hin, auch gegenüber dem Banker, sollte meine Rolle Mitleid erzeugen. Die arme Frau hatte gerade ihren Vater verloren und so was. Jetzt trug sie auch noch die Verantwortung für das ganze Unternehmen, obwohl sie das doch nie wollte. Bla, bla, Gefühlsduselei. Doch wer genau hinsah, sollte ihr/mir ansehen, dass sie sich diesen Tag lange ersehnt hatte. Wenn Nicks Gang dann den Banksektor der Raumstation überfiel, sollte das junge Mädchen ängstlich in die Arme der Erbin laufen.

Wir waren schon mitten in der Szene. Ich hielt die zitternde Kleine fest. Ein Schuss ertönte (aus einer App für Soundeffekte). Bei diesem Ton musste ich in die Hocke gehen.

Schmunzelnd und seelenruhig trat Nick auf *Erbin* und *Tochter des Bankdirektors* zu.

Mit einem Schlag war ich hochkonzentriert.

»Ist das deine Tochter?«, fragte er mit extra viel Betonung auf dem Fragezeichen. Dabei legte er der Erbin die Hand auf die Schulter. Sein Charakter machte einen auf pseudosanft. Die Erbin schüttelte den Kopf und starrte ihn mit blitzenden Augen an.

Seine Hand. Lag auf meiner Schulter. Ich spürte sogar seine Fingernägel.

»Sehr gut. Dann macht es dir sicher nichts aus, wenn ich sie kurz … entführe«, zischte Dorianth. Ein gehässiges Lächeln huschte über sein Gesicht. Sexy.

Das Mädchen umklammerte die Hand der Erbin noch fester. »Bitte nicht, nein, ich will nicht«, flüsterte sie immer wieder.

Dorianth riss die beiden auseinander. Eigentlich nicht sexy, aber wir sind doch alle ein wenig gestört, wenn es um Bösewichte in der moralischen Grauzone geht. Er übergab das Mädchen einem Gangmitglied (dem Praktikanten) und sie wurde wimmernd abgeführt.

Sie war echt gut für ihr Alter, stellte ich fest.

Da trat Nick, oder Dorianth, wieder vor mich. Er dachte laut nach: »Dich habe ich wohl zu früh beim Geldabheben unterbrochen. Du hast noch nichts von Wert bei dir. Sonst würdest du irgendetwas krampfhaft vor mir verstecken.«

Sein Grinsen wirkte jetzt etwas überzogen für die Szene. Da wurde bestimmt noch dran gefeilt.

»Ist aber letztlich auch egal«, fügte er entspannt hinzu, »du wärst so oder so mit leeren Händen nachhause gegangen. Falls du je wieder heimkommst. In welchem System wohnst du überhaupt? Ist es schön dort?«

Jetzt sollte die Erbin, die rein gar nicht zu Smalltalk über ihre Herkunft aufgelegt war, ihm vor die Füße spucken. Sollte ich nochmal prüfend zum Regisseur schauen, ob ich wirklich spucken musste? Nein, das würde die gesamte Szene zerstören. Drauf geschissen, ich zog es einfach durch. Ich spuckte *dem* Star der frühen Zweitausender, Nick Morgan, mit vollem Einsatz, laut und mit einem Schnauben vor die Füße.

Er stolperte einen weiten Schritt zurück. Damit hatte er nicht gerechnet. Er musste lachen – und der Take wurde abgebrochen.

Kaum waren die Kameras aus, entschuldigte ich mich und beteuerte, dass ich sofort einen Lappen holen könnte. Aber die Regie meinte, das sei nicht nötig, das würde jemand aus dem Team machen und später beim Dreh sollte es bitte auch echt sein.

Ich lachte etwas verunsichert: »Das hatten wir wohl nicht genau genug besprochen.« Er lächelte mich an. Dann setzte ich mich zurück in Position.

Er hatte – Der Regieassistent rief mitten in meinen Gedanken rein: »Auf Position! Wir machen genau da weiter, wo wir aufgehört haben. Nick, du stolperst nochmal zurück. Erbin, du weißt, er packt dich dann. Reagier darauf, lass es nicht einfach mit dir machen.«

Ich nickte minimal, dann ging es schon weiter und zwei Sekunden später packte Nick mich am Kragen. Er zog mich ganz nah an sich heran. Ich konnte seine einzelnen, dichten Wimpern erkennen. »Spuck mich noch einmal an und du bist die erste, die aus dieser Situation hier befreit wird!« Diesmal betonte er das ›befreit‹, damit die Geisel auch ja verstand, was er eigentlich meinte.

Ich starrte ihn nur weiterhin eindringlich an und knurrte: »Lass. Mich. Los.«

Das war lustigerweise genau das Gegenteil von dem, was ich wollte. Aber in der Handlung war es der Tropfen, der das Fass zum Überlaufen brachte. Dorianth, inzwischen rot vor Wut, zog die Erbin auf die Füße und richtete eine Waffe auf sie, als hinter ihm ein männlicher Schmerzensschrei ertönte. Der alte Mann erlitt seinen Herzinfarkt äußerst pünktlich. Die Erbin fiel unsanft zu Boden. Autsch, das mussten wir auch noch üben. Da rief jemand: »Cut!« und holte damit alle wieder in die Realität zurück.

Ich musste zugeben, das machte Spaß und ich hatte es vermisst, auch unabhängig davon, wer sonst noch mitspielte. Es wurden noch drei weitere Szenen getestet. Weil mein Charakter einfach nicht die Klappe halten konnte, wurde es irgendwann Zeit für die Ermordung. Ich war das Exempel, das statuiert wurde.

Jetzt war so viel Fokus gefragt, dass ich nicht auf Nicks so trügerisch unschuldiges Gesicht achten durfte. Auch vom Rest seines Körpers zog ich meinen Blick weg, was nicht leicht war. Ich vertröstete mich selbst mit den Worten ›zuhause hast du wieder deine Ruhe und seine Bilder‹.

Also, wo waren wir stehengeblieben? Todesszene der Erbin.

Vor der Kamera zu sterben, war eine Kunst für sich. Ich hatte dabei noch das Glück, erstochen zu werden. Der erstickte, schockierte Blick und das langsame Schwächerwerden waren noch relativ einfach im Vergleich zu anderen Todesursachen. Die Erbin sah an sich herunter, konnte nicht fassen, was er da gerade getan hatte, wisperte noch »ich habe meinen Vater immer gehasst« und blieb dann vor Dorianths Füßen liegen. Kurz durfte sie noch heftig atmen. Dann musste sie starr liegen bleiben und dafür war ich sehr dankbar, denn jetzt musste ich mir keine Gedanken darüber machen, wo ich hinsehen sollte.

Die Sterbeszene wurde noch zwei Mal wiederholt. Jedes Mal bekam ich ein paar andere Anweisungen und wurde aus einer anderen Richtung aufgenommen. Dann wurde ich nachhause geschickt. Wieder ganz plötzlich und ohne viel Zeit für Verabschiedungen. Die Stylistin drückte mir noch eine Visitenkarte in die Hand. Sie gehörte zu einem Friseursalon. An der Melrose Avenue? Ich starrte etwas zu fragend darauf.

»Ich habe bei ihm angerufen«, erklärte die Dame im viel zu engen Kleid, während sie mich musterte, »und einen Termin für dich ausgemacht. Wir wollten eigentlich schwarze Haare. Aber das Grau-Rosa gefällt mir. Vorausgesetzt, es ist richtig gemacht. Nicht so rausgewaschen. War mal pink, oder? Dachte ich mir. Die Rechnung übernehmen wir, aber lass bitte ordentliches Trinkgeld da. Wir brauchen John und sein Team noch.«

Das war sie, die endgültige Zusage. Wäre es heute mies gelaufen, hätten sie mich noch ersetzen können. Doch sie wollten mich mit schöneren Haaren wiedersehen!

Jetzt saß ich im Uber und hatte irgendwie noch nicht die Tragweite meines Tages verstanden. Ich wusste, sachlich betrachtet, was passiert war. Aber ich fühlte es nicht. Als mir das auffiel, begann ein philosophischer Gedankenkreis darüber, ob solche Erlebnisse eigentlich gar nichts Besonderes waren und wir nur übertrieben viel Bedeutung hineinfantasierten. Er war immerhin auch nur ein Mensch. Er sah sogar ›nur‹ aus wie der nette Typ von nebenan. Würde man Nick auf der Straße begegnen, würde man ihn nicht für einen Filmstar halten. Er war untypisch. Seine Karriere war ohnehin eine Story für sich. Ich hatte mich da mal eingelesen.

Nick Morgan war eins dieser bemitleidenswerten Kids, die viel zu früh von der eigenen Mutter vor die Kamera geschleift wurden. Irgendwer musste ja die Rechnungen der Familie bezahlen. Das süße Gesicht mit den stahlgrauen, leuchtenden Augen machte sich gut in Kinder- und Jugendfilmen. Der Ruhm schwappte über ihn hinweg, da war er gerade mal zwölf. Mit Mitte zwanzig hatte Nick dann alle Lust am Showgeschäft verloren. Er schmiss sich quasi selbst raus, mit ein paar kreativen Skandalen in der Presse (unter anderem mit einer Prügelei am Flughafen und dem Diebstahl eines Leguans aus einer Zoohandlung). Dann war er ein Jahrzehnt von der Bildfläche verschwunden. Ob aus Geldnot oder weil er die Kunst vermisste, weiß man nicht. Aber vor sechs Jahren kam er aus der Versenkung herausgekrochen. Mit einem Blockbuster und einem Kunstfilm hatte er sich den Respekt zurückerkämpft. Jetzt war er ein angesehener Schauspieler, haarscharf unter der A-List.

Besonders viele Verehrer und Verehrerinnen hatte er trotzdem nicht. Er verhielt sich eben nicht so ›sexy‹ wie andere Promis. Zum Beispiel gab es echt wenige Fotoshootings von ihm. Er war auch nicht besonders groß und ob er trainiert war oder nicht, hing davon ab, an welchem Projekt er gerade arbeitete. Manchmal glaubte ich, er wusste selbst nicht, wie attraktiv er war oder ob er es sein wollte. Das sorgte wiederum dafür, dass nur die Fans für ihn schwärmten, die sich näher mit ihm beschäftigten. Ich war Teil einer geheimen Elite. Wir waren die mit dem erlesenen Geschmack.

Aus einer Laune heraus ließ ich mich nicht nach Hause fahren, sondern zu Effie. Die wohnte nicht weit von den Paramount Studios. Als ich dort angekommen war und mir eine Fanta aus ihrem Kühlschrank geschnappt hatte, sah ich verträumt aus dem Fenster auf den Wasserturm der

Filmstudios. Die Sonne ging inzwischen unter. Sie strahlte auf die Seite des weißen Turms. Du bist wieder im Geschäft, brabbelte ich vor mich hin, mit der Dose in der Hand, die ebenfalls auf einer Seite von der Sonne angestrahlt wurde. Sogar bei Golden Mind Productions, der neuen Tochterfirma von Universal.

Effie stellte sich neben mich und sah mit mir in den Sonnenuntergang. »Es geht los, wir müssen jetzt mit den Hunden raus.«

Das war Effies zweiter Job. Sie führte die Hunde von reichen, zu beschäftigten Menschen aus. Ich durfte heute einen Dalmatiner und einen Windhund an die Leine nehmen. Vom Gefühl her war es eher, als würde ich eine Wölfin und einen Gepard durch die Stadt führen. Es war ein gutes Gefühl. Mit den majestätischen Biestern konnten wir auch noch spät am Abend durch die Gassen von Los Angeles streunen. Ohne Angst vor Männern oder anderen Kriminellen. Unser Pfad führte uns am Golfclub vorbei. Eine Gruppe von Halbstarken, deren Vorbild wahrscheinlich Jake Paul war, wollte uns etwas Respektloses nachrufen. Aber ich sah regelrecht, wie ihnen die Worte im Hals hängen blieben, als sie den Pitbull an Effies Leine entdeckten. Mein Gepard kläffte auch. Heute waren wir unbesiegbar.

»Also wirst du jetzt im Kino kündigen?«, fragte Effie.

Stimmt, da war ja noch was.

»Yolo«, antwortete ich achselzuckend und schmunzelte über meine infantile Wortwahl.

»Wenn es doch nichts wird mit der Filmkarriere, frage ich Luiza. Die gibt dir sicher einen Job, wir suchen händeringend.«

Ich war mir nicht sicher, ob ich das wollte, aber immerhin war es eine Absicherung. Ich dachte über das Jobben in

Luizas Imbissbude nach, als sich die Wölfin an meiner Leine vor knisternder Alufolie erschrak. Wer lässt die auch einfach im Gebüsch liegen?

Wie so oft in der morgendlichen Frühe war es auch heute noch etwas neblig in der Stadt der Engel. Von der Küste wehte frischer Pazifikwind herüber. Erst im Laufe des Tages würde sich die Sonne durchkämpfen und Millionen müder Seelen wärmen. Bis dahin würde ich längst in den Filmstudios sein.

Ich hatte Florian einen Bagel und einen Eiskaffee vor der Nase weggeschnappt. Sorry, Florian, aber ich darf nicht zu spät kommen! Mit dem gestohlenen Frühstück in der Hand machte ich mich auf den Weg zur Station Vermont / Sunset. Von hier aus fuhr die Metro in die Studiostadt hinter den Hollywood Hills. Die Straßen waren noch wie leergefegt. Tumbleweed würde sich jetzt gut machen. Nur hin und wieder rauschte ein Auto über die vierspurigen Avenues. Ein Fahrer hatte für die frühe Stunde ziemlich laute Musik eingeschaltet. Sein Sound durchbrach kurz die Stille, bis er um die nächste Ecke verschwand. Menschen wurden wach und krochen aus ihren Höhlen. Andere kamen gerade nach Hause. Ein Geschäftsmann ging eindeutig den Walk of Shame. Sein maßgeschneiderter Anzug hatte eine Reinigung und ein Bügelbrett nötig. Mit ungekämmten Haaren eilte er etwas zu beschäftigt wirkend durch die Straßen. Ein Postbote grüßte ihn. Eine Eule und eine Lerche, die sich in diesem flüchtigen Moment einen guten Tag wünschten.

Es waren fast vier Wochen vergangen seit den Testaufnahmen. Meine Nerven und meine Ungeduld waren durch die Hölle gegangen. Die wichtigeren Darsteller hatten in der Zwischenzeit schon zusammen proben dürfen. Aber zu ihnen gehörte ich nicht. Für die Extras, Komparsen und Kleindarsteller war heute der erste Tag am Set.

Zweimal hatte ich in der Zwischenzeit Kontakt zu Golden Mind gehabt. Beim ersten Mal durfte ich zu einer Location in der Nähe von Calabasas fahren. Dort sollte eine nur wenige Sekunden lange Rückblende mit meinem Filmvater gedreht werden. Wir hatten den Ort besichtigt und dort kurz geprobt. Nur um zu schauen, ob alles so möglich war wie angedacht. Ein kurzer, unkomplizierter, interessanter Arbeitstag.

Ich staunte nicht schlecht, als wir uns gegenüberstanden: Es war der ältere Herr, der auch als Geisel genommen wurde und den Herzinfarkt bekommen sollte! Auf meinen fragenden Blick hin hatte er mir geantwortet: »Sie haben mich für beide Rollen gebucht, um zu sparen. Als Geisel werde ich eine Alienmaske tragen. Ist das nicht aufregend?« Ich freute mich für ihn, und über die Magie des Filmemachens.

Im Gegensatz zur Rolle meines Filmvaters war der Schauspieler ein freundlicher Mann, den ich bei dieser Gelegenheit noch besser kennenlernen konnte. Er stellte sich als Frank vor. Die Schauspielerei hatte er erst im Ruhestand für sich entdeckt, aus reiner Langeweile. Er hatte mich nach der Ortsbesichtigung zum Essen eingeladen. Dank ihm saß ich also zum ersten Mal im legendären Restaurant Nobu Malibu. Sogar mein Outfit war ausnahmsweise eines solchen Ortes würdig. Ich trug an diesem Tag ein weiß-goldenes Batikshirt mit schwarzen Sandalen und breiter goldener Sonnenbrille. Zusammen mit den frisch frisierten Haaren hatte mein Look weltfremd genug ausgesehen, dass ich nicht hochkant hinausgeschmissen wurde. Oh, und da waren noch meine silberglitzernden Fingernägel. Sie spiegelten das Sonnenlicht der Westküste, während ein älterer Mann mir von seinem erfüllten Leben erzählte.

Beim zweiten Mal hatte mich Timothy kontaktiert. Da ging es um Vertragsunterlagen. Papierkram eben.

Jetzt saß ich wieder in der ratternden U-Bahn, mit der kein echter Filmstar je fahren würde. An normalen Tagen passte ich optisch perfekt hier rein. Heute fiel ich auf und ich war mir nicht sicher, ob das etwas Gutes oder Schlechtes war. Was sich jedoch definitiv fantastisch anfühlte, war die Ankunft an der Universal City Station. Ich trat an die frische Luft, schlenderte über die Überführung. Es war immer noch früh am Morgen, doch so langsam lichtete sich der Dunst. Eine Werbetafel zeigte wechselnde Filmplakate. Am liebsten wäre ich über die Brücke gerannt und in das Plakat hineingesprungen. Einfach in einer dieser Welten landen. Mit letzter Energie konnte ich mich zusammenreißen und wie ein normaler Mensch gehen.

Am Gate 2 des Studios musste ich meinen Namen sagen und für welches Projekt ich hier war. Der Pförtner öffnete mechanisch, fast gelangweilt, und drückte mir einen Zugangspass in die Hand. Ich durfte die heiligen Tore passieren. Jetzt bloß nicht bis über beide Ohren grinsen und durchdrehen. Nein, Demi, aus! Sei ein unauffälliges Fangirl! Sei ein Star, gehöre hierher!

Ich dankte höflich, auch wenn mir keiner zuhörte, und verschwand schnell aus der Sichtweite des Pförtners, damit ich endlich grinsen konnte. Doch schon fiel mir auf, dass ich gar nicht wusste, wo ich jetzt hinmusste. Da! Da vorne war eine Übersichtskarte! Ich fuhr mit dem Finger darüber, verzweifelt auf der Suche nach Stage 16. Schon kam ein Mitarbeiter auf mich zu und sammelte mich einfach ein. In diesem Moment fuhr ein großes Auto mit getönten Scheiben an uns vorbei. Wer saß da wohl drin? Nicht hinterhersehen. Nicht starren. Aus.

Heute würde ich mich wohl noch oft ermahnen müssen.

Der Mitarbeiter führte mich routiniert zu Gebäude 16. Ich nahm weiterhin all meine Disziplin zusammen, um nicht um jede Ecke zu spähen. Dieser Mann da vorne, war das ein wichtiger Manager? Nein, Demi, starr ihn nicht an. Belausch ihn auch nicht.

Ich trat durch eine kleine Feuerschutztür in die Halle. Danach musste ich noch um drei Ecken, eine vierstufige Metalltreppe hoch und durch eine weitere Tür. Und dann betrat ich eine Raumstation. Kein Scherz. Aber entweder war sie eine abstrakt-zeitgenössische Interpretation einer Raumstation, oder es war ein 3D Puzzle für Riesen. Denn die einzelnen Räume und Flure des Raumschiffs standen einzeln und nebeneinander herum, kreuz und quer in der Halle, mit jeweils einer oder zwei offenen Wänden. Ihr Look war steril, aber er war auch einladend. So schön hell und gemustert. Was die Atmosphäre zerstörte, waren die grellgrünen ›Fensterscheiben‹. Hinter ihnen würden sich später dank moderner Technik die unendlichen Weiten des Alls erstrecken.

Obwohl es so früh war, herrschte hier schon reger Betrieb. Assistenten und Praktikanten transportierten massenweise Kaffee und Sandwiches von einem Ende der Halle zum anderen. Menschen lungerten überall herum und knickten die Seiten ihrer Drehbücher um. Andere wuselten hektisch zwischen der Technik umher und riefen sich Begriffe zu, von denen ich erst die Hälfte kannte. Ich war noch dabei, die

Szenerie in mich aufzunehmen, als ein Mädchen sich vor mir räusperte.

»Frau Demetria Shaw?«

»Ja?«, antwortete ich, immer noch fasziniert von den Kulissen. Beiläufig scannte ich den Raum schon mal nach Nick ab.

»Ich soll Sie zur Maske bringen und später zur Garderobe. Sie bekommen ein neues Outfit. Haben Sie denn einen aktuellen Covid-Test?«

Ich nickte und hielt den Zettel vom gestrigen Test hoch. Die junge Frau sah zufrieden aus. Sie trug einen Notizblock unter dem Arm und sah für die frühe Stunde gruselig frisch aus. Ich lächelte und folgte ihr.

»Kaffee? Tee? Wasser?«, fragte sie weiter.

Ich antwortete mit: »Kaffee hatte ich schon, nur Wasser bitte« und setzte mich in den Stuhl, der mir in der Maske zugewiesen wurde. Sofort wurde ich bemalt und gepudert. Die junge Assistentin brachte das Wasser. Es war klar und frisch, mit Zitrone und Minze verfeinert. Daran konnte man sich gewöhnen.

Ich schloss die Augen und ließ die Schminkprozedur über mich ergehen. In den ersten zehn Minuten auf diesem Stuhl schien die Welt perfekt. Es fiel sogar Nicks Name im Hintergrund und schon das genügte, um mich in freudige Erwartung zu versetzen. Dann wurde es langsam unruhig. Jemand rief etwas mit gehobener Stimme. Zwei mir unbekannte Menschen stritten sich. Dann ging die Tür schlagartig auf und eine Assistentin suchte jemanden. Ich musste die Augen geschlossen halten, durfte mich nicht rühren. Alles, was ich tun konnte, war aufmerksam hinzuhören. Mitten in der Bewegung wurde meine Make-up-Artistin unterbrochen. Sie sollte zur Bühne kommen, da musste *sofort* ein Look im

Licht getestet werden. Also saß ich da und war plötzlich keine Leinwand mehr. Plötzlich war ich eine wartende Patientin beim Arzt. Immerhin durfte ich die Augen wieder aufmachen. Ein Klatschblatt lag vor mir, sah ich jetzt, aber es war eins von der billigen Sorte. Die Dinger mit viel zu vielen Adligen drin, von denen man nie gehört hat. Langweilig. Warum gab es die Aristokratie überhaupt noch? Mein Gehirn spann sich Theorien über gesellschaftlich anerkannte Sinnlosigkeiten zusammen.

Jetzt füllte sich der Raum, in dem ich wartete und so langsam mal pinkeln musste. Blöder extragroßer Kaffee. Links und rechts von mir wurden Menschen und Aliens geschminkt. Sollte ich aufstehen und meine Zeit sinnvoll nutzen oder lieber sitzen bleiben? Ich könnte schon in die Garderobe gehen, mich umziehen. Andererseits könnte es ein Fehler sein, weil jeden Moment die MUA zurückkommen und mich suchen würde. Ich fragte auf gut Glück ein Crewmitglied, was los war und was ich tun sollte. Er war Bühnenbauer und zuckte nur ahnungslos mit den Schultern.

Endlich kam die Make-up-Artistin zurück. Sie wirkte gehetzt und hatte sichtlich keine Lust mehr, weiter an mir zu arbeiten. Der Vorteil daran war, dass sie schnell fertig wurde. Endlich konnte ich ins Bad und dann in die Garderobe. Dort seufzte die Designerin, sobald sie mich sah: »Dein Kostüm ist nicht so leicht anzuziehen. Hoffentlich schaffst du es noch rechtzeitig. Nächstes Mal früher da sein.«

Ein wahrer Sonnenschein, diese Dame.

»Ich …« Ich wollte ihr die Lage erklären, aber sie hatte kein Interesse daran, mir zuzuhören. Stattdessen warf sie mir einen Kleidersack entgegen und drückte mir noch Schuhe in die Hand. Mit einem Winken schickte sie mich in die Gruppenumkleide. So in etwa fühlte sich also Andy bei *Der Teufel trägt Prada*. Einer meiner absoluten Lieblingsstreifen übrigens.

Ich breitete die Sachen vor mir aus. Was hatten wir hier denn Schönes? Da war eine Strumpfhose. Hm, okay, mäßig spannend. Sie war ziemlich eng, mit Shaping Funktion. Klar, man durfte bei so einem Charakter keinen Ansatz von einem Bauch oder gar Cellulite sehen. Natürlichkeit war bei Frauen in Hollywood wohl noch immer nicht erlaubt. Andererseits konnte es nicht schaden, vor Nick und dem Golden Mind Team eine perfekte Figur zu machen. Feminismus und Body Positivity waren manchmal ein kompliziertes Ding.

Was hatten wir da noch? Einen leichten Rock, der zu Kalishas Style gepasst hätte. Romantisch-verspielter Gothic Look. Interessant. Dazu ... aha, deswegen würde es wohl länger dauern. Das Oberteil enthielt eine eingenähte Corsage, die von leichtem Netzstoff verdeckt wurde. In einer kleinen Tüte fand ich noch ein paar lange, dünne Ketten, einige Ringe und ein schwarzes Haarband.

Die Frau im Spiegelbild fühlte sich fremd an. Sie war einengend. Glänzend. Nobel. Arrogant. Perfekt frisiert und geschminkt. Alles, was ich sonst nicht war.

Ich bin nicht mehr ich.

Ich bin nicht mehr ich?

Ich bin nicht mehr ich!

Ich bin die reiche Erbin, die ihr Plejadengold abholt.

Flink griff ich nach den Schuhen auf dem Boden. Auf Strümpfen huschte ich durch die Gänge in einen Aufenthaltsraum. Der warme Holzboden hier fühlte sich angenehm an. In die hohen Stelzen würde ich erst kurz vor der Aufnahme schlüpfen. Ohne eine Ahnung, was als nächstes passieren würde, hockte ich mich in eine Ecke. Normalerweise hätte ich breitbeinig oder irgendwie anders komisch dagesessen. Heute war meine Haltung aufrecht. Ich bemerkte, wie um mich herum schon wieder (oder immer noch?) Unruhe herrschte. Scheinbar wurde jemand dringend gesucht. Crewmitglieder sahen auf ihre Uhren und telefonierten. Die Casting-Direktorin seufzte: »Dann sind sie eben raus.«

Wenn ich mir zusammenreimen musste, was hier passierte, fehlten mindestens zwei Personen und sie waren soeben aus dem Cast geflogen. Ich hatte diese Überlegung kaum zu Ende gedacht, da wurden ich und die anderen Geiseln ans Set gerufen. Ich bekam meinen Platz am Schalter zugewiesen. Ab jetzt konnte ich mich nicht mehr nach Belieben im Raum umsehen. Das war ärgerlich, denn Nick war immer noch nicht aufgetaucht. Ich wurde nervöser, als wenn er dagewesen wäre. Was, wenn er einer von denen war, die rausgeflogen waren?

Nein, das konnte nicht sein. Er war der Hauptcharakter.

Andererseits … noch hatte der Dreh ja kaum begonnen. Noch konnte ein anderer seinen Platz einnehmen.

Ich schloss die Augen und ging drei Mantras aus Kalishas Lieblingsmeditation durch. Dann war ich auf der Bühne. Gedanklich wie körperlich. Ich spielte meine Rolle und hielt in allen Takes die Energie aufrecht. Es fiel zwar ein Scheinwerfer aus und ein Tontechniker musste so oft niesen, dass er vom Set geschickt wurde. Aber meine Rolle saß. Ich unterhielt mich mit dem Bankangestellten und sollte gleich mein Erbe erhalten. Die Erbin glänzte, in jeder Hinsicht.

Erst in der Mittagspause wagte ich es wieder, mich nach Nick umzusehen. Er war immer noch nicht aufgetaucht. Panik. Aber ich hatte den Regisseur über ihn sprechen hören. Beruhigend. Es hatte nämlich positiv und planend geklungen. Mein Detektivinstinkt sagte mir, das hieß, er würde doch noch kommen. Er konnte es nicht sein, der aus dem Cast geflogen war. Oder?

Ich war noch voll im Lauschmodus, als mitten in einem anderen Gespräch der Name River C. Reed fiel. Ich stutzte und rückte ein bisschen näher an die beiden Frauen heran. Eine von ihnen gehörte zum Kamerateam, die andere war Friseurin. Moment, jetzt sprachen sie über den Drehplan für kommende Woche. Es fiel das Wort Donnerstag. Dann wieder der Name, River C. Reed. Warum war es hier drin so verdammt laut? Ich meine, ich könnte mich auch demonstrativ neben die beiden setzen. Aber wenn sie dann wegen mir das Thema wechselten, wäre mein Plan mächtig nach hinten losgegangen. Ich schaltete also all meine nicht vorhandenen Supersinne auf dieses eine Gespräch.

Da! Da war es! Die Bestätigung dessen, was ich dachte.

Die Friseurin hatte Rivers rote Haare erwähnt und irgendwas mit seinem Bart, den er sich wachsen lassen sollte.

Nein, das konnte nicht sein. Ich wollte mein Gesicht in meinen Händen vergraben und laut hineinschreien. Und wieder so breit grinsen wie die Grinsekatze. Und dann wollte ich unsichtbar werden, genau wie sie.

Das konnte immer noch nicht wahr sein. River C. Reed!

Nicht mein persönlicher Favorit, dieser Platz war ja besetzt.

Aber River war gerade *der* aufsteigende Star der Branche, jedermanns und -fraus Liebling. The Man of the Moment. Vor zwei Jahren hatte er seinen Durchbruch vom Nebencharakter zum Superstar gehabt. Über Nacht hatte sich jeder in den freundlichen Mann mit den leichten Sommersprossen schockverliebt. Der sollte jetzt auch noch bald durch Stage 16 spazieren? Das Universum war wohl gerade auf Koks … welche Rolle würde er spielen?

Das Gespräch über ihn war beendet. Mehr war nicht zu erfahren. Auch wenn es nicht viel Info war: Das musste ich so schnell wie möglich Kalisha und Effie erzählen. Am besten heute noch! Zugegeben, Effie war so straight wie eine Achterbahn. Sie war nicht scharf auf River. Doch auch sie liebte seine Filme. Aber Kalisha, oh weh, die wurde jedes Mal zum Wasserfall, wenn sie River sah oder nur seine Stimme hörte. Das würde lustig werden.

SEQUENZ 3

Ich klopfte und klingelte Sturm bei Kalisha. Effie hatte ich nur kurz eine Nachricht geschrieben, das persönliche Gespräch mit ihr über River musste warten. Ich wollte gerade sagen, bis zur nächsten Schicht. Aber die gab es jetzt nicht mehr. Ich hatte es getan. Ich hatte meinen Job im Kino geschmissen. War das die beste Entscheidung oder mein Untergang? Ich dachte über meine eigene Waghalsigkeit nach, während ich vor Kalishas Tür stand.

Als sie öffnete, wurde sie von mir überrannt.

»Weißt du was?! Das errätst du nie! Ich habe Nachrichten, die glaubst du nicht!«

Kalisha riet ins Blaue hinein: »Du hast, ähm, dich mit Nick geprügelt?«

»Nein. Positiver.«

Kalisha grübelte und ich beschloss, dass ich sie wirklich raten lassen wollte. Aber strukturierter. Also erklärte ich ihr die Regeln: »Du darfst nur Ja- und Nein-Fragen stellen.«

»Gut, fangen wir damit an: Interessiert es mich überhaupt? Ist es wirklich so unglaublich?«

»Na, na, na!«, ermahnte ich sie, »nur eine Frage pro Runde. Aber ich lass dir das als Anfängerfehler durchgehen. Also beides ja.«

»Wirklich?«

»Ich denke schon. Ich glaube, du hast mir mal gesagt, dass du für so eine Gelegenheit sterben würdest. Oder warte, war es töten?«

Kalisha schnappte nach Luft: »Bitte was?« Sie brach in nervöses Lachen aus. »Ich und töten? Ich bin Veganerin und Pazifistin. Das weißt du doch.«

Ich sah sie nur an und deutete mit meiner Mimik und Gestik an, dass das ihre Worte gewesen waren und ich nichts dafür konnte. Jetzt versuchte sie, sich an ihre Aussage zu erinnern, die irgendwas mit Sterben oder Töten zu tun hatte. Statt auf eine Lösung zu kommen, bot sie mir an, mich zu setzen. Da konnte ich nicht nein sagen, denn in Kalishas Apartment lagen überall unfassbar gemütliche Sitzkissen und Kunstfelle herum. Wenn man zur Ruhe kam und darauf achtete, merkte man auch, dass es nach Vanille und Wald roch. Der Duft wurde von Kerzen und Räucherstäbchen versprüht. Ich machte es mir auf dem gepolsterten Boden bequem.

»Ich würde fast sagen«, meinte ich dann verheißungsvoll und im Schneidersitz, »wenn du nicht Florian getroffen hättest, würdest du das, was ich dir erzählen will, in einen deiner nächsten Zauber einbinden. Oder vielleicht hast du es längst getan.«

Jetzt war ihre Aufmerksamkeit geweckt und zugleich war Kalisha von meinem Schachtelsatz verwirrt. Sie setzte sich ebenfalls und nahm Phobos dabei auf ihren Schoß. Der hing wie ein nasser Sack in ihren Händen und maunzte kurz. Während sie überlegte, was sie als nächstes fragen könnte, kraulte sie den grau-schwarz getigerten Kater, bis er einschlief. Sein vollständig grauer Bruder Deimos beobachtete uns vom obersten Regalbrett.

»Hat es was mit der Uni zu tun?«, fragte sie. Immerhin stand ihr Masterabschluss in Geschichte und Philosophie bevor.

»Nein, kein bisschen«, antwortete ich sicher.

Kalisha überlegte weiter, während Phobos mit den Ohren zuckte: »Mit Florian?«

»Hmm, also, eigentlich … «, stammelte ich. Jetzt musste ich überlegen, wie ich das verpacken sollte. »Nein. Streng genommen nicht. Nur, wenn sich weitere Sachen ergeben würden.«

»Was für Sachen? Warte! Hat es mit einem anderen Mann zu tun?«

»Ja.«

»Mit Jacques?« Das war ihr Ex-Freund, der sie nicht vergessen konnte und ihr manchmal auf die Nerven ging. »Irgendeine Neuigkeit darüber, dass er endlich über mich hinweg ist?«

»Interessanter Gedanke, aber nein. Darüber weiß ich nichts. Ich kenne ihn ja kaum.«

»Kennst du denn den Mann, um den es geht?«

Jetzt musste ich lachen, denn ich hatte mir damit selbst ein Bein gestellt. »Nicht persönlich«, antwortete ich, »aber ich habe ihn mal bei der Arbeit gesehen, bei einer Premiere. Aus der Ferne.«

»Ein Schauspieler! Ein … River?«

Verdammt, warum musste ich bei diesem Spiel immer so viel von meinen Gedanken verraten? Eigentlich hätte ich Kalisha gern noch etwas zappeln lassen.

Die fantasierte schon fröhlich weiter und wie ich sie kannte, beschwor sie damit vermutlich genau das herauf, was sie sagte. »Lass mich raten«, fabulierte sie drauf los, »Nick Morgan ist krank oder wurde gefeuert. Oder wieder verhaftet. Deswegen muss jetzt ein Vollprofi mit weißer Weste wie River für ihn einspringen.«

Ich seufzte einmal laut. Deimos maunzte. Dann erzählte ich ihr, dass Nick heute tatsächlich nicht da gewesen war und scheinbar ein paar Menschen das Filmprojekt verlassen mussten, weil sie nicht aufgetaucht waren. Das Szenario ergab in meinem Kopf mehr und mehr Sinn. Was, wenn schon die Aufregung am Morgen damit zusammengehangen hatte, dass Nick nicht mehr kam? Andererseits hatten wir heute keine Szene gedreht, in der er vorkam. Also kein Grund zur Sorge. Hoffte ich.

»Aber River wird sicher Teil des Films?«, fragte Kalisha und versuchte, ihre Aufregung zumindest ein bisschen zu unterdrücken.

»Ja. Nach allem, was ich weiß.«

Die junge Hexe fiel rückwärts auf ihr rundes Kissen. Dabei rutschte ihr die Brille von der Nase. Auf dem Rücken liegend strampelte sie mit den Beinen und den süßen geringelten Socken in der Luft. Phobos rannte erschrocken davon. Das wiederum erschreckte seinen Bruder und nun sprinteten zwei aufgeregte Kater kreuz und quer durch die verwinkelte Wohnung. Kalisha atmete tief ein und sagte: »Du kannst dir gar nicht vorstellen, wie sehr ich gerade meine Lebensentscheidungen überdenke.«

Ich hakte nach: »In Bezug auf Florian?«

»Das meine ich nicht unbedingt. Ich träume nur gerne von River, für etwas Abwechslung im Kopf und in der Seele. Was ich meine, ist meine Berufswahl. Da warst du so viel klüger als ich.«

»Du wirst Historikerin und hilfst gerade einem Professor dabei, ein Buch zu schreiben! Noch dazu ein interessantes! Ich habe bis vor einer Woche Nachos in Plastikschalen gefüllt. Manchmal sogar samstagsabends. Das ist das erste Mal, dass ich mit so großen Stars drehe. Außerdem sterbe ich ziemlich schnell in dem Film und hab gar keine Szene mit River. Soweit ich weiß. Ich hab ja keine Ahnung, wen oder was er spielt.«

»Jetzt rede es nicht klein!« Kalisha wurde wütend. »Ist doch egal, was du da genau machst. Wichtig ist, *er* ist da, und du kannst ihn aus nächster Nähe sehen und ahh, dieser Mann.« Dann fügte sie noch hinzu: »Übrigens weiß Florian von meinem kleinen Crush und er sagt, wenn ich die Chance hätte, dann dürfte ich. Aber nur bei dieser einen Ausnahme. Ich sage dir das nur, weil du nicht geheim halten musst, was für eine Scheiße ich hier von mir gebe.« Sie lachte über sich selbst und setzte sich wieder aufrecht hin.

Den Rest des Abends kuschelten wir uns beide auf Kalishas Couch. Wir schauten selbstverständlich einen Film mit River in der Hauptrolle. Er hatte in dem Streifen eine großartige Chemie mit seiner Kollegin. Deswegen verbrachten wir mindestens eine halbe Stunde mit einer tiefgehenden Analyse darüber, ob River mit irgendwem mal *keine* gute Chemie gehabt hatte. Nach intensivem Überlegen fielen uns zwei Personen ein. Als wir die nannten, zog sich River auf dem Bildschirm seinen Pullover aus. Kalisha vergrub das Gesicht in meinen Haaren. »Mach es aus! Nein, klick auf Pause! Arg, nein, lass einfach weiterlaufen, hör gar nicht auf mich. Hast du diese Muskeln gesehen, seinen Bauch, die Brust? Die sind mega und sehen trotzdem noch bequem aus. Wie wenn er erst trainiert und dann gemütlich mit dir auf dem Sofa Pizza isst. Weißt du, was ich meine? Ich finde das so heiß.«

»Duscht er in deinem Szenario zwischendrin?« Ich musste die Frage einfach stellen. Kalisha boxte mir in die Seite und verlangte dann wirklich, dass wir die Stelle noch mal wiederholten, weil sie ja jetzt nur die Hälfte gesehen hatte. Ach ja, ich liebte Mädelsabende.

Oh mein Gott. Der Kaffee hier musste aus dem Garten Eden geerntet und von Engeln gebrüht sein. Am liebsten wäre ich darin schwimmen gegangen, so gut war er. Ich atmete den herben Duft ein und lehnte mich in meinem Stuhl zurück. Heute war es hier ungewohnt ruhig. Noch wurde die Technik aufgebaut und Einstellungen wurden gemacht. Test, Test, eins, zwei, drei. Aber jeden Moment würde es losgehen.

Nick saß im Aufenthaltsraum ein paar Fuß links vor mir, mit all seiner Aufmerksamkeit in einem Buch versunken. Nach dem, was ich sagen konnte, war es kein Skript. Es hatte auch sonst nichts mit Filmen zu tun. Dem cleanen Cover nach zu urteilen war es irgendwas Anspruchsvolles, ein neu aufgelegter Klassiker vielleicht. Millimeter um Millimeter rückte ich näher. Natürlich nur, um zu erkennen, was für ein Buch das war.

Im Näherrücken öffnete ich kurz den Deckel meines Kaffeebechers. Er war tatsächlich leer. Ich hatte es mir nicht eingebildet, da war nur noch Schaum. Ich sprang auf und machte mich ladylike auf den Weg zum Mülleimer. Dabei konnte ich vor Nick vorbeilaufen und einen absolut beiläufigen Blick auf das Buchcover werfen. Fast konnte ich die ersten Buchstaben erkennen, als sich unsere Blicke kreuzten. Sie liefen nur flüchtig aneinander vorbei. Es dauerte kaum eine Sekunde, da war ich schon am Mülleimer und konnte das Ziel meiner Mission erfüllen. Ich hatte noch nie so glückselig und elegant einen Pappbecher im hohen Bogen in eine Tonne gepfeffert.

Ich hörte ein leichtes, belustigtes Ausatmen hinter mir. Es war brüchig, unterbrach sich selbst. Er lachte wegen mir. Mit einem Mal war alles um mich herum nicht mehr da. Ich bewegte mich nur noch in einem weißen Raum, mit Seidenvorhängen behangen und ohne einen anderen Menschen darin. Hinter mir nur dieses leichte, luftige Schnauben, das unterdrückte Lachen. Sonst nahm ich nichts mehr wahr.

»Du könntest das professionell machen.«

»Ich könnte was? Professionell Müll wegwerfen?«

»Ja, du könntest …«

Die Seidenvorhänge fielen und ich war wieder mitten in den Studios. Ich hatte meinen Einsatz bestimmt verpasst. Warte, was? Ich stand schon in der Kulisse? Wo waren die letzten Minuten geblieben und wann hatten wir angefangen zu drehen? Frank war jetzt ein Alien, mit einem viel zu breitem Gesicht für einen Menschen. Nick befand sich vor mir und er knurrte mich an, denn jetzt war der Weltraumpirat wütend. Seine Augen waren so blendend grau wie die Kulisse um ihn herum. Wo waren meine Erinnerungen an die letzten Minuten? Hatte ich was getrunken oder war etwas in dem Kaffee gewesen? Mein Kopf fühlte sich luftig und schwer zugleich an. Seine Hand war an meinem Hals. Ich sollte würgen und das tat ich auch. Todesangst, jetzt! Dann wechseln zur Wut. Zeig ihm, wer hier die Bossbitch ist. Dieser Cyber-Robin-Hood im langen Mantel darf nicht gewinnen. Ich wehrte mich und beleidigte ihn. Dann sollte er fester zugreifen. Nick Morgan presste mich ruckartig nach hinten und drückte fester zu. Ich bekam noch Luft, denn es war nur gespielt. Gleichzeitig bekam ich irgendwie auch keine mehr. Die Muskeln in seinen Armen und auf seinem Gesicht zuckten. Irgendjemand hatte ihm die Augen dunkel mit Kajal umrandet und das war mein Todesurteil. Ihn direkt anzusehen, war zu viel. Ich warf den Kopf zurück an eine dieser dämlichen giftgrünen Möchtegernscheiben. Dann stöhnte ich.

»Cuuut!«

Regisseur Wintour verdrehte die Augen. Ich sah es gar nicht.

»Wir sind hier nicht bei *Fifty Shades of Grey*. Wut. Du musst wütend sein! Er hasst deine ganze soziale Schicht und du seine. Spuck nicht nur Speichel, spuck Gift. Bis zum bitteren Ende. Nochmal. Sex Dungeon könnt ihr später spielen.«

Ich war mir nicht sicher, aber ich meinte ein »könnten wir« zu hören, bevor die Klappe fiel. Es war so leise, dass es kaum da gewesen war. Meine Augen weiteten sich in Schock. Dann, kein Wimpernzucken später, war ich wieder giftig. Ich spuckte Gift mit meinen Augen und Wintour liebte es.

Jetzt war es an der Zeit, dass der alte Alienmann voller Schmerz an sein Herz fassen musste. Er klappte für wenige Sekunden zusammen, doch schon zeigte die Kamera wieder auf Nick und mich. Solche Szenen wurden fast nie chronologisch gedreht. Noch stand ich, gleich würde die Erbin zu Boden gehen. Ich schloss die Augen. Nicks Körper war ganz nah an meinem. Ich spürte beinahe, wie er atmete. Um mich herum war nur Watte. Ganz leicht berührte ich ihn an der Hüfte. Die Kamera hatte es bestimmt nicht gesehen. Er hätte lächeln müssen, aber er war ein Schauspieler. Er explodierte gleich, die Adern traten an seiner Stirn hervor. Dann wurde ich von Nick gewaltsam zu Boden geworfen. Die Kamera folgte meinem Gesicht. Ich sah mich selbst in der Nahaufnahme. Im nächsten Moment fühlte ich die weiche Sportmatte unter mir … ich lag da, er kniete sich auf ein Bein … hielt mich fest … und stach zu. Der Plastikdolch hatte wohl wirklich direkt in mein Herz getroffen, denn da brannte es jetzt.

Ich sah auf meine Brust. Geschockter Blick. Es war mein *Black Swan*-Moment, denn ich hätte schwören können, da floss Blut aus mir raus. Moment mal, das tat es. F*ck, ich hatte vergessen, dass das so ein einziehbares Trickmesser war. Die künstliche Soße, die Blut darstellen sollte, floss aus der geheimen Kammer des Dolches über mich und ruinierte mein nobles Outfit. Dann wurde mir schwarz vor Augen und ich glaube, ich gab eine ziemlich gute Leiche ab. Bailey, das Mädchen neben mir mit den Reptilienschuppen am ganzen Körper schrie, dass es in den Ohren schrillte. Das war ein beeindruckendes letztes Geräusch, das ich in meinem Filmleben hörte.

Wie gerne hätte ich noch länger so getan, als ob das wirklich mein Ende wäre. Doch in der Realität mussten noch vier weitere Aufnahmen gemacht werden. Mir wurde ein neues Oberteil gereicht. Ich meine, dass ich beim dritten Mal ruhig und fokussiert war und einfach ablieferte – während Nick eine gewisse Erregung im Gesicht hatte. Ich könnte es mir auch eingebildet haben.

Keine Ahnung, welche Mächte hier am Werk waren. Ich könnte fast schwören, dass Kalisha ihre Finger im Spiel hatte, denn es konnte nicht mit rechten Dingen zugehen. Nick verbrachte nämlich den Rest des Drehtages in meiner Nähe. Diese eine intensive Szene hatte ausgereicht, dass wir uns verhielten, als wären wir Freunde. Jedenfalls für heute, wo nur wenige andere Schauspieler am Set waren. So was passierte doch nicht wirklich.

»Du musst mir nachher alles davon erzählen, wie es ist, auf eine Schauspielschule zu gehen!«, verlangte Nick draußen beim Sonnetanken.

Ich fragte ehrlich verblüfft: »Du warst nie auf einer?«

Er lehnte sich an die Wand von Halle 16.

»Nein, als ich mit dem Filmzeug angefangen habe, war ich noch in der normalen Middle School. Ich war echt noch jung.«

»Stimmt. Krass. Und du hast es nie nachgeholt?«

Nick schüttelte lachend den Kopf. »Nein, alle sagen mir, ich sei ein Naturtalent. Ich bin mir da nicht so sicher. Ich mache es inzwischen einfach gerne. Man lernt mit der Praxis.«

Dass er nie auf einer Schauspielschule war, hatte ich tatsächlich nicht gewusst. Ich hätte schwören können, seine Mutter hätte ihn damals für irgendwelche Kurse eingeschrieben. Nick las meine Gedanken: »Ich habe zwei Mal eine Art Sommerschule oder Camp besucht, wo einem Schauspiel und Gesang und so was beigebracht wurde.«

»Ach und einmal, im Ferienlager, da …«, fing ich an.

Nick bewarf mich mit einem Stück Papier, das er auf dem Boden gefunden hatte.

»Hör mir auf damit!«, rief er lachend. »Die wollten, dass ich bei dem Blödsinn mitmache! Bei einer der miesen Fortsetzungen!«

»Dein Ernst?«

»Ja!«

Er wurde rot. Ich fühlte mit ihm. Der Arme wäre beinahe ein Teil des *American Pie* Casts geworden. Wir schlichen uns, in Gedanken an warmen Apfelkuchen, zurück zum Dreh.

Gerade wurde der Herzanfall des alten Mannes gedreht, und später die Szene, in der einer der Räuber heimlich dem

Mädchen half. Die junge Darstellerin hatte die Ehre, ein echtes Alienkind zu sein. Sie war von der Make-up-Abteilung mit grau-grünen Schuppen bedeckt worden. Ich beobachtete ihren Dreh noch eine Weile, doch ich selbst hatte keine Szene mehr. Eigentlich hätte ich längst heimgehen müssen. Aber weil Nick sich in den Drehpausen mit mir unterhielt, schickte mich niemand weg. Es war wie bei einem Konzert, bei dem man problemlos Bier aus dem Backstage-Kühlschrank holen konnte, solange man in Begleitung von einem der Musiker war. Durch ihn genoss ich Narrenfreiheit. Kaum dachte ich das, drückte mir Nick tatsächlich ein Bier in die Hand. Wo hatte er das denn jetzt aufgetrieben? War das hier überhaupt erlaubt? Er konnte gerade noch mit mir anstoßen und mich anlächeln, dann musste er wieder vor die Kamera. Ich saß also auf seinem Regiestuhl, musste absolut still sein, sah zu und hatte das bestimmt nur gerade so geduldete Bud Light in der Hand. Er sah mir sogar von der Kulisse aus kurz direkt in die Augen. Es war zu surreal, als dass ich irgendetwas fühlen würde. Es wirkte so natürlich und normal und das war das Verrückte.

Echsenkind Bailey verschwor sich gerade mit einem der Geiselnehmer. Sie handelten ihren eigenen Deal aus und das junge Mädchen durfte sich dabei sehr erwachsen geben. Das war die letzte Szene, die für heute gedreht wurde. In den letzten beiden Einstellungen war Nick auch nicht im Bild. Er durfte sich also wieder neben mich setzen und konnte endlich sein Bier trinken. Ich stand von seinem Regiestuhl auf, um ihm Platz zu machen. Er schüttelte den Kopf und pflanzte sich auf den Boden neben mir. Das hieß, ich durfte weiterhin den Namen Dorianth im Rücken tragen und er saß freiwillig auf dem Boden? Das hier war eine billige Fanfantasie. Wintour nickte uns wohlwollend und etwas verwundert zu. Er war heute mit unserer Arbeit zufrieden und sagte bestimmt zum tausendsten Mal, wie viel angenehmer er es fand, nur mit wenigen Menschen zu drehen.

»Bist du mit dem Auto hier?«, fragte Nick schließlich, nachdem die letzte Einstellung für heute abgedreht war und nahm noch einen Schluck von seinem Bier. Gleichzeitig checkte er sein Handy. Über dreihundert neue Likes auf irgendwas konnte ich erkennen. Er klickte die Benachrichtigung nur gelangweilt weg, um eine Mail von seinem Manager öffnen zu können.

Ich druckste ein wenig herum und gestand: »Ich habe gar kein Auto. Ich komme manchmal mit der Metro und meistens per Uber.«

»Dann bin ich heute deine Mitfahrgelegenheit mit 5-Sterne-Bewertung.«

Was?

Ähm, ich meinte natürlich: »Ja? Danke! Ich weiß nicht, ob ich das annehmen kann, aber wenn du drauf bestehst, dann ja, ähm, danke!«

»Ach, keine Ursache«, meinte er, »ich habe irgendwie noch keine Lust, nachhause zu gehen. Da herrscht seit Tagen dicke Luft. Da kann ich auch eine Spritztour machen und einer netten Kollegin aushelfen.«

Heilige Scheiße. Kalisha, wenn ich dich in die Finger bekomme! Solche Sachen passieren doch nicht einfach außerhalb eines Skripts.

Keine halbe Stunde später saß ich in einem dunkelblauen Bentley, mit einem Chauffeur vorne und Nick Morgan neben mir. Vorm Fenster zogen die Hollywood Hills an mir vorbei und ich konnte noch immer nicht fassen, dass das hier gerade wirklich passierte. Der Fahrer drehte auf Geheiß von Nick die Musik hoch. Es lief irgendeine 80s-Pop-Playlist. Wir unterhielten uns nicht, sondern genossen einfach den warmen Spätsommerwind, der durchs offene Fenster wehte. Das Auto war bequem und sauber. Ich ließ mich in den Sitz sinken. Kurz sah ich zu ihm hinüber. Er trug jetzt ein hellblaues Shirt, darunter konnte man ziemlich genau die Umrisse seines Körpers sehen. Es war fast egal, wie sie aussahen. Es war schon ein gutes Gefühl, sie überhaupt zu sehen. Weil es seine waren. Ergab das irgendwie Sinn? Aber auch, wenn das nicht der Körper von Nick Morgan gewesen wäre, hätte er mir ziemlich gut gefallen. Ich wusste auch, dass unter seiner Sonnenbrille immer noch der Kajal war, inzwischen leicht verschmiert. Nick hatte selbst feststellen müssen, dass der Stil gut aussah und wollte es erst zuhause abwaschen. Kurz stellte ich mir vor, wie er unter die Dusche stieg und sein Gesicht unter den Wasserstrom hielt, erschöpft von einem langen Arbeitstag am Set. Die Haare glänzten dunkel. In meinem Kopf war es ein Schwarzweißfilm.

Wir kamen in die Nähe meiner Wohnung und inzwischen hatte er mir erzählt, dass er zwei Hunde besaß, mit denen er gleich noch eine große Runde gehen würde. Das hatte ich natürlich schon vorher gewusst. Mufasa und Sarabi hießen die beiden und schon das feierte ich. Vor allem die Ironie, weil sie ja Hunde waren und keine Katzen. Bei der Gelegenheit erzählte ich von Effie und ihrer Gassigeh-Company. Nick meinte, er käme darauf zurück, so etwas hätte er schon länger in Erwägung gezogen.

»Wo wohnst du denn?«, fragte ich, um mir die Runde, die er lief, besser vorstellen zu können.

Gerade wollte er antworten, da verfinsterte sich seine Miene.

»Tut mir leid, aber das werde ich dir nicht sagen.« Seine Stimme klang plötzlich sehr kalt.

»Du weißt doch jetzt auch meine Adresse«, meinte ich beiläufig.

»Das ist was komplett anderes. Mit meiner könntest du sonst was anstellen.«

Ich schluckte und antwortete leiser: »Tut mir leid. Ich dachte nur, weil du nach dem Hundeservice gefragt hast. Da müssten wir vielleicht wissen, wo die Hunde abzuholen sind und …«

»Vergiss es!«, zischte er. »War eine dumme Idee, habe ich so im Affekt gesagt.«

Die drei restlichen Minuten bestanden nicht aus peinlichem, sondern aus verunsichertem Schweigen. Plötzlich war es, als hätte ich etwas falsch gemacht, als ob ich ihn stalken wollte. Ich stieg aus, bedankte mich nochmal höflich und schlug die Tür zu. Schnell weg hier, die Stille beenden. Aber meine Tasche verhedderte sich in der Tür. Mist, also nochmal öffnen und nochmal zu. Peinlich. Außerdem ein Klischee, die wollte ich doch vermeiden. Ich nahm immer zwei Stufen auf einmal, bis hoch in den vierten Stock. Dort öffnete ich die Wohnungstür und ließ mich direkt dahinter auf den Boden sinken. So ein Mist! Es war doch so gut gelaufen. Klar war es bei Celebrities immer schwierig, wenn ihre Adresse bekannt war. Aber es hatte vorher auf mich gewirkt, als würde er mir vertrauen; und außerdem hatte er ja nach dem Gassidienst gefragt. Effie wollte schon wissen, wo ihre Kunden lebten. Um die Tiere abzuholen, heimzubringen oder mindestens für den Notfall. Von der Rechnungsstellung ganz zu schweigen.

Was war plötzlich sein Problem? Er hatte nicht mal richtig Tschüss gesagt.

Als ich realisierte, dass morgen nochmal ein Massendreh war, verging mir jegliche Lust darauf. Das würde anstrengend und komisch werden und wir würden uns bestimmt nur widerwillig grüßen, wenn überhaupt. Mein Atem wurde leiser. Weder Kalisha noch Florian waren zuhause und die Stille machte es nicht besser. Heute hätte ich sie gerne dagehabt. Ich schaffte es auch bis zum Einschlafen nicht, mich richtig abzulenken. Ich sah nur ein sinnloses Youtube- und TikTok-Video nach dem anderen und bestellte Pizza.

Ich kam nicht sehr motiviert am Studio an. Es war schon wieder so neblig und heute hasste ich es. Mir war kalt, ich Idiot war nur in T-Shirt und Shorts aus dem Haus gegangen. Der Pförtner hatte wieder wenig Lust, mich freundlich zu begrüßen oder meine Personalien zu überprüfen und heute fand ich das anmaßend. Es wirkte vielleicht entspannt, aber eigentlich war es unhöflich. Und tierisch leichtsinnig. Hier konnte ja fast jeder hereinspazieren, wenn er nur behauptete, irgendwo dazuzugehören. Aber das waren die verdammten Universal Studios! Sicherheit war eigentlich wichtig. Aber gut, war ja nicht meine Verantwortung, ob hier irgendwelche Spinner hereinkamen.

Ich wurde fertig gemacht für die Szene und heute nahm man es nicht so genau, denn für mich gab es keine Nahaufnahme. Es ging nur um den Moment, in dem die Räuber uns überfielen. Ich wurde einfach in meiner Unterhaltung unterbrochen, das junge Mädchen klammerte sich an mich, wir kannten das alles bereits. Ich war heute also lustlos und genervt und auch das passte irgendwie gut zur Rolle. Die Erbin wollte auch einfach nur an ihr Geld rankommen und hatte auf die ganze Maskerade davor keinen Bock.

Aus mir selbst unerfindlichen Gründen war ich heute trotzdem gesprächiger, oder besser gesagt kontaktfreudiger als sonst. Ich unterhielt mich mit zwei anderen Darstellerinnen und erfuhr so auch, zu welchen Castings sie als nächstes gehen würden. Eine von ihnen war blau-silber angemalt, die andere hatte Kunstblut auf der Stirn kleben. Beide sagten, ich sollte doch auch mein Glück versuchen und zu ihrem Casting mitkommen. Ich machte mir eine gedankliche Notiz.

Nick sprach heute nur mit den wichtigen Personen. Mit dem Produzententeam, mit Wintour und anderen großen Rollen. Sein Stuntman war auch da. Das war schon etwas verwirrend, zwei von der Sorte herumlaufen zu sehen. Einmal das Original und einmal ein vermeintlich billiger Fake, der aber ganz schön was draufhatte. Ich mied den Blickkontakt zu Nick und auch seine Nähe. Schuld und Wut vermischten sich in mir. Mir fiel fast mein Sandwich aus der Hand, als er in einer Drehpause lockerlässig auf mich zukam und fragte, wie es mir heute ging.

»Nicht ganz so gut. Habe gestern schlecht geschlafen.«

»Hat es was mit mir zu tun?« Er sah ernsthaft betroffen aus, was mich doch sehr verwirrte.

Ich zögerte mit meiner Antwort. Denn es stimmte. Aber konnte ich ihm das so vorwerfen?

Er nahm mir die Verantwortung ab: »Tut mir leid. Ich habe echt komisch reagiert. Hatte in der Vergangenheit ein paar miese Erfahrungen, was sogenannte Fans und Paparazzi anging.« Er sah dabei zu Boden und kratzte mit dem Fuß an einem Sticker herum. »Dabei verstehe ich nicht mal, was die an mir oder meinem Haus so spannend finden«, fügte er noch hinzu.

Ich fand meine Worte wieder: »Uh, das tut mir leid, das ist blöd.«

Er lachte und konnte mir wieder in die Augen sehen. »Richtig blöd, oder?«, meinte er. »Warum machen Menschen so was? Ich verstehe nicht, was sie davon haben, mich beim Müllraustragen zu sehen oder was auch immer. Moment …« Er zögerte kurz. »Ich habe eine Idee. Du bist doch so gut im Müll wegbringen. Du machst das ab jetzt für mich.«

Schön. Endlich wurde ich für mein wahres Talent gewürdigt. Wir lachten beide darüber und es war wieder wie gestern. Nur wir in einem leeren Raum, die hundert anderen Menschen existierten nicht. Ich merkte, wie ich wieder jede Bewegung und Pose seines Körpers genau unter die Lupe nahm. Er hatte sein unbequemes Kostüm ausgezogen und trug eine dunkelgraue Jogginghose mit einem schlichten grünen Top. Das in Kombination mit den umrandeten Augen und der verstrubbelten Frisur ließen mich wieder merken, warum ich ursprünglich hier sein wollte.

Er verschränkte die Arme, während er seinem Stuntman zusah. Der musste gerade den Einbruch durch die Tür üben. Es gab ein paar kleine Explosionen, die Tür wurde mit Seilen aus ihren Angeln gezogen, dann knallte sie an eine Wand. »Weißt du was«, sagte Nick, mit dem Gesicht zum Set, nicht zu mir – da wurden wir ermahnt, ruhig zu sein oder den Raum zu verlassen. Der Dreh begann. Mit Gesten gab Nick mir zu verstehen, dass ich ihm in seinen Trailer folgen sollte. Da schüttelte ich natürlich nicht den Kopf.

Ich folgte ihm – und eine Bimmelbahn fuhr an uns vorbei. Es war die Tour aus dem angrenzenden Themenpark. Die Kids winkten uns zu, ich winkte zurück. Nick tat so, als würde er sich vor ihnen verstecken. Aber sie wirkten harmlos und sie waren ja in den abgeschlossenen Kabinen. Also lief er nicht wirklich davon.

Im Trailer hielt er mir erst einmal wortlos eine Schale Süßigkeiten hin. Auch da sagte ich nicht nein. Er ließ sich auf die Couch fallen und erzählte, was er schon vor der

Kulisse hatte sagen wollen: »Ich habe über das mit dem Gassigehen nochmal nachgedacht und glaube, ich hole mir da echt eine Unterstützung für meine beiden Retriever. Aber ich nehme jemanden, der bei mir in der Gegend wohnt. Das ist übrigens in den Trousdale Estates.«

Bei diesen letzten Worten lehnte er sich wieder nach vorne und sah mich bedeutungsschwer an. Mir lief nur das Wasser im Mund zusammen, weil die Pose so sexy war. Nach und nach verstand ich, was er sagen wollte. Ich sah ihm wieder in die Augen, freundlich und verstehend, und nickte.

»Dein Geheimnis ist bei mir sicher«, antwortete ich noch, weil ich nicht wusste, was ich sonst sagen sollte.

»Das will ich hoffen«, raunte er. Dann kramte er in einer Tasche nach seinem Buch. Jetzt konnte ich endlich den Titel erkennen. Es war *Das Phantom der Oper*. Ich hatte also Recht gehabt, das konnte man fast als Klassiker sehen.

»Du willst doch als Schauspielerin bekannt werden, oder?«, stellte er das Offensichtliche in den Raum. Das Buch legte er neben sich auf einen kleinen Tisch. Ich setzte mich falsch herum auf seinen Stuhl und fragte mich selbst, ob ich denn nie einfach mal nur normal irgendwo sitzen konnte. »Lange Zeit habe ich es schleifen lassen, hatte ich ja erzählt. Jetzt habe ich es wieder mehr im Blick. Hatte fast vergessen, wie viel Spaß es macht. Wieso fragst du?«

Er grinste und es war das erste Mal, dass ich ihn außerhalb der Rolle des Dorianth als gehässig-hochnäsig-amüsiert erlebte. »Weil ich am Sonntag mit ein paar Kollegen essen gehe. Und wenn du willst, kannst du mit. Es wird eine recht offene Runde. Wer weiß, vielleicht baust du die Kontakte deines Lebens auf.«

Er lehnte sich zurück, überschlug die Beine, sah mich wieder erwartungsvoll an. Ich wünschte mir nichts mehr, als jetzt auf seinem Schoß zu sitzen und antwortete einfach frech heraus: »Das würde mich sehr freuen. Und vielleicht gehen wir danach noch was trinken oder in die Mitternachtsvorstellung.« Ich wagte es, setzte mich neben ihn und berührte ihn absichtlich, obwohl die Couch breit genug für zwei Menschen war.

Es dauerte etwa zehn Sekunden, in denen er sich auch leicht an mich lehnte. Dann rutschte er ruckartig weg.

»Demi.« Er machte eine ernste Kunstpause. Sah mit ernster Miene auf den Boden. »Ich biete dir hier eine Hilfe für deine Karriere an. Ich finde, du hast als Schauspielerin Potential. *Aber* das sollte kein Date sein. Ich habe eine Freundin und wenn du so ein großer Fan bist, solltest du das eigentlich wissen.«

»Du hast … was? Oh, nein. Das wusste ich nicht und das war nicht als Date gemeint. Ich, ach, keine Ahnung.«

Ich verfluchte mein eigenes Gestammel und verabschiedete mich aus dem Trailer.

»Ich hatte gehofft, du wärst nicht so ein Fangirl«, rief Nick mir noch nach und setzte damit noch einen drauf. »Ich dachte, wir könnten normale Freunde werden.«

Die Gassen des Studios sahen alle so gleich aus, ich wusste gar nicht, wohin ich rannte. Das passte zu dem peinlichen Fangirl. Vielleicht hatte Kalisha keinen Liebeszauber für mich gesprochen, spukte es mir durch den Kopf, sondern beschworen, dass ich wieder die Realität und den Boden unter mir fand. Oder sie war zur schwarzen Magie übergegangen und hatte mich verflucht. Weil sie neidisch darauf war, dass ich River treffen sollte. Wo war der eigentlich? Ein Auto hupte mich an, ich fluchte, trat gegen einen Blumenkübel. Niemand reagierte. Ausraster waren sie gewohnt. Gefühlt verging eine Ewigkeit, bis ich die richtige

Stage wieder gefunden hatte. Den Rest des Drehtages arbeitete ich wie ein Roboter, bis ich heimgeschickt wurde. Nicks Blick brannte in meinem Rücken.

Seine Wankelmütigkeit nervte. Eigentlich wollte ich besser sein als diese verrückten Stalker, die stundenlang vor einer Tür standen und hofften, ungeschminkte Celebrities zu erwischen. Immerhin lebte ich seit sieben Jahren in dieser Stadt und hatte so was noch nie getan. Klar, man hielt die Augen offen und freute sich, mal ein bekanntes Gesicht im Whole Foods zu treffen oder so was. Aber ich hielt mich selten in den Hügeln auf, außer zum Wandern. Nur einmal war ich auf einer Party dort gewesen, nach meiner letzten Produktion.

Jetzt hatte ich einen Plan, der meine Prinzipien spontan über den Haufen warf. Ich bestellte ein Uber und ließ mich den Coldwater Canyon Drive hochfahren. Bis ganz nach oben, wo er vom Mullholland Drive abführte. Ich überlegte noch, ob mich der Fahrer bis zum Loma Vista Drive bringen sollte, wo die Nachbarschaft der Trousdale Estates begann. Andererseits sollte er gar nicht so genau wissen, wo ich hinwollte. Ich konnte keine Zeugen gebrauchen. Also tat ich so, als müsste ich an der Ecke Cherokee Lane raus. Der Fahrer guckte etwas skeptisch. Aber ein ansehnliches Trinkgeld sowie die Tatsache, dass er mich gerade von den Filmstudios abgeholt hatte, ließen ihn schweigen. Er war wohl eher verwundert, dass ich kein eigenes Auto oder einen eigenen Fahrer hatte, wenn ich zu dieser Klientel gehörte.

Ich stieg aus und tat so, als bräuchte ich etwas länger, um alles herzurichten. Hose glatt streichen, Tasche durchsuchen, Nase putzen. Der Fahrer sollte verschwinden. Ein offener Kleinbus fuhr an mir vorbei und die Touristen darin schossen munter Fotos. Ich hätte wetten können, dass ich auf mindestens zwei ihrer Bilder zu sehen sein würde. Wenn du erst wirklich berühmt bist, nervt dich das sicher tierisch, aber wenn man gerade erst bekannt wird und das erste absichtliche Paparazzi-Foto von dir geschossen wird – das muss doch super sein. Meine Frisur passte sogar zur Umgebung und meine neuen Schuhe auch. Der Rest meines Outfits bestand aus Schlabberlook. War das nicht genau das, was die Stars trugen, wenn sie nicht sofort herausstechen wollten?

War es erstrebenswert, in Nicks Position zu sein oder nicht? Ich war mir nicht sicher. Auf Dauer war es vermutlich anstrengend, wenn ständig jemand was von dir wollte, dich verfolgte. Aber war es nicht auch eine angenehme Bestätigung? Ich war nicht hier, um ein heimliches Foto von ihm zu machen, und ich wollte ihn auch nicht lange nerven. Eigentlich war ich nur neugierig geworden. Außerdem wollte ich unseren Plot ein wenig anheizen. Und was soll ich denn bitte tun, wenn er mir seine Gegend verrät, aber nicht die Straße und Hausnummer? Komm schon, Nick. Wenn wir echte, normale Freunde sein wollen, dann muss ich doch wissen, wo ich dich besuchen kann. Zu guter Letzt wollte ich eine Erklärung für sein Verhalten. Die Antwort könnte ich hier finden, am besten in einer direkten Konfrontation.

Eine kurze Bildersuche auf Pinterest später hatte ich tatsächlich ein Foto gefunden, auf dem Nick aus seinem Haus kam. Ich wusste intuitiv, dass dieser Schnappschuss vor seiner eigenen Einfahrt entstanden sein musste, weil er darauf Hausschuhe trug – und kein Shirt! So würde er sich nie weit von seinen sicheren vier Wänden entfernen … Diese Fotografen, dachte ich, während ich zu lange auf das

Foto sah. Sie waren privatsphärestörende Idioten, aber sie waren auch praktisch. Jetzt musste ich nur noch dieses Eingangstor finden, während ich hier durch die Straßen irrte. Das war ja fast zu einfach.

Ich lief los, hoch, in die Richtung des beliebten Nobelviertels, weg vom lebhaften Coldwater Canyon. Eine Frau im besten Alter joggte an mir vorbei. Nach oben. Na großartig, von dieser Fitness war ich weit entfernt. Dann duckte ich mich unter tiefhängenden Ästen hinweg, musste einem langsam fahrenden Tesla Platz machen und grüßte einen Möbellieferanten. Ich mochte diese Gassen. Sie waren grün und leise und sie flüsterten dir ihre Geheimnisse zu, wenn du genau hinsahst. So wie das verlorene Armband mit dem Herzanhänger, das da vor mir auf der Straße lag. Ich sammelte es auf, fühlte seine Macht in mich übergehen. Ärgerlich an diesen Gassen war nur, dass man von der Straße aus nicht dieselbe Aussicht hatte wie in den Gärten.

Tatsächlich musste ich nicht besonders weit laufen. Viel zu schnell erkannte ich das Tor anhand der Farbe, Größe und Zierde. Nicks Tor. Ziemlich weit oben auf dem Berg. Dieses Ding mit der weißen Backsteinmauer, das war also sein Haus. Ich hockte mich auf den Boden davor und kramte mein Buch aus der Tasche. Heute war ich so schlau gewesen, mir auch eins mitzunehmen. Es war eine billige Cyberpunk-Geschichte, die ich auf irgendeinem Yard Sale für einen Dollar mitgenommen hatte. Der abgegriffene Umschlag ließ sich viel zu leicht knicken. Eigentlich wollte ich was Anspruchsvolleres lesen, aber die Zeit war eng geworden und ich hatte das Erstbeste aus dem Regal gezogen.

Es dauerte etwa vierzig Minuten, dann wurde ein Auto kurz vor mir immer langsamer. Es blinkte, bog ab, und hielt direkt vor mir. Es konnte nur zu Nicks Haus wollen. Ich sah hoch, wollte sehen, wer der Fahrer war. Da trafen sich wieder unsere Blicke und dieses Mal blieben sie aneinander hängen. Erst war da bei beiden die Neugier. Wen hatten wir vor uns? Dann wechselte der Ausdruck bei mir zu Zufriedenheit, dann Unsicherheit, dann Schuld, dann Angst. Auf der anderen Seite ging der Ausdruck von Überraschung zu Schock, zu Verwirrung, zu Wut. Im nächsten Augenblick ging der Motor aus, eine Autotür wurde aufgerissen und zugeknallt und nach vier großen Schritten war Nick bei mir. Heute war er ohne Chauffeur unterwegs. Er fuchtelte wild mit den Armen und wollte mich scheinbar gerade anschreien, als er innehielt und sich umsah. Stimmte ja, da konnte immer jemand sein, der ihn aus den Büschen heraus beobachtete. Er packte mich also am Handgelenk, dort, wo das Armband war, ließ das Auto in der Einfahrt stehen und zog mich hinter das Tor. Er hatte Schwierigkeiten, mich festzuhalten und gleichzeitig aufzuschließen, aber ich wehrte mich kaum. Im nächsten Moment bereute er seine Entscheidung, weil er mich jetzt auf sein Grundstück gelassen hatte. Er hatte aber keine Zeit, groß darüber nachzudenken. Schon hatte ich das kalte Eisen des Tores im Rücken. Es hatte übrigens ein schönes Art déco Muster.

»Was machst du hier?!?!«, fragte er mit sichtbarer Wut und auch ein wenig Panik in der Stimme.

»Ich weiß es nicht«, antwortete ich, was sogar der Wahrheit entsprach. Ich wusste wirklich nicht, warum ich das für eine gute Idee gehalten hatte. Sein Griff wurde fester. Das Metall des Armbands drückte sich brennend in meine Haut.

»Du«, ich fing an, eine Erklärung zusammenzustückeln, »ich hatte auch gedacht, wir wären am Anfang einer echten Freundschaft. Und unter Freunden erzählt man sich halt, wo man wohnt. Außerdem machen mir deine

Stimmungswechsel Angst … und, ähm, ich wollte in Ruhe darüber reden.«

Gar nicht so schlecht, was ich da sagte, und es kam halbwegs sicher aus meinem Mund. Ich glaubte mir selbst, dass das die wahren Gründe waren. Nick wurde ein bisschen ruhiger, aber er war auch sichtlich überfordert mit der Situation. Seine Hand verkrampfte sich, das verlorene oder weggeworfene Metallherz bohrte sich in mein Handgelenk. Er kam nah an mich ran und zischte mir ins Ohr, damit ja kein Passant vor dem Tor zufällig etwas hörte: »Bitte, Demi. Lass mir meine Privatsphäre. Ich brauche sie. Sonst fängt alles wieder von vorne an. Geh jetzt heim und komm nicht wieder her.« Er hatte mich immer noch am Arm gepackt. Es war nicht am Hals, aber irgendwie fühlte es sich ähnlich an wie am Filmset. Unsere Szene hier war oscarreif. Ich sagte locker grinsend: »Aye-aye, Sir!«

Keine Ahnung, ob ich die Situation für mich selbst herunterspielen wollte. Aber in mir kam keine Panik auf, sondern eher ein gutes Gefühl. Der Moment war so intensiv. Richtig dramatisch, ganz nach meinem Geschmack.

Nick sah das anders. Er fragte: »Nimmst du mich nicht ernst?«

Ich kniff die Augen zusammen und seufzte: »Ach, komm schon. Tut mir leid. Nimm *du* es doch nicht so ernst. Ich bin schon weg und lass den Herrn Filmstar in Ruhe.«

Aua. Das war zu übermütig. Nickt schubste mich jetzt mit beiden Händen nach hinten. Ich stieß mir den Kopf an. Dann trat er gegen die Tür, dass es schepperte.

»Du hast keine Ahnung, was … ach, vergiss es. Wirst du auch nie. Hau ab!«

Er riss die Tür gewaltvoll auf und ich, die dagegen lehnte, wurde nach vorne geschleudert. Ich landete auf Händen und Knien und spürte sofort die Schrammen an Knien und Handfläche. Kurz blieb ich keuchend in dieser Position – und fand es geil. Ich hatte kein bisschen Angst. Ich fühlte mich sicher. Gleichzeitig war da das aufregende Gefühl von Gefahr und Grenzüberschreitung. Ich musste lachen, als sei ich der Bösewicht in einem Film. Der Held dachte, mich besiegt zu haben, aber er hatte noch nicht mit dem letzten Ass in meinem Ärmel gerechnet. Ich war unüberwindbar. Das nannte man auch High Tower Surprise. Jetzt brach Nick in hysterisches Lachen der Verzweiflung aus. »Also, ich weiß nicht, was mit dir los ist, Demi, aber du machst mir Angst. Verlass mein Grundstück oder ich rufe die Polizei.«

Ich hätte noch sagen können: »aber du hast mich hier reingezogen«, ließ es aber lieber bleiben. Meine letzten zwei zerfetzten Gehirnzellen rissen sich wieder zusammen. Ich nahm mein Buch und meine Tasche vom Boden und stolperte aus der Tür. Das gefundene Armband klimperte laut. Nick wartete, bis ich weg war. Ich hörte ihn noch »scheiße, scheiße, scheiße«, fluchen und irgendwas mit: »wie soll ich weiter mit ihr arbeiten, ich muss …« dann war ich außer Hörweite. Ich stolperte die steile Straße nach unten. Es gab hier nicht mal überall Gehwege. Immer wieder kurvten Autos an mir vorbei, doch das war mir egal. Das Blut an meinen Handflächen verkrustete bereits. Das Cyberpunk-Buch hatte ein paar Flecken abgekommen, wodurch es echt authentisch wirkte. Der Herzanhänger hatte mir einen Abdruck in der Haut hinterlassen. Ich selbst erwartete Tränen nach dieser Situation, denn alles tat weh und er hasste mich, aber ich lachte nur. Ich musste mich auf dem ganzen Weg nach unten kaputtlachen. Ich konnte nicht fassen, dass ich den Moment, als ich gegen das Tor geknallt war, oder auf dem Boden gekniet hatte, ziemlich heiß fand. Ich lachte über mich selbst. Der Typ konnte mich so viel herumwerfen, wie er wollte. Es machte fast Spaß. Irgendwie hatte ich die ganze Zeit das Gefühl gehabt, dass es ein Safeword gab. Es war doch alles nur unser wildes Spiel.

Langsam verstummte mein Lachen. Spätestens als ein Pärchen aus einem Truck stieg und Angst vor mir bekam. Kurz schienen sie zu überlegen, mich anzusprechen. Aber dann gingen sie recht locker mit der Irren um, die an ihnen vorbeistolperte, und ich bekam das Gefühl, dass Nervenzusammenbrüche auch in dieser Straße keine Seltenheit waren. Im nächsten Moment rauschten zwei weitere Trucks viel zu schnell an mir vorbei. War ich wieder am Coldwater Canyon Drive? Vor der Lautstärke der Straße bekam ich Angst und dann wurde mir kalt. Mein Wahn war vorbei und ich realisierte, was ich getan hatte, was gerade passiert war. Ich war irre, jetzt war es amtlich, und vielleicht hatte Nick längst das Filmteam kontaktiert. Ich würde gefeuert werden, oder? Die meisten Szenen waren schon abgedreht, aber trotzdem bekam ich Panik. Nicht nur ein mulmiges Gefühl, sondern diese richtige Angst. Wie wenn man gleich seiner Mutter gestehen musste, dass man versehentlich das Haus in Brand gesteckt hatte und der Hund noch drin gewesen war. So schlimm war es dann auch wieder nicht, trotzdem war ich in Schockstarre. Ich lief und lief und lief kopflos geradeaus, dann bog ich nach links ab, von der Sonne weg. Ich lief weiter, ewig weit, bis ich vor dem Whisky a Go-Go stand. Ich dachte nicht nach, wusste nicht, wer hier heute spielte, aber ich kaufte mechanisch ein Ticket, zeigte Ausweis und Tasche vor und schwang die Tür auf. Dass ich gerade mit einem Buch in der Tasche einen Club betrat, fiel mir gar nicht auf. Ein fantastischer Main Character Moment. Ich kämpfte mich durch zur Bar und das nächste, was ich bewusst wahrnahm, war, wie ich neben meiner alten Schulfreundin Rose tanzte. Sie prostete mir zu. Ich schüttete mein halbes Getränk über sie. Es war das fünfte. Ich wusste nicht, was mich morgen erwartete. Für heute Abend sollte alles egal sein. Rose hängte sich mir plötzlich um den Hals und zeigte hoch zum Sänger auf der Bühne. Der Punk da oben grinste uns an und ich grinste zurück. Dann rauschte das Blut durch meine, sich in jeglicher Hinsicht taub anfühlenden, Ohren.

SEQUENZ 4

Nach dem Konzert wurde ich langsam wieder nüchtern. Der Herzabdruck auf meiner Hand war auch verschwunden, das Blut war getrocknet. Die ersten klaren Gedanken kehrten zurück. Morgen würde ich auf Nick zugehen und mich entschuldigen. Wenn er nicht mit mir persönlich reden wollte, konnte ich es ihm vielleicht ausrichten lassen. Mit einem Zettel, der in seinen Trailer gebracht wurde, zum Beispiel. Ich könnte ihm auch einen Brief schreiben. Aber dann würde ich ja seine Adresse für den Versand benutzen und irgendwie fühlte sich das falsch an. Fanmail ins Postfach?

Keine Option!

Wie schlimm war die Lage überhaupt? Falls er bei Golden Mind die Stalker-Alarmglocken geläutet hatte, hätte ich ein Problem. Ich könnte höchstens vorgeben, dass es ein Missverständnis war. Dass ich dachte, er hätte mich eingeladen oder dass ich zufällig in der Gegend gewesen war. Dafür müsste ich nur ein wenig schauspielern und improvisieren. Das konnte ich doch. Außerdem waren die meisten Szenen mit mir schon abgedreht. Es fehlte nur noch die, in der ich nur als Leiche herumliegen musste sowie die Rückblende mit meinem Filmvater. Rausschmeißen würden sie mich also eher nicht mehr. Und ganz ehrlich: Ich glaube, es war komplett egal.

Diese Stadt und die Branche waren zu wahnwitzig, als dass mein kleines Vorkommnis eine Rolle spielte.

Oder?

Ich dachte diese lösungsorientierten, besänftigenden Gedanken, während ich mit Rose im Backstagebereich des Whiskys herumlungerte. In diesen Räumen war ich noch nie gewesen. Ich hatte es bisher aber auch nie darauf angelegt, denn auch wenn ich gerne Rockmusik hörte, war sie für mich nicht so wichtig wie für Rose. Sie war seit der siebten Klasse das Rock Chick gewesen, damals erst inspiriert von Avril Lavigne und später von der frisch verstorbenen Amy Winehouse. Irgendwann kam sie dann mit einem Misfits Shirt an, der Rest war Geschichte.

»Schön, dich mal wieder zu sehen«, säuselte Rose, ein wenig gehässig. Schließlich war ich es, die unseren Kontakt nicht mehr gepflegt hatte. »Wie ich höre, bist du jetzt Sci-Fi-Filmstar.«

»Star ist übertrieben. Aber woher weißt du davon?«

»Du hast also schon vergessen, dass ich noch deine Nummer habe und deinen Status sehe?«

Sie drückte mir ein weiteres Bier in die Hand, ich stellte es wieder weg. Genug für heute. Ich wollte meinen klaren Kopf zurück. Der Punker belächelte mich dafür. Das wunderte mich nicht, er sah ziemlich abgenutzt aus.

Rose lehnte sich mir entgegen. »Und wie kommst du dazu, plötzlich für Fridays for Future zu spenden? War dir doch sonst auch immer egal.«

»Was? Wie meinst du das jetzt wieder? Habe ich das?« Ich war verwirrt. Das hatte ich nicht in meinen Status gepostet.

Rose stöhnte genervt, verdrehte die Augen und hielt sich die Hand vor die Stirn. Alles gleichzeitig. »Du bist auf einem Benefizkonzert. Dein Eintritt ist schon eine Spende und jedes Bier von der Bar auch.«

»Interessant, dass du dann lieber das von der Band wegsäufst.«

Ich wollte eigentlich nicht über solche Dinge streiten, denn ich fand Benefizkonzerte eine gute Sache. Aber das wollte ich Rose unter die Nase reiben. Sie hatte bisher weniger Geld hiergelassen als ich.

Der Sänger, der anscheinend Gabriel hieß, verließ den Raum auf der Suche nach irgendeinem Roadie. Kaum war er raus, lehnte Rose sich schon wieder nach vorne. Sie flüsterte mir zu, als sei es ein Geheimnis: »Ich gehe heute mit ihm ins Hotel.«

»Das ist schön für dich«, antwortete ich und war ein wenig neidisch, weil ich nie einfach mit irgendwem ins Hotel ging. An Gabriel persönlich hatte ich allerdings kein Interesse, er war nicht mein Typ.

»Gabriel ist nicht nur der beste Sänger des Landes, er kämpft auch an vorderster Front.«

»Er ist bei der Armee?«, fragte ich und stellte mich absichtlich dumm. Rose hasste die Armee und jeden, der mit ihr sympathisierte. Sie machte eine Geste, als würde sie mir aus der Ferne eine Ohrfeige verpassen und antwortete mit einem langgezogenen: »Neiiin.« Dann erklärte sie mir, in welchen gemeinnützigen und sozialen Organisationen er alles war. Fridays for Future war nur eine davon. Er sammelte auch Spenden für Straßenhunde, für Waisenkinder, Transjugendliche und sogar einen Verein, der sich gegen häusliche Gewalt einsetzte. Thematisch lagen diese Dinge doch sehr weit auseinander. Rose betonte, dass Gabriel sich eben für alle Benachteiligten interessierte und am liebsten noch mehr tun würde. Aber er wollte seine Fans nicht überstrapazieren. Er forderte sie nämlich regelmäßig zum Kauf von Alben und Merchandise auf, um Geld für gute Zwecke zu sammeln.

Ich hatte keinen konkreten Grund, das anzunehmen, aber irgendwas kam mir komisch vor. Vielleicht weil er an so vielen Baustellen gleichzeitig werkelte. Daher fragte ich nach: »Er braucht das Geld nicht, um seine eigenen Kosten für die Band zu decken?«

Die Frau, mit der ich mich auseinandergelebt hatte, seit wir zusammen Michigan verlassen hatten, lachte mich aus: »Du Dummkopf, er hat einen lukrativen Job. Er ist Anwalt, kämpft auch an dieser Stelle für das Gute und Gerechte. Die Musik macht er nur zum Spaß.«

»Der Punk ist Anwalt?«

»Wenn er ins Büro geht, trägt er normalere Sachen. Ansonsten ist es 2022. Komm in der Gegenwart an, Demi. Aber nochmal zurück zu dir. Du stehst mit Nick Morgan vor der Kamera?«

Ich bejahte. In mir sollten Schmetterlinge aufsteigen, aber da war nur eine Mischung aus Nüchternheit, Sorge vor unserer nächsten Begegnung und Kohlensäure. Rose legte die Stirn in Falten. »Halt dich lieber von dem fern. Der soll schwierig sein und er ist egoistisch. Verdient Millionen, seit er zwölf ist und gibt nichts ab. Aber du standest mal auf den, oder?«

So langsam verlor ich die letzte Lust an diesem Gespräch. Also tat ich so, als wollte ich mir noch einen Drink von der Bar holen (und so den guten Zweck unterstützen) und verschwand einfach. Raus aus der Tür und weg von Rose und Gabriel, die scheinbar zu gut für diese Welt waren.

Heute kam ich unglaublich erschöpft und mit einem undefinierbaren unguten Gefühl zuhause an. Florian fragte beiläufig, wo ich noch gewesen war und ob ich Gemüselasagne wollte. Ich nahm mir welche. Gerade wollte ich ins Bett gehen, da hielt Florian mir sein Handy unter die Nase.

»Ich habe die eine Million Views für ein Video geknackt. Wenn du willst, hör dir die Geschichte doch zum Einschlafen an.«

Ich nickte mit glasigen Augen und lächelte ihn an. Das freute mich wirklich für ihn und ich werde mir die Story auch anhören. Ich konnte ihm gerade nur nicht die volle Aufmerksamkeit schenken, die er verdient hatte. Erst musste ich noch eine Stunde daliegen, nachdenken, langsam alle Aufregung herunterfahren. Erst nachdem ich mein Schlafshirt mit der Laserstrahlen schießenden Katze und die gepunkteten Shorts angezogen hatte, suchte ich auf meinem Handy Florians Youtube Channel. Er betrieb einen ziemlich erfolgreichen Creepypasta-Kanal und angenehm schaurige Urban Legends waren jetzt genau das, was ich brauchte, um abgelenkt ins Schlummerland überzugehen.

Der Lärm in der Stadt kam mir lauter vor als sonst. Ich nahm alles sehr aufmerksam wahr, war ungewohnt stark in der Gegenwart. Weil ich Angst vor den nächsten Stunden hatte und am liebsten im Jetzt geblieben wäre? Wenigstens hatte ich heute einen leichten Job, ich durfte einfach als Leiche in der Ecke liegen. Jetzt war ich auf dem Hinweg zu meinem Todesurteil. Ein Hund schnupperte an mir und ein Mann wühlte neben mir im Mülleimer. Heute holte ich mir Frühstück an der Tankstelle inklusive extra starkem Espresso. Der Spätsommer zeigte sich derweil von seiner schönsten Seite und auch die etwas verlorenen Touristen da hinten genossen den strahlend blauen Himmel.

In der Metro hörte ich ein Hörbuch. Ich fand es lustig, mir eine Hollywood-Lovestory herunterzuladen und sie mit meinem Leben zu vergleichen. In der Geschichte war der Filmstar arrogant. Klassische Bad Boy Story. Aber die Protagonistin war es auch, was der Sache dann doch einen frischen Touch gab. Sie trugen ein Battle im Diva-Sein aus.

Inzwischen ging ich routiniert durch das Tor und zur Stage 16. Unterwegs begegnete ich dem Team eines anderen Films, das wild durch die Gegend fluchte. Etwas weiter die Straße runter befanden sich ein paar bekanntere Gesichter und besprachen sich. Der Drang, nach links und rechts, um jede Ecke zu spähen, war schwächer geworden. War das gerade David Harbour gewesen? Vielleicht war es manchmal doch interessant, wer hier herumspazierte. Ich konnte mich aber auch geirrt haben. Energisch zog ich die Tür zu Stage 16 auf. Noch war alles gut. Noch war ich nicht gefeuert worden und mich hatten auch noch keine bösen Nachrichten erreicht. Die Mitarbeiter und anderen Schauspieler grüßten mich im Vorbeigehen und noch bevor ich in mein Kostüm schlüpfen und mich mit Kunstblut bekleckern lassen konnte, stand ein bestens gelaunter Nick vor mir.

Was. Zum. Geier war mit diesem Menschen los?

Er verhielt sich, als sei nichts gewesen. Fragte mich, wie es mir ging und ob ich heute schon einen Kaffee gehabt hatte. Er fragte sogar scherzhaft, ob ich nicht lieber mit einem Bier einsteigen wollte, es wären noch Budweiser da.

Ich war perplex und, Schauspielkunst hin oder her, man sah es mir an. Nick brachte mich in eine ruhige Ecke. Ein bisschen hatte der Moment Ähnlichkeit mit dem in seiner Einfahrt. Denn wieder hielt er mich am Handgelenk und zog mich hinter sich her. Dieses Mal war es aber sanft und freundschaftlich und ich hatte das Armband nicht an. Es lag jetzt zuhause in meiner Lieblingsschublade. Nick kam direkt zum Punkt: »Ich kann mir denken, dass du verwirrt bist. Du musst wissen, wenn ich so bin, wie ich zu dir war, hat das einen Grund. Hinterher tut es mir dann aber immer leid. Die Öffentlichkeit kann hart sein, verstehst du? Das prägt einen. Außerdem weißt du ja, dass ich eine Freundin habe. Es wäre blöd, wenn sie einen falschen Verdacht schöpft. Wenn du das verstehst und dich an ein paar Regeln hältst, ist alles gut zwischen uns. Du hast gestern niemanden für Fotos angeheuert, oder? Es gibt kein Beweis für unseren Zwischenfall?«

Ich schüttelte heftig den Kopf.

»Alles gut?«, fragte Nick mit sanftem Blick und, gottverdammt, den dunkel umrandeten Augen. »Es tut mir wirklich leid.«

»Alles gut«, sagte ich langsam und mechanisch. Irgendwo musste doch ein Haken an der Sache sein. »Ich verspreche, dir nicht mehr aufzulauern«, fügte ich noch hinzu. Dann passierte das bisher Unfassbarste. Nick Morgan umarmte mich und gab mir einen Kuss auf die Wange. Obwohl er eben noch selbst von seiner Freundin und falschen Gerüchten gesprochen hatte. Würde uns jetzt jemand für Behind-the-Scenes-Material ablichten, wäre er verloren. Es kam wieder das Gefühl auf, von dem ich mich schon gewundert hatte, dass es so selten aufgetaucht war. Es kribbelte in mir, ganz weit unten. Ich hielt ihn länger fest als nötig und dann musste ich schon wieder laut lachen. Innerlich zumindest. Denn genau in dieser Sekunde lief River C. Reed beiläufig hinter Nick vorbei und zog sich sein Sweatshirt aus. Dann lief er in Richtung Maske. Diesen Moment hätte ich mir nicht besser ausdenken können. Kalisha, wir müssen dringend reden, aus mehreren Gründen.

Nick und ich lösten uns aus der Umarmung, sahen uns noch kurz an und vergewisserten uns mit einem Blick, dass wirklich alles gut war. Ich meinte, zu sehen, wie Nick mir für Sekundenbruchteile auf die Brüste schaute. Normalerweise war da nicht so viel zu sehen, mein Kostüm half etwas nach. Sofort war Nick aber wieder ganz Gentleman und sah mir ins Gesicht. Er verabschiedete sich. Ich machte mich für meinen Auftritt als Leiche fertig, dann verbrachte ich die Wartezeit in einem Raum mit den anderen Nebendarstellern. Eigentlich müsste ich dort viel mehr Zeit und Energie in Networking investieren. Entweder vergaß ich es, oder diese Leute interessierten mich nicht genug. Wer weiß das schon.

Für eine Leiche hüpfte ich zwei Stunden später erstaunlich beschwingt auf die Kulisse. Ich legte mich elegant auf den Boden. Wir besprachen die Aufnahme und endlich erfuhr ich, was River hier tat. Als er in die Maske gegangen war, hatte er noch wie ein Mensch ausgesehen. Jetzt wuchsen ihm Stacheln aus den Armen und im Gesicht trug er eine wilde, dunkle Bemalung. Die Haare waren durch Filmmagie länger geworden und zum Zopf geflochten, und eine lustige Verformung der Ohren durfte bei einem Außerirdischen natürlich auch nicht fehlen. Alien-River war der Einsatzführer einer Art Weltraumpolizei, die uns Geiseln mit geschickten psychologischen Verhandlungen befreien sollte. Zu blöd, dass es für meine Rolle zu spät war. Das hieß, mir konnte egal sein, welche Heldentaten River vollbrachte. Ich wurde nur noch weggeschleppt.

Es war aber megaspannend, bei allem genau zuzusehen.

Die Stuntmänner lieferten sich einen Kampf. Fieser Dorianth gegen Mister sexy Weltraumpolizei. Nach den Actionsequenzen waren die eigentlichen Schauspieler mit ein paar Einstellungen dran. Ich konnte immer dann zuschauen, wenn gerade etwas getestet wurde oder ich nicht im Bild war. In der restlichen Zeit musste ich mich aufs reglose Herumliegen konzentrieren und die Augen geschlossen halten. Ich übte mich in meinen Daredevil-Fähigkeiten, indem ich versuchte, den actionreichen Shots auch so zu folgen.

Regisseur Wintours Stimme drang schallend zu mir durch: »Miss Shaw! Bitte kurz mal Augen auf. Sie werden gleich von Zosma weggetragen. Nicht bewegen dabei! Erinnern Sie sich, Sie sind tot. Außerdem müssen Sie vorsichtig wegen seiner Stacheln sein.« Ich öffnete die Augen nicht, ich riss sie auf. Zosma war der Name von Rivers Charakter. Der stemmte bereits tatkräftig die Hände in die Hüften. »Na, dann wollen wir mal den Müll rausbringen.«

Grandios, die Müllwitze würde ich hier wohl nicht mehr loswerden, das war jetzt mein neues Ding.

River kam zu mir und es wurde kurz abgeklärt, dass es in Ordnung war, wenn er mich hier und dort und da anfassen würde. Nur zu, der Herr, Sie dürfen sehr gerne! Ich stimmte allem enthusiastisch zu. Ehe ich mich versah, hing ich über seiner Schulter und ich konnte mir den Gedanken nicht verkneifen, dass Nick hierfür wohl nicht stark und groß genug wäre. Sagen wir, er hätte zumindest zu kämpfen. In Rivers Armen fühlte ich mich leicht wie eine Feder. Hui, es machte Spaß, hier so abzuhängen. Nur der Stoff seiner Kleidung war etwas rau. Als wir die Einstellung aufnahmen, musste ich mich zusammenreißen, nicht vor Freude durchzudrehen, sondern wie tot über der Schulter zu hängen.

Viel zu schnell war der Dreh vorbei. Ich hätte das den ganzen Tag lang tun können, hust, hust. Jetzt saßen wir im Raum mit den Snacks. Mein Kopf war etwas rot vom vielen Kopfüberhängen. Es könnte aber auch andere Gründe haben, weniger physikalisch, mehr psychologisch. River und Nick saßen beide in meiner Nähe. Streng genommen hatte ich mich in ihre Nähe gesetzt, es störte sie aber nicht, sie blieben und darauf kam es an. River, immer noch komplett im Kostüm, sah zu mir rüber. »Frau Leiche«, rief er, während er kaute, »ich mache nächste Woche eine Poolparty für den ganzen Cast. Du bist auch eingeladen und wenn du willst, bring noch mehr Leute mit. Hast du Freundinnen, die Single sind?« Er sagte es so freundlich, humorvoll und mit einem Golden-Retriever-Blick, dass es kein bisschen verwerflich war. Gab es rothaarige Retriever? Wenn ja, dann war er einer.

Ich antwortete frei heraus: »Ich bin selbst Single und ähm …« ich überlegte. Meine beiden besten Freundinnen waren es nicht. Da waren noch ein paar lose Bekanntschaften, aber die würde ich sicher nicht zu so einer Gelegenheit mitnehmen. Rose schon gar nicht. »… meine besten Freundinnen sind es nicht«, beendete ich meinen Satz. Dass eine von ihnen tierisch auf ihn stand und die andere lesbisch war, ließ ich erst mal aus, das war jetzt nicht relevant.

»Das ist sehr schade. Aber dass du solo unterwegs bist, ist schon mal eine gute Nachricht.« Er grinste frech und fuhr sich durch den dunkelroten Bart. River machte keinen Hehl daraus, dass er flirtete, aber es schien, als ob er nicht wirklich vorhatte, etwas mit mir anzufangen. Es schien einfach seine Art zu sein. Nick stupste ihn in die Seite. »Entschuldige, ich nehme sie dir nicht weg«, raunte River ihm zu. Daraufhin verpasste Nick seinem Kollegen eine Kopfnuss. Sie wirkten erstaunlich vertraut miteinander, dabei hatten sie noch nie vorher gemeinsam vor der Kamera gestanden. Nick nahm mir meine Frage vorweg: »Der Blödmann ist mein Nachbar. Also fast, uns trennen so sechshundert Fuß und eine Abbiegung.«

»Lass mich raten, du erzählst mir nicht, in welche Richtung?«

»Das muss er schon selbst machen, wenn er dich zu einer Poolparty einlädt«, entgegnete Nick und nahm sich noch einen Bagel.

»Carla Ridge«, meinte River beiläufig. »Wo wohnst du denn, Frau Müllsack? Dann schicke ich dir und deinen Mädels einen Fahrer vorbei. Ich habe eine bessere Idee«, unterbrach er sich selbst. »Ich organisiere euch allen Fahrer und Kleinbusse und Limousinen, die jeden einsammeln!« Kaum hatte er das gesagt, schnappte er sich das Megafon und verkündete sowohl seine Party als auch die News mit der besonderen Anreise. »Danke für Ihre Aufmerksamkeit«, beendete er seinen Satz und hockte sich wieder hin. Jubel, Geplauder und Lacher durchströmten den Essensbereich. Jetzt widmete River sich mit voller Aufmerksamkeit seinen Pommes, etwas anderes gab es für ihn nicht mehr. Irgendwie war er schon knuffig. Der Mädelsabend nachher konnte nur interessant werden. Ich machte mir gedanklich eine Notiz, noch Süßigkeiten und Cola zu kaufen. Wenn schon Übernachtungsparty, dann richtig.

Der Heimweg war mein Laufsteg. Auf den Ohren dröhnte diese raue ›Paparazzi‹-Version von Kim Dracula. Ich ließ sie in Dauerschleife laufen, bis es mir langweilig wurde und ich Spotify zufällig mein nächstes Lied wählen ließ. Das kannte ich noch nicht, aber es passte zur Stimmung. Perfekt. Die Colaflaschen klemmten unter meinem Arm, die Schokolade fiel mir fast aus der Tüte, so donnerte ich die Tür zur WG auf und strahlte Florian an. Der war aber gerade dabei, irgendwelche Sachen in einen Beutel zu packen und abzuhauen und in seinen Augen strahlte gar nichts. Was war los? Er sagte auch nichts, verschwand einfach aus der Tür.

War jetzt auch egal, in einer Stunde würden Effie und Kalisha auftauchen und bis dahin war noch einiges vorzubereiten. Hier herrschte doch mehr Chaos als ich gedacht hatte. Wo waren diese blöden Kerzen? Sollte ich denn welche anmachen? Oder würde das zu sehr nach Romantik riechen? Ich müsste auch noch Gläser spülen, und die Post im Briefkasten quoll über. Ich holte sie zumindest schon mal rein, öffnen würde ich sie später. Die Musik aus meinen Kopfhörern half mir dabei, mich mit fantasievollen Szenarien von der drögen Arbeit abzulenken, bis die Stunde vergangen und die Wohnung vorzeigbar war. Pünktlich saß ich auf dem Sofa und wartete brav auf das Klingeln meiner Mädels. Sie kamen fast gleichzeitig an, brachten noch mehr Essen und Trinken und Kalisha hatte ihre Tarotkarten in der Tasche. Effie trug einen ihrer Hundeschützlinge auf dem Arm, einen schwarzen Shiba Inu.

Kaum hatten wir uns begrüßt, fiel ich mit der Tür ins Haus.

»Ihr werdet nie erraten, was Nick heute getan hat, deswegen verrate ich es euch gleich. Er hat mir einen Kuss auf die Backe gegeben und danach hing ich eine halbe Stunde über der Schulter von niemand geringerem als River persönlich.«

Beide starrten mich mit großen Augen an, eine fuchtelte mit den Händen, die andere griff sich an den Kopf. Sie erröteten und genau das wollte ich. Jetzt hatte ich ihre ungeteilte Aufmerksamkeit. »Das Beste kommt noch«, hauchte ich ihnen ins Ohr. »Wir sind alle zu einer Poolparty eingeladen, bei River, nächsten Samstag.«

Jetzt bekam Kalisha kaum noch Luft. Sie schüttelte mich, bis wir beide auf die Couch fielen, ich rückwärts, sie vorwärts halb auf mich drauf.

Diese doch sehr besondere Situation nutzte ich, um sie zur Rede zu stellen: »Gib schon zu, du hast was damit zu tun.«

Ihre erste Reaktion war ein ›Warte, was?‹ mit reiner Mimik. Dann säuselte sie: »Möglich. Sagen wir, ich habe ein bisschen was da rausgeschickt. Aber du weißt schon, wie das funktioniert, oder?«

Ich wartete, bis sie weiterredete, weil ich nicht wusste, worauf sie hinauswollte. Kalisha legte sich neben mich, starrte an die Decke. Ich stellte fest, dass sie wohl gerne auf dem Rücken lag, wenn sie etwas aus ihrem Innersten offenbarte. Effie saß vor uns, mit einer Dose Mountain Dew in der Hand.

»Dummerchen Demi«, lachte Kalisha, »was ich mache, funktioniert doch nur, weil du dachtest, ich mache irgendwas. Verstehste?« Sie machte eine Kunstpause. »Es geht so: Du gerätst in irgendeine verrückte Situation, wie jetzt zum Beispiel mit River. Dann denkst du gleich, ich hätte das für euch eingefädelt. Also gehst du drauf ein. Du lässt es zu.« Sie sah mich an. Ich sagte immer noch nichts, sondern beobachtete den Shiba Inu, der die Pflanzen beschnüffelte. »Gib zu, du würdest dich doch sonst gar nicht trauen, den beiden gegenüber so offen zu sein! Also bei Nick auch nicht. Du hättest Schiss, dich für zu wichtig zu nehmen. Sie zu nerven, was auch immer. Aber weil ich ja schuld bin, kannst du mitspielen.«

Sie sah mich erwartungsvoll und von sich überzeugt an. »Ach, ich bin einfach die Beste in meinem Fach!«, lachte sie. Dann rappelte sie sich umständlich auf und zog diverse Utensilien aus ihrer großen, schwarzen Stofftasche. Ich dachte über ihre Worte nach. Der Hund hatte angefangen, auf der Zimmerpalme zu kauen.

»Meine liebe Demetria Natalie Shaw«, verkündete Kalisha, »wir können uns gerne heute noch Zeit für einen Zauber nehmen. Einen, mit dem du in die Stimmung von Liebe kommst und Romantik und … ja, auch Sex.« Sie legte mir ihre Hand auf die Stirn, zündete eine Kerze an, atmete langsam. Für eine Minute herrschte nur Stille. Kalisha wartete. Ich nickte kaum merklich. Von mir aus.

»Stell es dir bildhaft vor«, forderte sie mich nun auf, »so intensiv, dass du dich richtig danach sehnst. Lass jede noch so frevelhafte Fantasie zu.«

Effie wiederholte amüsiert das Wort frevelhaft. Kalisha zischte ihr zu, sie sollte leise sein. »Tu es einfach«, sagte sie wieder zu mir. »Denk dir alles aus, was du mit Nick gerne machen würdest. Fühle es richtig. Sobald sich die Gelegenheit ergibt, und es wird sich eine ergeben, kannst du sie nun mit offenen … *Armen* … empfangen.«

Sie machte wieder eine Pause. »Jetzt bist du nicht ganz bei der Sache. Das merke ich dir an. Aber wenn wir es wirklich durchziehen, dann wirst du danach schon selbst dafür sorgen, dass sich deine Fantasie erfüllt. Es ist dann wie ein unvollständiger Musikakkord, den du unbedingt auflösen musst.«

Effie stellte die leere Dose weg und streichelte den Hund. Dabei summte sie diverse Akkorde vor sich her, ließ aber immer den letzten Ton aus. Es störte tatsächlich.

»Interessant, wie du über deine Kunst sprichst«, meinte sie an Kalisha gerichtet.

Die stellte die verführerisch riechende Kerze auf die Durchreiche zur Küche und sagte dabei: »Komm schon, Florian macht seinen Master in Psychologie und ich selbst habe Philosophie als Nebenfach. Ich weiß, wie wir im Hintergrund funktionieren und ich liebe es, damit zu spielen.«

»Hast du auch einen Besen?«, fragte Effie. Kalisha antwortete nur mit einem zwinkernden »Aber logisch doch.« Dann öffnete sie ihre mitgebrachte Flasche Kindersekt.

»Auf Demi und ihr berauschendes Vitamin B!«

Wir stießen an. Sofort danach musste ich mit allen Details über River und die anstehende Poolparty herausrücken. Gerade diskutierten wir darüber, ob wir lieber diesen einen neuen Film oder eine uralte Serie mit River gucken wollten, als mein Handy vibrierte. Der Bildschirm zeigte eine Nachricht von Rose.

»Hast du Zeit? Muss dir was erzählen. Gabriel ist ein Fake.«

»Habe gerade keine Zeit. Erzähl es mir später oder schick mir die Details einfach.«

Keine zehn Sekunden später brummte mein Gerät wieder. Rose' nächste Nachricht lautete: »Wann geht es denn? Ich muss es dir schnell erzählen, weil ich dir eine Entschul-digung schulde.«

Ich vertröstete sie auf den Dienstag. Da passte es einigermaßen. Ich verstand aber nicht, was sie mir schulden sollte.

Der Shiba Inu namens Nero sprang an mir hoch. Er wollte gestreichelt werden. Kalisha und Effie waren sich immer noch nicht einig über das Abendprogramm und ich schenkte mir Kindersekt nach. Als wir uns endlich für den aktuellen Film von River, einen Actionstreifen ohne bedeutende

Handlung, entschieden hatten, verstand ich mehr und mehr, was in Kalisha vorging. Ich hatte noch nie solche Oberschenkel gesehen, oder ein so ansteckendes Lächeln. Mir fiel noch etwas anderes Interessantes auf: Jeder seiner Ausdrücke ließ dich direkt mitfühlen. Wenn er einen neutralen Gesichtsausdruck hatte, dann sah er auch irgendwie neutral aus, dann war nichts Besonderes mehr an ihm. Dann könnte er auch der junge Vater von nebenan sein. Sobald er aber lachte, musstest du mitlachen. Wenn er wütend war, bekamst du Angst. Wenn er einen verführerischen Blick aufsetzte, dann wurde dir schwindelig. Nicht unpraktisch für einen Schauspieler.

Kalishas Aufmerksamkeit war wie ein pubertierendes Kapuzineräffchen. Mit ihr war heute nichts mehr anzufangen. River ging in die Hocke. Muskeln spannten sich an. Er stand wieder auf. Kalisha gluckste und lachte: »Das soll er nochmal machen, ich musste gerade … ähm … meinen Toaster gießen.«

Effie, die dumme Kommentare dieser Art nicht kannte, fragte nur: »Was?«

Kalisha winkte ab. Wäre nicht so wichtig.

Übermüdet und überdreht debattierten wir jetzt darüber, ob es bedenklich war, wenn man sich in einen minderjährigen Charakter verguckte, der aber von einem längst erwachsenen Darsteller gespielt wurde. Wir kamen zu keinem übereinstimmenden Schluss, stattdessen stapelten wir Schokoriegel, bis der Turm einstürzte.

Nach einer entspannenden Gassirunde mit Nero schliefen wir alle auf dem Sofa ein und als Florian nachhause kam, legte er sich nicht neben Kalisha, sondern verschwand in seinem Zimmer. Das hätte mir schon komisch vorkommen müssen, doch ich dachte nicht darüber nach. Auf dem

Bildschirm flimmerte noch immer ein Standbild von River. Es zeigte nur seine Brust, da hatte Kalisha gestoppt. Ich war kein bisschen stolz auf uns. Doch wie ich River kennengelernt hatte, würde er das hier selbst ziemlich super finden.

SEQUENZ 5

MEIN HANDY BRUMMTE UND WACKELTE IM MINUTENTAKT. Rose ballerte mich den ganzen Vormittag lang mit Nachrichten zu, immer wieder. Ständig änderte sie darin die Pläne, wo wir uns treffen sollten. Regen klatschte an meine Scheibe, als die vierte Änderung hereintrudelte. Ich sah nach draußen und dachte darüber nach, dass am Freitag der Dreh in Calabasas sein sollte. Würde er auch bei diesem Wetter stattfinden? Erst zweifelte ich daran. Andererseits würde Regen zu den ekelerregenden Gesprächen zwischen der Erbin und ihrem gefühlskalten Vater passen.

Wieder kam eine Nachricht von Rose an. Jetzt wollte sie nicht nur einen regensicheren Ort, sondern auch etwas, wohin wir beide nicht mit dem Auto fahren mussten. Nur Bus, Bahn oder Laufentfernung waren akzeptabel. Wegen der Umwelt. Welchen Teil von »ich fahre schon so oft es geht mit den Öffentlichen, aber Los Angeles ist riesig« hatte sie nicht verstanden?

Sie schlug das Museum für zeitgenössische Kunst in Downtown vor und weil ich die Ausstellungen dort meist liebte, sagte ich zu. Das hatten wir beide gemeinsam. Unsere Liebe für diese Art von entrückter Kunst.

Ich stand lange in den großen, weißen Hallen und nahm die Wirkung jedes Werks in mich auf. Die Kunst erdete mich. Rose hatte andere Vorstellungen davon, wie wir hier unsere Zeit verbringen wollten. Sie sah gar nicht hin, sondern beklagte sich in einem fort über Gabriel. Zusammengefasst war ihre Botschaft: Der Punksänger war ein Betrüger und dafür musste er jetzt büßen.

Also, Folgendes war passiert. Er war scheinbar gar kein richtiger Anwalt, sondern ›nur‹ Anwaltsgehilfe. Damit verdiente er nicht so gut, wie er vorgab. Stattdessen steckte er sich den Großteil der Spenden in die eigenen Taschen. Ich hatte es geahnt und musste über die Naivität meiner früheren Freundin schmunzeln.

Rose meinte, er hätte ihr das alles im Hotelzimmer gestanden, mit halb heruntergelassener Hose und einem fast schielenden Blick, versteht sich. Außerdem hätte er in diesem Zustand die ›woke‹ Jugend ausgelacht. Es wäre viel zu leicht, ihnen für den vermeintlich guten Zweck Geld abzudrücken. Dass Rose, die gerade im BH vor ihm lag, zu dieser Gruppe gehörte, hatte er inmitten von Gin und dubioseren Drogen vermutlich vergessen.

Rose hatte mit den Tränen zu kämpfen, so enttäuscht war sie. Die Entschuldigung, die sie mir schuldete, war, dass sie mich für das Kapitalistenschwein gehalten hatte und ihn für den Heiligen.

Ich betrachtete eine verzerrte Fotografie, die das Gefühl von Ehrfurcht und Beklemmung auslöste und nickte bestätigend. Rose konnte nerven, den Schmerz, den sie gerade spüren musste, konnte ich allerdings nachvollziehen. Sie setzte sich auf den Boden vor einer Großleinwand. Das indoktrinierende Schulsystem, das nichts weiter als gehorsame Arbeitssklaven erschuf, wurde darin kritisiert.

»Hast du diesen neuen Film gesehen?«, fragte mich Rose.

»Welchen Film?«

»Der, in dem die beiden Mädchen sich verbünden und sich helfen, warte … *Do Revenge* heißt der, glaube ich.«

»Ja, habe ich gesehen. Ich fand ihn gut, aber ich hatte mir mehr erhofft.«

»Wir sollten uns genauso zusammentun«, schlug Rose vor.

»Du willst dich also mit dubiosen Tricks und Plänen angeblich an jemand anderem rächen, aber in Wahrheit verarschst du eine Freundin? Verstehe ich das richtig?«

Ein Schwarzweißfilm flackerte über mein Gesicht, weil ich dem grell leuchtenden Beamer im Weg stand.

»Ja, er hat es verdient.«

Ich lächelte, nur mit einer Hälfte meines Munds. Rose hatte sofort Hoffnung im Gesicht.

»Und welche Rolle spiele ich darin?«, wollte ich wissen. »Die beiden Mädels in dem Film helfen sich, zumindest scheint es zuerst so, ja gegenseitig. Ich habe aber niemanden, an dem ich mich rächen will. Also welchen Vorteil hätte ich?«

Rose war da anderer Meinung: »Das glaube ich nicht. Du musst dich vielleicht nicht so an ihm rächen wie ich mich an Gabriel. Aber willst du nicht wissen, was mit Nick los ist? Warum seine Stimmung so extrem schwankt? Ich sage dir, da steckt mehr dahinter. Der Typ ist bestimmt voll der Psycho und ich könnte dir helfen, es zu beweisen, oder zumindest zu verstehen.«

Ich hatte den Fehler begangen, ihr vor einem der Kunstwerke stehend meine Geschichte mit Nick zu erzählen.

»Gottverdammt, Rose!« Ich hatte keine Lust auf ihre anschuldigende Art. Außerdem wollte ich niemand anderen bei meinen Nachforschungen dabeihaben. Wenigstens dieser Aspekt rund um Nick sollte nur mir gehören. Ich musste ihn schon in jeder sonstigen Hinsicht mit der ganzen Welt teilen. »Wie kommst du darauf und was weißt du schon über Nick? Du bist ihm nie begegnet!«

Sie antwortete nicht, wechselte lieber das Thema. Zurück zu Gabriel.

»Na gut, reden wir weiter über Gabriel. Mein Ziel ist es, ihn öffentlich auffliegen zu lassen«, erklärte Rose.

Ich gab zu, dass das schön und gut wäre, ich aber wirklich keine Lust hatte, mich darum zu kümmern. Und sie konnte – oder sollte – nichts für mich tun, basta. Mit diesem Stand gingen wir auseinander. Kaum war sie um die Ecke gebogen, überkam mich eine tiefe Erleichterung.

Abends starrte ich auf mein Handy, während ich mal wieder auf meiner Galaxy-Decke lag und überlegte, Rose' Nummer zu blockieren. Als ich noch überlegte, erreichte mich eine E-Mail vom süßen kleinen Golden-Mind-Praktikanten Timothy.

»Verwarnung«, lautete bereits der Titel. Der Inhalt sagte: Wenn ich noch einmal so ein Verhalten an den Tag legen würde, müssten sie dafür sorgen, dass ich auf die schwarze Liste kam.

Ich war so sehr darauf konzentriert, wie ich mit Rose umgehen sollte, dass mein Körper und Gehirn vergaßen, geschockt zu sein. Sie schmiedeten eher schon Pläne, wie ich Timothy ausfindig machen könnte. Dann würde ich ihn zur Rede stellen. In Erfahrung bringen, was er wusste. Worum ging es hier überhaupt? War er sicher, dass nicht jemand Lügen über mich verbreitete? Ich stellte mir vor, ihm näherzukommen und ihn damit zu begeistern, dass eine wenigstens etwas ältere Frau Interesse an ihm zeigte. War der Süße bestechlich?

Nein, Stopp, hör auf! Ich zog den Kopf zurück, wie Harry Potter aus der Schale mit den Erinnerungen. Nach Luft schnappend, von mehreren Menschen gleichzeitig schockiert. Vor allem von mir selbst.

Was ich genau verbrochen hatte, stand nicht in der Mail, doch ich konnte es mir denken. Nick. Hatte er mich also doch verpfiffen?

Anstatt Rose' Nummer zu löschen oder zu blockieren, wählte ich sie. Rose plärrte nur ein zufriedenes »ich habe es dir doch gesagt« aus dem Hörer und ergänzte: »Möge die Detektivarbeit beginnen.« Ich war noch zu überrascht, um emotional auf ihre Nonchalance bezüglich meiner Karriere zu reagieren. Erst nach und nach machte sich das Gefühl der Realisation breit.

Den Rest des Tages verbrachte ich mit einer tiefgehenden Recherche über Nick und seine Skandale. Ich wusste nicht, was ich sonst tun sollte. Mich nicht mit ihm zu beschäftigen, war unmöglich. Ich konnte aber nicht positiv über ihn denken, also musste ich Zeitungsartikel über Schlägereien durchforsten. Der Fehltritt mit der Security am Flughafen war nicht der einzige Fall, in dem Nick gewalttätig geworden war. Er soll auch einen Streit mit einem Produzenten gehabt haben. Dabei hatte er eine teure Kamera zerstört. Die Versicherung freute sich. Beim Dreh einer Serie, mit gerade achtzehn Jahren, beleidigte Nick einen anderen Jungschauspieler. Als wertlosen Nichtskönner und Daddys Liebling. Der Jungschauspieler war ein Nepo Baby.

Ich versank immer tiefer im Treibsand von Nicks Lebensgeschichte. Partyabstürze. Affären. Ein Autounfall. Immerhin ohne Todesfall. Er war die Art Person, die irgendwann mal eine bereuende Autobiografie herausbringen sollte. Nebenbei hörte ich die neuste Gruselgeschichte von Florian. Dabei drehte sich die ganze Zeit dieselbe Frage durch meinen Kopf: Warum hatte er es getan?

Der Dreh in Calabasas fand statt wie geplant. Es regnete nicht mehr, doch der Boden war noch schlammig und weichgespült, was nicht hilfreich war. Wir drehten auf einer Pferdekoppel, was bedeutete, dass ich alle zwei Meter in der nächsten unbarmherzigen Pfütze steckenblieb. Natürlich hatten sie mir die perfekten Schuhe für das Gelände gegeben.

Heute ging alles schief.

Die Erbin wollte dieses Gespräch einfach nur hinter sich bringen. Sie machte gute Miene zum bösen Spiel. So wie ich und das Team. Vor dem ersten Take schien es mir, als würden sich noch alle zusammenreißen. Fast so, als wüssten sie nicht Bescheid oder als wäre es ihnen egal, dass ich eine Stalkerin war. Dann ging die Aufnahme schief. Ich vergaß meinen Text und platsch, steckte im Boden fest. Danach ließen sie die Masken fallen. Offenkundig zeigten sie, wie genervt sie von mir waren. Ihre Augen waren intensiver auf mich gerichtet, sahen jeden Fehler. Der zweite Take lief besser, aber nicht gut genug. Beim dritten hellten endlich die Wolken auf. Dadurch war ich aber geblendet, kniff die Augen zu stark zu. Eine helfende Hand am Set drückte mir genervt eine Sonnenbrille in die Hand, die ich kleinlaut annahm. Vierter Take. Diesmal vergaß Frank seine letzte Zeile. Er kratzte sich mit seiner mechanischen rechten Hand, die in Wahrheit nur ein Handschuh war, am Ohr. Ich wollte ihm seinen Text zuflüstern. Der Regieassistent rief: »Cut!« Erst jetzt fiel mir wieder ein, dass Zuflüstern nur im Theater oder beim Proben funktionierte. Bei Szenen wie dieser war die Kamera zu nah dran. Frank sollte mir eigentlich indirekt zu verstehen geben, was für eine Versagerin ich in seinen Augen war. Lustig, dass *er* dabei seinen Text vergaß. Das ersparte mir seine Worte letztlich aber nicht. Wir drehten nochmal, dieses Mal stand die Kamera auf der anderen Seite. Endlich lief es glatt, wir konnten die Szene einmal flüssig durchsprechen. Und wieder Perspektivwechsel.

Ich glaube, es wussten nicht alle Bescheid. Der Kameramann zum Beispiel richtete die Linse so naiv auf mich und meinen Filmvater wie immer. Aber der Regieassistent wusste etwas. Er verhielt sich eiskalt. Auch dann, wenn wir gut waren. Außer den nötigsten Anweisungen sprach er kein Wort mit mir. Es fing wieder an zu regnen. Wir nahmen diesen Umstand mit. Es passte halt.

Ich hätte Schuldgefühle haben müssen, doch hauptsächlich war da Wut. Warum war Nick so unberechenbar? Wäre er nicht so wankelmütig, würde ich nicht so dumme Dinge tun. Waren die Ausbrüche seiner Zwanziger sein wahres Ich gewesen? Spielte er jetzt der ganzen Welt eine Fassade vor? Ich hatte sie geknackt und war jetzt die Dumme in der Story.

Keiner hier konnte es abwarten, bis der Dreh vorbei war. Man spürte das Cortisol in der Luft vibrieren. Ich merkte es besonders stark, obwohl ich diesen Menschen hier nicht einmal nahestand.

Als wir zusammenpackten, sprach es endlich jemand aus. Mir wurde fast wohlig-warm vor Erleichterung. Es war eine Dame vom Set Design. Sie sah mich nicht, ich stand hinter einem Wohnwagen, aber ich hörte sie. »Armer Nick«, sagte sie abschätzig.

Ihre Kollegin fragte: »Was meinst du?«

Ich blieb stehen wie eine Statue, versuchte, jedes Wort aufzuschnappen.

Die erste sagte wieder: »Timothy, der Praktikant … weißt du, wen ich meine?«

»Ja.«

»Der hat gesagt, dass wir ein Auge auf Frau Shaw haben sollten.«

»Okay. Was hat das mit Nick zu tun?«

»Ich weiß es nicht genau«, gab die erste zu. »Irgendwas soll zwischen den beiden vorgefallen sein. Nick hat sich scheinbar von ihr bedroht gefühlt?«

»Von dieser Frau Shaw, die heute bei uns vor der Kamera stand? Kann ich mir kaum vorstellen. Die war heute doch sowas von zu zahm und zu leise.«

»Ernsthaft. Also ich habe schon bessere verwöhnte Töchter gesehen.«

Sie kicherten. Ich nicht. Sie schienen auch nicht zu ahnen, dass ich noch hier war. Ihre Worte wurden lauter. Oder wurde es in mir nur immer stiller? Während die netten Damen vom Set Design irgendwelche Sachen in einen Van packten, sprachen sie weiter: »Also wie gesagt, ich weiß nicht genau, was los war. Aber es besteht die Möglichkeit, dass sie irre ist.«

»Vielleicht hat sie ihn ja mit einer Waffe bedroht. Oder ist ihm in Lingerie aufgelauert.«

»Spinnt ihr?! Die ganze Stadt besteht aus Irren! Der ganze Landkreis! Fasst euch an eure eigenen koksverseuchten Nasen!«

Das schrie ich ihnen in meiner Fantasie entgegen. Es war auch wie in einem Film. Danach kam die Rückblende, die zeigte, wie der Moment wirklich verlaufen war. In der

Realität war ich nur hinter dem Wagen hervorgetreten und starrte sie an. Kein Wort kam über meine Lippen. Ich schaffte es nicht einmal, mich zu entschuldigen oder zu erklären. Weil ich schon wusste, dass sie mir ohnehin nicht glauben würden. Weil ich nicht einsah, dass ich mich in einer ganzen Metropole voller Wahnsinniger für so eine Kleinigkeit entschuldigen sollte. Die beiden Frauen sahen sich an. Erst war es ihnen ganz klar peinlich. Nur mein starrender, stummer Blick gab ihnen recht, machte sie wieder stark, zu Gewinnern der Lage. Ich war irre. Und potenziell gefährlich. Mein Starren verriet mich. Frank war auch noch hier, bemerkte ich jetzt. Er ließ die Schultern sinken. Er hatte sich in der Tat mehr von seiner Tochter erhofft.

Zehn Minuten später stand ich allein auf der matschigen Wiese. Auf dem Hinweg hatte Frank mich noch mitgenommen, auf dem Rückweg hatte er sich dagegen entschieden. Angeblich musste er in die andere Richtung, tief ins Valley hinein. Die Sonne ging hinter mir unter. Ich stapfte mit meinen alten Turnschuhen durch die Pfützen. Immerhin kippte ich nicht mehr ständig um. Für Sekundenbruchteile flog mir die Eingebung durch den Kopf, dass die schlechte Laune am Set vom Regen kam. Und wäre ich nicht so verunsichert, wäre bestimmt auch meine Performance besser gewesen – belog ich mich selbst. Als ich endlich so etwas wie einen festen Weg erreicht hatte, raste ein Pick-up Truck an mir vorbei. Dreck spritzte von seinen Rädern hoch. Ich machte instinktiv einen Schritt zurück – und trat in Pferdeäpfel. Die frisch erwachte Diva in mir wischte sich die ersten Tränen aus den Augen.

Ich lief und lief, bis ich zufällig eine Bushaltestelle fand. So wie ich aussah, war das die einzige angemessene Fortbewegungsart. Das, oder einfach Laufen, Laufen, Laufen, bis mir die Füße abfallen würden. Auf dem Weg zur Haltestelle kam ich an einer Entzugsklinik vorbei, die schöner aussah als das nobelste Hotel, in dem ich je geschlafen hatte. Mein Körper fühlte sich schwer auf dem kalten Sitz im Bus an. Mein Handy hatte nur noch sieben Prozent Akku. Würde das bis Silver Lake reichen? Egal, ich musste etwas tun. Also googelte ich schon wieder Nick und sein Privatleben und ich las darüber, bis der Bildschirm schwarz wurde.

Aber da war nichts zu finden.

Nichts, was ich nicht schon vorher gewusst hätte.

Ja, er hatte mit einigen Leuten Stress angefangen. Aber das war alles Jahre her. Seit seinem Comeback war nichts mehr vorgefallen.

An einem Foto blieb ich hängen. Es zeigte Nick in einem Swimmingpool. Er hielt sich am Rand fest, wieder mit direktem Blick in die Kamera, in die Seele des Betrachters. Die Poolparty. Ich wollte gar nicht erst darüber nachdenken. Aber nasse Haare standen ihm so gut. Ich dachte kurz, ich müsste ihn jetzt hassen, aber wozu? Warum Aggressionen verspüren, wenn ich auch – und da gab der Akku auf.

Das Einzige, was ich bei meiner Recherche dazugelernt hatte, war, dass seine Freundin wohl nicht erfunden war. Sie existierte. Laut einer anonymen Quelle sei sie eine Yogalehrerin und Nick hielt sie aus der Öffentlichkeit heraus. Warum, wusste niemand, allerdings gab es interessante Thesen:

Ein Klatschmagazin behauptete beispielsweise, sie würde ihn betrügen. Weil sie morgens mit Kleidern vom Vortag aus einem anderen Haus gekommen wäre. Es gab sogar ein Foto davon. Angeblich aus Bel Air Crest? Einer abgeschlossenen und streng bewachten Luxusnachbarschaft? Wie kamen die Paparazzi da rein? Nicht mal Google Street View durfte das. Die waren ja wirklich schlau, ähm, ich meinte skrupellos. Nach Bel Air Crest konnte ich nicht einfach mit einem Uber fahren. Dazu bräuchte ich eine persönliche Einladung, oder einen verdammten Tarnumhang! Das Foto an sich sagte jedoch rein gar nichts über die Umgebung aus. Grüne Hecke, große Mülltonnen, ein weißer Tesla. Die gab es hier wie Sand am Meer. Das könnte überall entstanden sein.

Ein anderes Magazin schrieb, Nick hätte sie bei einem Streit geschlagen. Aus diesem Grund hätten sie eine instabile On-Off-Beziehung. Das machten sie an blauen Flecken an ihren Armen fest. Konnten ja auch nicht vom Sport kommen oder ähnlichem …

Ansonsten fand man nicht viel über sie. Die mysteriöse Dame. Keinen Namen, kein Alter, keinen bestätigten Beruf, nichts. Aber es schien sie zu geben. Es gab eine Frau, die auf mehreren heimlichen Schnappschüssen mit Nick abgelichtet worden war. Auf allen davon trug sie eine Sonnenbrille, oft war sie nur von hinten zu sehen. Aber es gab sie und meiner Meinung nach sah sie aus wie ein Laufstegmodel. Extrem dünn, gefährlich jung, mit langen Beinen und stocksteifem Gang und mit einem viel zu markanten Gesicht, um als klassisch hübsch zu gelten. Außerdem lächelte sie scheinbar nie. Wer war diese Person? Irgendwie konnte ich mir nur schwer vorstellen, dass sie Nicks Geschmack traf. Doch allem Anschein nach lag ich falsch.

Erst anderthalb Stunden später war ich zuhause. Ich zitterte am ganzen Körper. Die Klimaanlage im Bus war viel zu stark eingestellt gewesen. Ich wechselte in meinen flauschigen Bademantel, ließ mich aufs Bett fallen, steckte das Handy ans Ladekabel, suchte weiter nach der Unbekannten.

Florian klopfte an meiner Zimmertür. Heute war er mittelmäßig gut gelaunt.

»Was machst du?«, fragte er. Ich sagte es ihm, ganz offen. Florian nickte nur abgeklärt. Er verstand nicht, was hier mein Ziel war. Ich genauso wenig. Trotzdem machte ich weiter. Florian holte sich Popcorn. Wie passend.

Auf Nicks Social-Media-Accounts war die mysteriöse Frau nicht zu sehen und er erwähnte sie auch nie in den Texten. Das machte zumindest stutzig.

»Die Promis haben doch manchmal so Abmachungen, dass sie ihre Beziehungen geheim halten«, überlegte Florian kauend. Das mochte sein, aber auf mich wirkte die Dame nicht, als würde sie das Rampenlicht meiden. Ihre perfekt abgestimmte Kleidung sprach eine andere Sprache … Ein kribbelnder Gedanke bahnte sich durch meine Nerven, während mein Mitbewohner mir Popcorn anbot: Was, wenn sie ihn nur ausnutzte, für sein Geld und die Connections, und sich bald anderweitig umsehen wollte? Den Gedanken schlug ich Florian vor. Er nickte in Zeitlupe. Wir erdachten zu zweit die wildesten Theorien, bis eine Nachricht von Rose auf meinem Handy aufblinkte. Die Vorschau versperrte mir die Sicht auf das Yoga-Model-Mädchen.

»Hab eine gefunden, die bereit ist, uns zu helfen. Genau sein Typ! Sie will nicht mal Geld, die Wahrheit genügt ihr.«

Florian sah mich verdutzt an.

»Spionageauftrag«, raunte ich, wieder wahrheitsgemäß, und mein europäischer Mitbewohner gab sich mit dieser Erklärung zufrieden. Er nahm sich sein restliches Popcorn und verließ das Zimmer. »Muss weiter lernen, euch viel Spaß bei eurer Mission oder bei der Welteroberung oder was auch immer«, meinte er noch.

Ich tippte meine Antwort an Rose: »Okay. Hat sie denn Spionageerfahrungen?«

»Sie ist ein Fan von Detektivgeschichten, hat sie gesagt.«

Gut, das musste reichen.

Unsere angeheuerte Geheimagentin sollte ein Konzert von Pseudoweltretter Gabriel besuchen. Sie würde so schamlos mit ihm flirten, dass er gar keine andere Wahl hatte, als sie mitzunehmen. Dann würde sie ihn mit Genussmitteln verschiedenster Art zum Reden bringen.

Rose McAllister, Leiterin der Operation höchstpersönlich, hatte es so in die Wege geleitet. Meine Rolle in diesem Fall sah bisher wie folgt aus:

1. Ich hatte mit einem wilden Brainstorming Rose dabei geholfen, auf diese grandiose Idee zu kommen.

2. Rose durfte für das Rekrutieren der Spionin meinen Account auf Instagram verwenden, denn offiziell wollte sie ihren Namen aus der Nummer heraushalten. Für den Anfang jedenfalls.

3. Über denselben Account sollte ich später die frohe Kunde verbreiten, dass Gabriel ein Arsch war. Meine Komplizin würde es nur weiter teilen.

4. Ich war ihre seelisch-moralische Unterstützung in diesem steinharten Kampf für das Gute.

Jetzt hatten wir also einen Köder und ich fragte mich, ob ich doch noch die richtige Entscheidung getroffen hatte, ihr zu helfen. Der gestrige Tag hatte sich so einsam angefühlt, da musste ich mich einfach bei ihr melden.

So gern ich auch weiter die Heldin spielte, ich musste auf eine Poolparty. Dort würde ich meinen ersten offiziellen Auftritt als Schurkin hinlegen. Trotzdem, oder vielleicht gerade deswegen, sprühte ich mir eine exzessive Menge Glitzer auf die Haut. Kalisha hatte mir die Sprühflasche in die Hand gedrückt. Jetzt tänzelte sie in ihrer hautengen, sexy Kunstlederkleidung durch mein Zimmer. Durch *mein* Zimmer. Nicht das von Florian. Effie und Luiza waren auch hier. Sie stupsten sich mit zuckersüßem Lächeln gegenseitig Puder und Lidschatten ins Gesicht. Von meinem kleinen Geheimnis, dass das vermutlich meine erste und letzte Poolparty in den Hollywood Hills sein würde, ahnten sie alle drei noch nichts.

Unser Kleinbus stand pünktlich um halb sieben vor der Tür. Kalisha schubste mich regelrecht hinein, doch nicht ich war es, die in das Gefährt stolperte, sondern sie. Sie hatte schon etwas vorgeglüht. Die Musik im Bus dröhnte mir das Gehirn weg und das war gut so. Dann musste ich mich nicht denken hören. Ich hätte mich wie die Königin der Welt fühlen sollen, doch ich wollte mich einfach nur in der letzten Reihe verkriechen. Ich spürte die enttäuschten Blicke auf mir, die gar nicht da waren. »Stell uns deinen Freunden vor«, forderten die drei jungen Frauen, die ich mitgeschleppt hatte. Die Antwort »ich habe hier fast keine« gefiel ihnen nicht. Wie konnte ich nur so blöd sein und mich bei jedem Dreh nur auf die Jungs konzentrieren? Kalisha drückte mir Schnaps in die Hand. Ich trank ihn. Der daraus resultierende Mut reichte aus, um meine Freundinnen mit zwei anderen Geiseln bekannt zu machen. Keine von ihnen wollte mich umbringen. So weit, so gut. Wir fuhren durch die Stadt in Richtung gleißendem Sonnenuntergang. Palmenalleen zogen über uns hinweg. Electroswing drückte den

Rest meines Gehirns weg, bis irgendwann ein Lied kam, das ich kannte. »A little party never killed nobody … Skee-ba-da-bap.« Naja, Corona war da anderer Meinung.

Für die letzte Meile den Hang hinauf hatte sich River etwas Spezielles ausgedacht: Angeblich, um zu verschleiern, wo er wohnte, wurden allen Gästen die Augen verbunden. Selbstverständlich mit seidenen Augenbinden. Effie und Luiza machten anrüchige Scherze mit den anderen Geiseln. Kalisha wollte mit ihnen lachen, aber sie war zu aufgeregt und verschluckte sich nur. Ungeschickt zog sie sich die Brille von der Nase, murmelte etwas von »die sollte ich heute Abend eh nicht tragen« und zog sich die Augenbinde über. Dann flüsterte sie mir so laut zu, dass bestimmt alle es hören konnten: »Wenn River auch nur eine Sekunde mit mir flirtet, weiß ich nicht, ob ich nein sagen könnte.«

»Hat Florian es so verkackt?« Ich stellte einfach die Frage, die ich dachte. Irgendwas war bei den beiden im Busch.

»Er will mir – hicks – mein Auslandspraktikum verbieten.«

»Echt? Wieso? Wie lange willst du denn weg?«

Sie lehnte sich an mich, nahm meine Hand, wollte kuscheln. »Nur drei Monate. Er sagt, für unsere Beziehung ist das zu lang. Und, weißt du, Demi, wenn er so wenig an uns glaubt, dann wird genau das passieren. Dann zerbricht es. Das sage ich ständig und das checkt er nie.«

Sie klammerte sich noch enger an mich, so als sei ich die Lösung ihres Problems. Da fiel mir wieder etwas ein: »Hat Florian nicht mal gesagt, bei River wäre es erlaubt?« Keine Ahnung, ob ich damit die Situation rettete oder noch mehr zerstörte.

Kalishas betörender Parfumduft lag in meiner Nase. Mit verbundenen Augen wurden die restlichen Sinne schärfer.

»Er hat das doch nur gesagt, weil er es nie für realistisch gehalten hätte. Und jetzt, wo wir Streit hatten, wäre das von meiner Seite aus wie ein Schlussmachen. Meinst du nicht?«

Sie atmete ganz tief ein und schluchzte etwas beim Ausatmen. »Da ist noch mehr«, fuhr sie fort. »Er ist wie ein alter, verheirateter Mann, was unsere Beziehung angeht. Weißt du noch unser Tanz in der Bar? Mit diesen anderen Studenten? Ja? Das fand er gar nicht so cool. Jetzt will er außerdem, dass wir schon zusammenziehen, aber ich will das nicht, ich brauche mehr Luft. Verstehst du, was ich meine?«

Ist euch schon mal aufgefallen, dass Hinwege zu Partys oft der interessanteste Teil des Abends sind? Jedenfalls dann, wenn mindestens einer schon angetrunken ist. Das hier war so ein Moment. Aber faszinierend, dass ich von alledem noch nie etwas mitbekommen hatte. Mein Mitbewohner wollte wohl nicht für Unmut im Haus sorgen. Eine leise Vermutung machte sich in mir breit. Florians Eltern waren damals mit ihm ausgewandert, nachdem sie für kurze Zeit in den USA gearbeitet hatten. Vielleicht hatte er jetzt Angst, dass auch Kalisha dauerhaft das Land verlassen würde nach so einem Auslandspraktikum, und zwar ohne ihn!

Kalisha seufzte nur tief. Wir hielten an. Uns wurde erlaubt, die Augenbinden abzunehmen. Langsam stiegen wir aus und traten auf einen dunkelroten, langen Teppich, umgeben von Fackeln. Am Ende des Teppichs stand ein Empfangsteam und reichte jedem einen Champagner. Ich kam mir vor wie die nächste Kandidatin bei *Der Bachelor*. Es würde mich nicht wundern, wenn genau das die Absicht des Gastgebers war.

Luiza und Effie schienen von dem Anwesen nicht sonderlich beeindruckt. Sie hatten einfach zu viele steinreiche

Kunden. Aber Kalisha, die war in anderen Sphären unterwegs. Jedes Möbelstück, jede Topfpflanze, jede Lampe unter den Hecken wurde bestaunt. Dazu musste sie manchmal etwas näher herangehen, da sie sich weigerte, ihre Brille wieder aufzusetzen. Warum hatte sie keine Kontaktlinsen mitgenommen? Scheinbar war Kalisha geistig nicht ganz anwesend und sie wurde vergesslich, wenn sie nervös war. Sie klammerte sich an ihrem Begrüßungssekt fest, während ein bewunderndes Wort nach dem anderen aus ihrem Mund purzelte.

Wir liefen durch eine Art offene Küche mit Sitzecke in Richtung Terrasse. Dort war schon einiges los. Ich geriet in eine sonderbare Art Scanner-Blick. Man schaut sich dabei die ganze Zeit nach einer bestimmten Person um. Aber nur, um sie dann um jeden Preis zu meiden. Noch hatte ich Nick nicht entdeckt und seine Stimme konnte ich auch nicht ausmachen, doch das hatte nichts zu heißen. Vermutlich saß er etwas abseits im Garten, bei einem ruhigen Gespräch mit irgendwem zu zweit. Würde ich in so eine Szenerie hineinstolpern wollen? Ich war mir nicht sicher. Wollte ich überhaupt nach da draußen, oder erst mal zum großen Kühlschrank? Da könnte ich mir ein Bier holen. Wie ein versteinerter Gargoyle stand ich mitten im Raum, nur meine Augen bewegten sich. Würde gleich jemand auf mich zukommen und mich anschreien? Wer war überhaupt informiert? Menschen in Leinenhemden und luftigen Kleidern liefen an mir vorbei, in die eine Richtung und in die andere, holten sich Drinks und Fingerfood. Ich stand nur da, wie gefangen in einem Zeitraffer, der sich um mich herumbewegte. Demi, du musst etwas tun. Noch hat niemand – »Bin gleich wieder da, geht doch schon mal in den Pool.« Das war Rivers Stimme. Er trat in sein Haus und das erste, worüber ich nachdachte, war, dass er noch komplett angezogen war. Das sorgte dafür, dass Kalisha immerhin einen grammatikalisch vollständigen Satz herausbrachte: »Guten Abend, River! Dein Haus ist wirklich schön. Danke, dass du uns indirekt, hihi, eingeladen hast. Ich bin Kalisha, eine Freundin von Demi. Es ist so cool, dass wir mitkommen durften.«

Wow, das waren sogar eine ganze Reihe grammatikalisch korrekter Sätze.

River machte einen spielerischen Knicks, nur für Kalisha. »Immer gerne doch.«

Jetzt kam er doch noch, der erste weniger eloquente Satz aus Kalishas Mund. »Aber nein, ich bin doch keine Prinzessin.«

»Was? Warum nicht?«, war Rivers improvisierte Antwort darauf.

»Weil … weil. Ich meinte, wegen der Verbeugung. So was macht man doch sonst nur beim Adel, oder? Ich wollte nur einen dummen Witz machen.« Sie strich sich nervös eine Haarsträhne aus dem Gesicht, die sich aus ihrem geflochtenen Zopf gelöst hatte. Das hätte sie sich sparen können, die Strähne fiel sofort wieder zurück.

»Hm, ich könnte dich aber für den Rest des Tages Prinzessin nennen. Namen vergesse ich eh, aber *das* kann ich mir merken!« Mit diesen Worten drückte River ihr ein Weinglas in die Hand. Kalisha griff unsicher danach, ihre Hände vibrierten in meditativen 432 Hertz. Dann sollte sie dem Schauspieler verraten, wer sie war und worüber sie mich kannte. Er hörte ihr tatsächlich aufmerksam zu. Ich weiß nicht, ob Kalisha die Wahrheit erzählte oder nicht – denn mit dem nächsten Wimpernschlag stand Nick neben mir. Sein Gesichtsausdruck war ruhig. Ich meinte, etwas

Positives darin zu erkennen. Kam er auf mich zu und öffnete die Arme, um mich zu umarmen?

Ich wich zurück.

Und starrte ihn eiskalt an.

Er blieb jetzt stehen, als hätte ich ihn wirklich zur Eisskulptur erstarren lassen.

Die Kälte war jetzt ein Teil von mir.

»Demi? Was ist jetzt schon wieder?« Er sprach langsam. »Sag mir bitte nicht, dass du immer noch wütend bist. Ich dachte …«

Ich ließ ihn mitten im Satz stehen, ging in irgendeine Richtung. Ein anderer Darsteller der Weltraumpiraten rief Nick zu: »Lass es, Kumpel. Die scheint doch so gaga zu sein, wie Wintour gesagt hat.«

Erste glühend heiße Tränen füllten meine Augen. Ich wusste, dass so was kommen würde. Ausgerechnet Kalisha rettete mich aus der Situation. Sie zerrte mich am Ärmel hinter sich her. Wir liefen tiefer ins Haus, Nick blieb hinter uns stehen. Wo River war, wusste ich schon nicht mehr. Meine Hexenfreundin riss energisch die nächstbeste Tür auf und überraschte mich, denn statt von River zu schwärmen, kam sie direkt auf ein anderes Thema zu sprechen: »Was ist los mit dir und Nick und warum sagt sein Freund, du wärst verrückt?«

»Wir, ich …« Ich holte Luft, sah zu Boden, dann zur Decke, seufzte, hatte keine Lust hierauf. »Das ist jetzt die Klischeekeule. Aber es ist, keine Ahnung, sagen wir, unsere Beziehung zueinander ist kompliziert.«

Kalisha deutete ein Grinsen an. »Ich mag kompliziert. Sonst ist ja langweilig. Also, erzähl mir, was los ist.«

Sie hatte mich übrigens in ein Schlafzimmer gezogen. Es schien aber nicht das zu sein, das River täglich nutzte. Ich vermutete, es war ein Gästebett, denn der Raum war zu ordentlich und unpersönlich dekoriert. Mein Körper ließ sich auf das Bett fallen. Die Sandalen rutschten mir langsam von den Füßen. Von meinem Glitzer war schon ein guter Teil verschwunden. Es veredelte (oder verdreckte) jetzt den Kleinbus. Meine Beine zog ich näher an meinen Körper, wie um ihn zu schützen. Kalisha und ich versanken in der weichen Matratze, hielten einen Moment inne, mit der Partymusik im fernen Hintergrund, bevor wir weiterredeten.

»Na gut«, setzte ich an. »Ich verrate dir so viel, wie du wissen musst. Nick hat Stimmungsschwankungen und ich habe ihn provoziert. Ich kam ihm zu nah. So kann man es vielleicht sagen. Dann war alles wieder okay, aber er hat mich trotzdem bei der Crew angeschwärzt. Jetzt bin ich ein Fall von ›schwieriger Zusammenarbeit‹ oder keine Ahnung was. Ich weiß nicht, was es für mich bedeutet, das ist das Problem.«

»Sehr vage Beschreibung. Und ganz schön viel Handlung für … was … vier Drehtage, die ihr zusammen hattet? Was für Schwankungen und was hast du gemacht?«

»Können wir wann anders darüber reden? Wollen wir nicht erst mal zu den Partygästen? Wie gesagt, das ist erst mal alles, was du wissen musst.«

Kalisha drehte den Kopf zu mir. Sie zog eine Augenbraue hoch. Sagen tat sie nichts mehr. Ihre Aufmerksamkeit war weitergewandert. Sie inspizierte die Dusche im kleinen Badezimmer nebenan. Langsam fuhr sie mit ihren frisch manikürten Fingern über die Plexiglaswand. »Meinst du, er hat schon mal nackt hier dringestanden? Der Gedanke ist so heiß, da bräuchte ich direkt selbst eine kalte Dusche.«

Was weiß denn ich, wie Menschen mit solchen Häusern ihre Zimmer nutzen.

Kalisha war schon einen Gedanken weiter: »Boah, stell dir vor, er hat hier drin mit einer Frau geduscht. Die konnte danach bestimmt nicht mehr aufrecht stehen. Und sie war nass, nass, nass, innen wie außen.« Kalisha leerte den letzten Schluck aus ihrem Weinglas, dann benutzte sie die Toilette in dem Raum. Sie donnerte gerade noch so die Tür zu, damit ich sie nicht beobachten konnte.

Ich schlich auf Zehenspitzen aus dem Schlafzimmer, ohne zu wissen, was ich hier draußen machen sollte oder warum ich überhaupt auf Zehenspitzen lief. Sollte ich Effie und Luiza suchen? Doch noch mal versuchen, mit Nick zu reden? Oder zum Buffet gehen und mich mit Essen selbst zum Schweigen bringen? Aber ich hatte keinen Hunger. Glücklicherweise kam Effie auf mich zu und fragte, ob ich hier noch irgendwen kennen würde. Frank und Bailey waren nicht da, er war zu alt, sie zu jung für die Party. Da vorne saßen aber noch zwei, drei Leute, mit denen ich zumindest schon Smalltalk gehalten hatte. Ich tat also das, was man sich von mir wünschte, und eröffnete ein Gespräch für Effie mit einer anderen Geisel und dem Bankangestellten. Sahen sie mich an? Hatten sie vorher getuschelt? War ihre Freundlichkeit mir gegenüber nur gespielt? Ich wusste es nicht und es machte mich so wahnsinnig, dass ich einen Cocktail haben wollte.

Mit dem Glas in der wackeligen Hand setzte ich mich zurück zu Effie. Ich wäre gerne Teil ihres Gesprächs gewesen. Es ging, wie sollte es anders sein, um Filme. Doch da zerrte etwas an meiner Aufmerksamkeit. Nick sprach über die Midterm-Wahlen. Irgendwo im Hintergrund. Bloß nicht umdrehen. Sieh ihn nicht an. Unsere Gesprächsrunde, an der ich mich nicht wirklich beteiligte, entwickelte sich weiter. Es ging nicht mehr um Filme, sondern um außergewöhnliche Gastronomie. Wie waren wir zu diesem Thema gekommen? Luiza gestand, dass sie mit dem Gedanken spielte, etwas nach dem Prinzip eines Katzencafés zu eröffnen, nur mit Hunden. Schon süß, wie sehr die beiden Hunde liebten. So war sie, unsere Luiza, die vom eigenen Restaurant träumte, bisher aber nur einen kleinen Imbiss betrieb. Dann auch noch diese nervigen, immer verrückter werdenden Hardcore-Republikaner. Wir linksgrünversifften … oh, ich hing wieder im falschen Gespräch fest. Nicks Stimme war zu besonders. Ich hörte sie aus dem ganzen wirren Partygerede heraus. Bei uns ging es jetzt um bahnbrechende Geschäftsideen und Unicorns im Allgemeinen. Ich sagte endlich etwas, im spärlichen Rahmen meines Wissens über Businessthemen. Dabei behielt ich nun Kalisha im Auge, die keinen Hehl daraus machte, dass sie nur Augen und Ohren für den Gastgeber hatte. Er kehrte uns seinen breiten, von der Sonne leicht gebräunten Rücken zu. Kalisha biss sich auf die Lippe, nahm noch einen Schluck Wein und lehnte sich zurück. Die Eiswürfel in meinem Cocktailglas klackerten. Grillgeruch zog durch den Garten.

»Schöne Aussicht hier oben«, sagte Kalisha mehr zu sich selbst als zu ihrer Umgebung. Sie hatte ja Recht. Aber musste sie ihn ansehen, als sei er ein … ich würde ja sagen, saftiges Steak, aber Kalisha aß lieber vegan.

»Kaliishaa«, raunte ich ihr stattdessen nur mahnend zu.

»Wahaas?«, ahmte sie mich nach. »Er ist meine große Ausnahme. Du kennst mich. Sonst bin ich nicht so bei Männern.«

Das stimmte. Er war ihre große Ausnahme der Unanständigkeit. Sie fügte noch hinzu: »Und ich weiß, dass er selbst nicht gerade zurückhaltend ist.«

Auch das entsprach der Wahrheit.

Neben uns ging es jetzt um Tech-Startups. Schräg hinter mir um die Bürgermeisterwahl. Ich drehte mich unauffällig, als wollte ich nur diesen schön angelegten Garten bewundern. Aus den Augenwinkeln erkannte ich, dass Nick mich ansah. Ich drehte mich schnell zurück, brachte mich zur Ablenkung mit einem Kommentar in die Unterhaltung über Geschäftsgründungen ein. Doch die anderen waren schon zwei Fragen weiter und sahen mich erst irritiert, dann belustigt an.

»Demi, du hast doch noch kaum was getrunken«, meinte Effie. »Schon so durch im Kopf?«

Eine Produktionsassistentin zeigte nun mit dem Kopf in Richtung Kalisha: »Deine Freundin hier scheint Gefallen an Mister Zosma gefunden zu haben. Sie sabbert ja gleich in den Pool.«

Kalisha bestritt das kein bisschen, sondern war überzeugt, direkt eine neue Verbündete gefunden zu haben. »Das ist wahr«, sagte sie, ohne den Blick abzuwenden, »ihr müsst mir doch aber Recht geben, oder?«

Bei den Göttern aller Wahnsinnigen, was passierte hier? Ich stand lachend und kopfschüttelnd auf und wollte mir noch einen Mai Tai holen. Wieder lief ich zielstrebig und ohne Blickkontakt an Nick vorbei. Doch diesmal war er schneller und hartnäckiger und er fing mich ab. Seelenruhig fragte er: »Demi, raus mit der Sprache, was ist? Gibt es noch etwas für uns zu klären?«

»Ich dachte nicht, aber jetzt scheinbar doch wieder.« Meine Antwort war trocken und ich meinte, damit genug Infos gegeben zu haben. Nick schien nicht zu verstehen. Ich zog ihn in das gleiche Zimmer, in dem ich vor einer Stunde mit Kalisha gehockt hatte.

Kaum waren wir drin, fing ich an: »Das Team? Du hast mich verpfiffen. Jetzt bin ich der Freak. Die Abmahnung ist schon da.«

Nick zog die Stirn in Falten, der Rest seines Körpers blieb unbeweglich. »Ich habe ihnen gar nichts gesagt.«

Sein Ton klang vorwurfsvoll. Ihm gefiel nicht, dass er der Böse sein sollte.

»Hast du nicht?«

»Nein. Ich habe sowas von keine Lust auf Drama. Können wir den ganzen Kram nicht einfach vergessen? Ist irgendwie, ich weiß auch nicht, kindisch.«

Ich konnte ihm noch nicht antworten, weil ich nicht wusste, was ich sagen wollte. Meine Gedanken rasten und rotierten. Log er mir eiskalt ins Gesicht? Wenn er die Wahrheit erzählte, wie war die Geschichte dann herausgekommen? Wäre es möglich, dass Golden Mind gar nichts von meiner Trousdale-Aktion wusste, sondern ihnen etwas anderes gesagt worden war? Timothy hatte nie spezifiziert, worum es ging. Gesicht voran ließ ich mich aufs Bett sinken. Glitzer blieb auf der Decke kleben. Nick setzte sich neben mich.

»Soll ich dir Wasser bringen? Oder willst du in den Pool? Bisschen Abkühlung?«

»Nein, danke«, sprach ich tonlos in das Kissen hinein. Etwa zwei Minuten lag ich so da, seufzte mehrfach, während Nick genauso ratlos neben mir saß. Er wollte nett sein, aber er war genervt. Ich hörte es an seinem Atem. Irgendwann stand er auf und ging mit den Worten: »Wenn du reden willst, bin ich da.« Ich blieb liegen. Von unsichtbaren Fesseln gehalten. Für drei Atemzüge lag ich reglos da. Dann durchfuhr mich Energie. Dieser Song. Er durfte nicht ungenutzt bleiben.

Dieses neue ›I'm Good‹ von Bebe Rexha schallte aus den Boxen und durch die Wände. Mit Schwung stand ich vom Bett auf, marschierte quer durch die Lobby nach draußen, schnappte mir, ohne richtig hinzusehen, versteht sich, noch ein neues Glas und stolzierte zur Musik passend durch die Menge, geradewegs auf River zu. Er hatte gesehen, dass Nick und ich kurz nacheinander aus dem Schlafzimmer gekommen waren. Deswegen grinste er verschmitzt, als hätte er uns erwischt. Ich prostete River zu, nahm einen Schluck, drückte ihm mein Weinglas in die Hand. Dann zog ich mein Top aus, hüpfte aus den Shorts heraus und sprang mit einem Kopfsprung ins Wasser. Kälte umfloss meinen Körper, meine Haare wehten schwerelos um mich herum. Das letzte bisschen Glitzerspray löste sich, ich hinterließ eine Spur. Ich tauchte auf, hörte wieder den Song. Jetzt sprangen weitere Gäste in den beleuchteten Infinity Pool. Ich schwamm rückwärts, bis an den Rand. Unter mir erstreckten sich die Lichter der Stadt der gefallenen Engel. Ich ließ meinen Blick schweifen. Es war wirklich eine großartige Aussicht hier oben. Hinter mir ein Grölen und Jubeln und Kichern. Ich drehte mich um, lehnte mich mit dem Rücken an die Glaswand. River. Er hatte den Wein ausgetrunken. Jetzt bewarb er sich anscheinend für einen neuen *Magic Mike*-Streifen. Es sah furchtbar albern aus, aber nicht nur das. Seine Hose landete auf den Köpfen irgendwelcher Gäste. Sein Shirt legte er dem DJ um den Hals. Das war kein schlechter Hüftschwung. Kaum einer der Gäste bekam mehr Luft vor Lachen. Ich entdeckte Nick in der Menge. Der wusste nicht, wo er hinschauen sollte. Wurde er rot oder war das der Scheinwerfer? Bewundernde Pfiffe von überall. Getränke schwappten aus den Gläsern, die beim Anstoßen klirrten. Meine Begeisterung für die Aussicht in alle Richtungen mischte sich mit einem plötzlich wieder aufkommenden, erstickenden Gefühl.

Ich wusste selbst nicht genau, was ich fühlte.

Etwas war … falsch. War ich es? War es die Umgebung? War es meine Wahrnehmung der Welt? Diese jetzige Sekunde, sie könnte mein Durchbruch sein, mein Untergang oder vollkommen unbedeutend im Verlauf des Multiversums.

Da stand Nick, trank aus seinem Cocktailglas, genau wie ich vorhin. Er schwieg, wollte gerade mit niemandem reden. Er sah nachdenklich aus. Ein bisschen traurig. Einsam. Warum? Wo war seine Freundin? War sie doch nur ein geisterhaftes Gerücht, das er selbst gestreut hatte? Warum war sie nie an seiner Seite? Warum war sie jetzt nicht hier, in Rivers Haus und – oh mein Gott – River. Er sprang ins Wasser. Sofort schwammen zwei Frauen auf ihn zu, nervtötend kichernd. Er schob sich die nassen Haare aus dem Gesicht und ließ seinen Blick so über die Stadt schweifen wie ich eben. Diese Szene in Slow Motion, mit einem verdorbenen Sound dahinter, das würde viral gehen. Garantiert. Er lächelte mir zu.

Das war mein Todesstoß. Es war aus und vorbei mit mir. Mein Female Gaze war gerade von der Klippe gefallen. Oder war er freiwillig gesprungen? Wer wusste das schon, es machte keinen Unterschied, er war verloren. River schwamm aber nicht auf mich zu. Er rief mir auch nichts entgegen, sondern drehte sich um und unterhielt sich mit seinem Co-Star Rebecca Wright. Worüber, konnte ich nicht verstehen, dazu war die Musik zu laut. Ich hörte nur, wie der Begriff *Carpool Karaoke* fiel.

Für die nächsten paar Songs ließ ich mich einfach treiben, sah nach oben zum Sternenhimmel, atmete die salzigkalte Luft ein, die vom Pazifischen Ozean zu uns kam. Ich hörte Lachen und Fluchen, schiefen Gesang und das Zischen von Bierdosen. Nick, Rebecca und River saßen zusammen. Kurz hörte ich Luizas Stimme heraus, sie hatte hier wohl eine neue Freundin gefunden. Keiner kam zu mir.

Langsam wurde es kühl. Ich musste hier raus. Brauchte mein Top und meine Hose. Ich wollte noch einen Drink. Aber ich sollte nicht, denn ich spürte die dummen Einfälle in mir hochkriechen. Als ich mich abgetrocknet hatte, sah ich, dass Nick und River nebeneinandersaßen, inzwischen ohne Rebecca. Dummerweise konnte ich auf nichts anderes schauen als Rivers Oberkörper. Also rein physisch war klar, wer die Nase vorn hatte. Die ersten Töne von Jaymes Youngs ›Infinity‹ vibrierten über die Partygäste hinweg. Ein weiterer tödlicher musikalischer Stich für meine Vernunft. Die Musik flüsterte mir zu, dass es ja ach-so-lustig wäre, einen Lapdance für River hinzulegen. Erst deutete ich es nur an. Noch könnte es bloß ein Scherz sein. Aber es schien ihm zu gefallen. Er verschränkte lässig die Arme hinter dem Kopf. Eine gefährliche Geste. Ich stellte meinen Fuß auf die schwarze Lounge, zwischen River und Nick, der immer noch dort saß. Meine Hand lag auf Rivers Schulter, meine Augen lagen nur auf Nick. Was er dachte, war schwer zu deuten. Die Strobo-Effekte setzten an der richtigen Stelle ein. Endlich berührte River mich auch. Er hielt mich fest. Ich konnte nicht anders, ich atmete tiefer, schloss die Augen, warf den Kopf leicht zurück. Meine Erinnerungen wanderten zurück zu seinem Striptease. Mitten in diesem Kopfkinomoment sah ich zu Nick. Mir war glasklar, was für eine abstruse Situation das war.

Die Gäste der Poolparty schienen sich prächtig zu amüsieren. Inmitten ihrer Stimmen klang jemand verächtlich. Ich hörte weg, schloss wieder die Augen, berührte River mit meinen Beinen und, als wäre es ein Versehen, Nick mit meiner Hand. Er blieb, rutschte nicht von uns weg. Im dramatisch passenden Moment schwang ich mich nach hinten, floh aus der Szenerie, ließ die beiden allein und Raum offen für mehr und fragte mich plötzlich: Wo war Kalisha?

Jemand war betrunken, er stolperte mir entgegen. Jemand anderes sprach über NFTs. Dann tänzelten zwei Damen in Vintage-Kleidern an mir vorbei. Geruch von Gegrilltem zog durch die Hills und die erste Fledermaus des Abends flatterte über uns hinweg.

Ich fand Kalisha auf der improvisierten Tanzfläche neben dem DJ. Ihr Blick erstach mich. Sie tanzte und sah dabei verdammt gut aus. Effie sprang neben ihr herum, nicht ganz so elegant. Als ich auf sie zu ging, meinte ich, River hinter mir zu hören. Das war das Stichwort für Kalisha, alles zu zeigen, was sie draufhatte. Der Mann ihrer Begierde kam ihr immer näher. Jetzt stand er direkt neben ihr. Sie hatten diesen irrwitzigen Größenunterschied. Hatte er sie eben an der Hüfte angefasst? Haarsträhnen flogen vor meiner Nase herum, ich sah es nicht. Irgendwann befand sich auch Nick am Rand der Tanzfläche. Mit nachdenklicher Miene nippte er an seinem Glas. So tiefgründig. Ich wusste, dass er tanzen konnte, er hatte es in Filmen getan. Genug mit dieser verlogenen Bescheidenheit. Ich zog ihn auf die Tanzfläche, die von wehenden Palmen umgeben war. Er weigerte sich nicht. Wir tanzten jetzt alle. Wir verschwammen in der pulsierenden Musik, mit Freude und zu viel Promille in unseren Gesichtern. Farben flogen, es waren die bunten Scheinwerfer. Der Song baute sich auf bis zum Drop. Hörte ich Nicks gelöstes Lachen, berührte er wieder meine Hand mit seiner?

Er wirkte jetzt so unbeschwert.

Ich wagte es, kam ihm näher. Nick war der nervöse Teenager auf dem Prom, der endlich alle Anspannung fallen ließ und einfach tanzte. Wir streckten unsere Hände in die Luft, sprangen den Sternen entgegen, Effie fiel mir in die Arme. Kalisha war nicht mehr zu sehen. River auch nicht. War es wirklich möglich? *Not my business.* Jemand drückte Nick einen Shot in die Hand und sah mich feindselig an. Ein anderer drückte mich weg. Egal. Nick sang den Song, der da lief, aus vollem Herzen mit. Ich auch. Wir hingen uns halb im Arm. Irgendwann fühlte ich jede Bewegung seines Körpers. Wir sahen uns in die Augen, dann wanderten unsere Blicke wieder scheu durch die bunte Nacht. Ich legte meine Hände auf seinen Rücken. Er tat nichts dagegen, sang weiter, schaute zu Boden. Meine Hand rutschte auch weiter nach unten, Zoll um Zoll, bis sie seinen Gürtel berührte. Noch immer tat er nichts, um mich abzuwehren. Ich nahm das Risiko der Apokalypse in Kauf, als ich meine Finger in seine Taschen hineinschob. Es war nicht schlecht, was ich da fühlte. Ich zog den Mann meiner Tagträume noch näher an mich heran. Spätestens da war es eindeutig, woran ich dachte. Ein Fehler. Das hätte ich vorhersehen müssen.

Nick verpasste mir einen Stoß. Und was für einen. Mein Rücken rieb sich an harter Baumrinde auf und auch mein Schädel dröhnte. Das war eine der Palmen gewesen. Ich ging zu Boden, konnte mich gerade noch mit den Händen abfangen. Die Entgeisterung in seinem Blick – ich hatte nie so etwas gesehen.

»Welchen verfluchten Teil von ›ich habe eine Freundin‹ kapierst du eigentlich nicht, Demi?«

Dieser Song, der gerade anfing, war der nicht aus *American Satan*?

Meine Reaktion war Verächtlichkeit: »Deine Freundin, die keinen Namen und kein Gesicht hat und nie bei dir ist?«

Ich gab ihm die Chance, von sich aus über die mystische Dame zu reden. Nick ließ die Chance verfliegen. Ein stacheliges Blatt segelte vor mir zu Boden. Jemand schrie mich von der Seite an. Dachte ich. Derjenige schrie sich nur die Lyrics aus dem Hals. Nick knurrte nur: »Ich will Kate vor solchen wie dir fernhalten.«

»Was muss das für eine Beziehung sein?«, schleuderte ich zurück, über den dröhnenden Bass hinweg. Noch blieb ich auf dem Boden hocken. Niemanden um uns herum interessierte, was wir sagten. »Was ist das für ein Leben?«

»Du verstehst es einfach nicht und wirst es auch nie.«

»Oh, der arme Fameboy mal wieder.« Ich spuckte ihm Gift entgegen wie die Erbin gegen Dorianth.

»Ja, der *arme Fameboy* hätte unser kleines Geheimnis doch verraten sollen! Alle hier sollten wissen, was du bist. Du eifersüchtiges, aufdringliches Fangirl. Halt dich ja von mir fern! Und von Kate auch!«

Ich starrte ihn nur noch an. Da war keine Reaktion mehr in meinem Gesicht und auch in meinen Gehirnwindungen passierte nicht viel. Nur die Frage nach dem Warum drehte sich, bis ihr schwindelig wurde. Für einen kurzen Augenblick konnte ich in die Zukunft sehen: Sein Verhalten würde mich mehr und mehr in die Arme von Rose drängen.

Ich lief rückwärts von Nick weg. Erst langsam, dann schneller, dann drehte ich mich um und stürzte in Rivers Wohnbereich. Dabei achtete ich darauf, dass es perfekt zum Song passte. Effie eilte mir nach. Sie rief mir irgendwas davon hinterher, dass er Recht hätte, dass ich seine Beziehung respektieren müsse.

Das war richtig.

Aber er verhielt sich nicht, als ob er eine hätte – bis ich wieder die Dumme war und die sich ständig verformende Grenze übertrat. Diese Linie war wie ein waberndes außerirdisches Etwas, ich kannte weder ihre Form noch ihre Eigenschaften.

Diesmal ging ich nicht in dieses unpersönliche Gästezimmer, sondern hockte mich auf eine Bank aus massivem Holz. Dunkel und schön und elegant und erschlagend sperrig. Effie erreichte mich. Sie setzte sich auf den Boden neben mir, mit dem Rücken an die Bank gelehnt. Ich schwieg. Sie schwieg auch. Nick blieb uns fern. Nur River tauchte auf. Er wollte an der Bank vorbei durch einen Flur gehen.

»Entschuldigt mich, Ladies. Ich muss meine Hose wechseln. Die hier ist nass.« Er zeigte an sich herunter, als ob das nicht offensichtlich wäre. Wasser tropfte auf den glatten, aufgewärmten Steinboden. Ich hörte ihm gar nicht richtig zu. »Was hältst du davon?«, fragte River nach einer Weile, in einer sanfteren, ernsteren Tonlage. »Ich gebe euch als guter Gastgeber eine Hausführung.«

Konnte er in meinem Gesicht denn nichts lesen? Ich war nicht zu Höflichkeiten aufgelegt. Oder war das seine Art, mich abzulenken? Hatte er überhaupt mitbekommen, was passiert war? »Na, komm schon. Let's, ähm, go?« Der menschliche Golden Retriever mit der nassen Badehose machte eine einladende Handbewegung. Effie lehnte ab. Sie wollte lieber wieder raus, dorthin, wo die Musik lief. Ihr Blick wollte mir etwas sagen, doch ich verstand nicht, was. Nach kurzem Überlegen nahm ich das Angebot mit der Führung an. Draußen warteten nämlich Nick und die Notwendigkeit, mich ihm gegenüber irgendwie zu verhalten. Lieber bekam ich von River sein Trousdale Estate gezeigt. Er führte mich durch seine vier Schlaf- und drei Badezimmer, über die zwei Terrassen nach Westen und Osten, bis ins kleine, gemütliche Heimkino. Sein Stil war sehr warm, mit vielen Braun- und Grüntönen. Hier ein bisschen dunkle Steinoptik und zwischendurch einzelne Stücke, die nach Old Money aussahen. Nicht nach Los Angeles. Zum Beispiel dieser fast wie Barock wirkende Sessel mit dem türkisfarbenen Samtbezug. Ich vermute, das war seine kleine Sammelleidenschaft. Während er mich durch die Zimmer schleifte, zeigte er mir alle seine vom Set geklauten Requisiten. Er erklärte mir auch, dass die Häuser hier alle nur ein Stockwerk haben durften, um niemandem die Sicht zu versperren. Außerdem präsentierte er stolz zwei Filmpreise und ein Foto seiner Familie. Mit Bruder, Vater, Mutter und Oma. Oma mochte er besonders, aber sie war leider kürzlich verstorben. Wie süß war das eigentlich? Was mich aber am meisten überraschte, war seine Schallplattensammlung. River Colin Reed hatte einen erlesenen Geschmack. Ich folgte ihm zum letzten Schlafzimmer. Seinem Privatzimmer, hinter dem abgelegenen Flur, in dem sich auch sein Kleiderschrank befand. Den öffnete er gerade. Stimmt, er wollte sich ja umziehen. Ich ließ mich auf den gemütlichen Ledersessel neben dem Bett fallen und starrte aus dem Fenster, weg von River. Bei jedem anderen Menschen hätte ich gefragt, ob ich vor der Tür warten sollte. Bei ihm wusste ich, dass es ihm gleichgültig war. Er liebte es eher, sich zu präsentieren und riskierte nur zu gern, dass ich mehr sah. Wobei, es gab kaum noch etwas, was ich noch nicht gesehen hätte. Der einzige Unterschied war, dass das hier ohne Kamera und Bildschirm dazwischen stattfand.

Ich konzentrierte mich trotzdem lieber auf die Lichter der Villa nebenan. Sie war so weit weg und doch so nah. Da stand jemand auf dem Balkon. Im Bademantel. Mit einem

Getränk in der Hand. Sah er zu uns rüber? Ich stand auf, lief näher ans Fenster, wollte erkennen, wer das war. Es wäre doch lustig, wenn es ein mir bekanntes Gesicht wäre. Dann würde ich meinem Titel als Stalkerin wenigstens gerecht werden. Für wenige Sekunden wurde mir wieder schlecht beim Gedanken an die möglichen Folgen meines Fehlers. Im nächsten Augenblick war es, als hätte mir jemand einen Eiswürfel an den Rücken gehalten. Ich zuckte zusammen. Es war kein Eiswürfel. Dafür war es viel zu heiß. Obwohl es kalt war. River musste sich die Hände gewaschen haben. Ich spürte seine kühlen Finger auf meiner Haut. Auch der Rest seines Körpers war kalt, wahrscheinlich vom Wasser aus dem Pool. Fühlte ich das falsch oder hatte er überhaupt keine Hose mehr an? Ich entfernte mich nur wenige Millimeter von ihm, das Gesicht weiter in Richtung des mysteriösen Nachbarn gerichtet.

»Wenn ich was mache, das dir nicht gefällt, sag es einfach.«

Wo andere Männer vor sich hin stammelten, sagte er die Dinge frei heraus. Noch war ich zu überrascht, um etwas zu antworten. Als ich gerade den Mund aufmachte, legte er seinen Kopf auf meine Schulter.

»Wen beobachtest du da? Bist du doch die kleine Stalkerin?« Wie River es sagte, klang es lustig. Nicht, als wäre ich eine Bedrohung.

»Warum ich?« Das war das Einzige, was ich als Antwort herausbrachte. »Gibt es da unten keine anderen Frauen, die du viel lieber … was ist mit Rebecca?«

River legte seine Arme um meinen ganzen Körper herum. »Also erstens, sag jetzt bloß nicht, du wärst hässlich oder so einen Mist. Bist du nicht. Zweitens sehe ich es in eurem Blick, und dann tue ich euch den Gefallen.«

So konnte man es auch ausdrücken.

»Du machst es, ob du willst oder nicht?«, fragte ich provozierend.

»Oh, mach dir darum keine Sorgen. Ich habe meinen Spaß. Aber es gefällt mir genauso, euch eine Story zum Erzählen zu geben. Oder ein exklusives VIP-Gefühl für eine Nacht.«

Der Mistkerl wusste um seinen Stellenwert nur zu genau Bescheid. Er sagte seinem Smart-Home-System, es solle ›Welcome to the Jungle‹ von den Guns N' Roses spielen. Genau drei Sekunden lang drückte ich mich eng an ihn, legte den Kopf zurück, schloss die Augen, atmete seine Entspanntheit ein. Ich konnte erahnen, was für eine Art Szene als nächstes kommen würde. River war gefährlich, was das anging. Doch kaum hatte er mir mein Top über den Kopf gezogen, wurde es ein PG-13 Streifen. Bis auf die nackte Haut. River lachte und tanzte mit seiner Beute aus Baumwolle wie bekloppt durch sein Zimmer. Er winkte dem Nachbarn zu. Der drehte sich um und ging. Ich zog eilig den Vorhang zu. River stieg aufs Bett. Es knarzte ein wenig, hielt aber stand. Dann legte er los. Mit einem … Luftgitarrensolo? Alles bewegte sich, frei und unbeschwert. Mein Shirt hing am ausgeschalteten Deckenventilator, und ich musste einfach lachen. »Du bist schon ein kleiner Knallkopf.«

»Komm doch her und hol es dir!«

»Was? Mein Shirt? Kannst du behalten. Damit gebe ich *dir* ein kleines Souvenir und ein gutes Gefühl.« Ich hob eingebildet meine Nase ganz weit nach oben.

Er pfiff anerkennend für meinen Mut und den Witz. Ich sprang mit aufs Bett, versuchte, das flattrige graublaue Top wieder vom Ventilator zu ziehen, aber ich kam nur gerade so an den Zipfel heran. Die Stimme von Axl Rose plärrte und stöhnte im Hintergrund weiter. River hielt mich fest und schmiss mich aufs Bett. Sanft war er dabei nicht gerade, sicher fühlte ich mich trotzdem. Die Matratze war unsagbar weich und das Bett bestimmt zwei Meter breit. Ich blieb kurz liegen, sah einfach nur nach oben und genoss die Show. Rivers Bewegungen wurden langsamer, so wie die Rockmusik an dieser Stelle.

»Bietest du auch Kuschelsessions an?«, fragte ich. Mit dem Kopf im federleichten Kissen merkte ich, wie sehr sich die Welt um mich drehte. Das war doch ein Mai Tai zu viel gewesen. River lehnte jetzt über mir. Mir wurde heiß, allein vom Anblick dieser Pose. »Ich bin kein Callboy mit kombinierbaren Sparpaketen, aber klar, warum nicht.« Mit diesen Worten legte er sich neben mich. Ich kuschelte mich eng an ihn, während ich kaum hörbar von mir gab: »Ich könnte gerade einen Freund gebrauchen.« Kalisha hatte Recht, der Typ war bequem. Meine animalischen Instinkte drehten durch, aber mein Äußeres blieb ruhig. River schnaubte und brachte etwas ein, womit ich nicht gerechnet hätte: »Wow. Das höre ich gerne. Du bist eine der wenigen, die mich als Freund wollen. Die meisten wollen eher das Gegenteil: Eine Nacht lang vögeln und damit prahlen und mich dann nie mehr wiedersehen.«

»Tut mir leid für dich. Aber ich bin gerade eh zu verwirrt zum Vögeln. Ich meine, was passiert hier gerade?« Ich musste lachen, Schluckauf mischte sich dazu. Darüber musste ich noch mehr lachen. River erklärte mir die Welt: »Ähm? Du liegst im Bett. Mit einem Filmstar. Bald bist du selbst einer, und du schlägst gerade das heißeste Angebot des Jahres aus.«

»Das bist du wirklich.«

»Was bin ich?«

»Du hast genau verstanden, was ich meine. Trotzdem nein.«

»Gut, dann gebe ich das Sonderangebot an wen anders weiter.«

Mir machte seine Aussage nichts aus und ihm meine auch nicht. Alles war so easy und entspannt. River nahm mich noch einmal fest in den Arm, dann zog er sich endlich eine Hose an, aber kein Shirt. Ich sprang hoch an den Ventilator und kam endlich wieder an mein Top heran. Noch während ich mich anzog, öffnete ich die Schlafzimmertür. River war keine fünf Meter vor mir – so liefen wir unverblümt in die Arme von Kalisha. Sie stand am Ende des Flurs. Oh f*ck.

Ich sagte kein Wort, denn mir fiel kein gutes ein. Ihre Augen wollten mich mit Laserstrahlen durchschmoren. Es hätte mich nicht mal überrascht, wenn sie gleich ein echtes Laserschwert hervorgezogen hätte.

»Florian hat angerufen. Ich wollte es dir gerade erzählen und dann finde ich dich … hier? So?«

»Findest du die Ironie in deiner Story?« Ich verschränkte die Arme, lehnte mich an die Wand.

River hielt mitten in der Bewegung inne. Sein Blick wanderte von mir zu Kalisha und zurück, inklusive ausgestrecktem Zeigefinger und fragendem Gesicht. »Wer ist Florian und darf ich fragen, was hier los ist? Habe ich was angestellt?«

»Nein, hast du nicht«, raunte ich ihm zu und meinte es eher an Kalisha gerichtet. »Meine Freundin hier muss, glaube ich, ihre Gefühle sortieren und ihre Prioritäten.«

»Das sagt die Richtige!«, keifte die Fast-Ex meines Mitbewohners. River drückte sich peinlich berührt an uns vorbei. Wir starrten uns gegenseitig an. Schwarzes Feuer loderte zwischen uns. »Vergiss es«, sagte ich nur noch, rannte River nach und hängte mich an seinen Arm. Ich war Single, sie nicht. Noch nicht oder nicht ganz. Das musste die Hexe verstehen. Rein aus Provokation vergrub ich meine Hände regelrecht in Rivers Arschbacken. Meine Finger krallten zu, er zuckte kurz, genoss es dann aber. Wir stolperten nach draußen. Jemand sagte über mich: »Und schon holt sie sich das nächste Opfer.« Ich hörte nicht hin. Ich warf ihn wieder auf dieses Loungesofadings, kletterte auf ihn und machte mit ihm rum, als ob es kein Morgen gäbe. Die Partygesellschaft drehte schon wieder durch, wie so oft an diesem Abend. Keine Ahnung, ob es positiv war oder ob sie sich tierisch über mein tierisches Verhalten aufregten. Dieses Mal verschwommen ihre Stimmen zu einem einzigen Gewirr. Jemand schlug mir gegen den Kopf, doch das könnte auch ein betrunkenes Versehen gewesen sein. Nur Kalishas wütendes »Ist das dein Ernst?« hörte ich klar heraus.

Ob Nick uns sah, wusste ich nicht und es war mir auch egal. Später würde ich erfahren, dass er längst heimgegangen war. Plötzlich war ihm wohl doch sein Mädel wichtig und er musste dringend mit ihr über ihr gemeinsames Leben reden.

Für mich gab es heute Nacht nur noch Rivers grüne Augen, seine wuscheligen Haare und seinen Körper, an dem alles ein kleines bisschen zu groß geraten war – allem voran seine große Klappe. Viel mehr passierte nicht mehr. Nachdem die Musik und der Alkohol mich für ein paar Stunden in einen wohligen Rausch gehüllt hatten, wurde mir kalt. Ich rollte mich auf den Gartenmöbeln zusammen. Jemand legte eine weiche Decke über mich. Ich glaube, es war River. Ich hörte dumpf, wie die Gäste gingen und Sias ›Chandelier‹ wurde leiser gedreht.

Dann schlief ich ein, während der Gastgeber im Schlafzimmer sicher eine andere verwöhnte. Vielleicht träumte ich das auch nur. So oder so, die Vorstellung fühlte sich auf dramatische Weise geil an und etwas neblig.

SEQUENZ 6

Umgeben von Morgentau und warm riechendem Wind wachte ich auf. Nach einer schnellen Dusche machte ich einen unbemerkten Abgang. Jemand schnarchte auf dem Sofa. Der Boden war klebrig, es fühlte sich an wie Likör. River schlief bestimmt noch, tief und fest, verschwitzt, splitterfasernackt, vielleicht mit einem oder zwei Models im Arm – stopp, Demetria. Hör auf, ihn dir so vorzustellen.

Ich verließ die Einfahrt barfuß. Noch war die Temperatur des Asphalts erträglich.

Wo sollte ich hinlaufen? Nach Hause wollte ich nicht. Entweder war niemand da, oder es herrschte eine spontane Eiszeit. Worum war es gestern bei Kalisha und Florian gegangen? Gerade bereute ich, nicht nachgefragt zu haben. Andererseits war eine scheiß-drauf-Haltung belebend.

Ich schlenderte planlos nach unten, in Richtung Tal. Heute strahlte der Himmel in seiner schönsten Oktoberpracht. Ein Vogelschwarm zog über mich hinweg. Jemand wusch sein Auto. Das Lachen einer Frau erklang. Jeder Sinneseindruck schien unendlich nah und zugleich so fern wie aus einer anderen Realität. Ich nahm sie alle auf. Die Vibes von Beverly Hills waren so luftig leicht und still, bemerkte ich. Sie konnten dich beflügeln, frei fliegen lassen. Alles schien möglich. Das hieß aber auch, dass alles Kranke, Negative, Dunkle und Wahnsinnige hindernislos durch sie hindurch kam. Wenn du hier verloren warst, dann warst du es wirklich und es gab nur noch einen einzigen, sich ständig potenzierenden Weg: bergab.

Den ging ich weiter.

Menschen in Yogakleidung und Birkenstockschuhen grüßten mich vereinzelt auf meinem Weg durch den Loma Vista Drive. Man sah mir an, von was für einer Nacht ich zurückkehrte, aber genau das wollte ich gerade. Wieder lief ich Straßen hinunter, die nicht für Fußgänger gemacht waren. Drei Autos hupten, ein Hund bellte, ein Kind bewarf mich aus einem Cabriolet heraus mit einem Schokoriegel. Daraufhin schimpfte die Mutter, ich hörte ihr Gezeter leiser werden. Wieder hatte mein Handy nur noch wenig Akku. Trotzdem checkte ich meine Nachrichten. Da war rein gar nichts von Kalisha, Nick oder Florian. Effie hatte mir Bescheid gegeben, dass sie heimgehen würde. Ansonsten herrschte klaffende Leere.

Da ich noch meine Badesachen dabeihatte, beschloss ich, zum Strand zu fahren. Während ich in der schönsten aller Metrostrecken saß, kam doch noch eine Nachricht rein. Sie stammte von Rose: »Habe News, aber es sind keine guten. Unsere Operation gestern war nicht erfolgreich.«

So genervt ich in den letzten Tagen auch von ihr gewesen war, jetzt schien es keine allzu schlechte Idee zu sein, mit jemandem Zeit zu verbringen, der mit meinem Gestern nichts zu tun hatte, sondern ein eigenes parat hatte. Ich fragte, ob wir uns am Pier treffen wollten und sie sagte, sie könne in zwei Stunden an der Endstation in Santa Monica sein. Bis dahin hatte ich also Zeit, Frühstück und einen Kaffee aufzutreiben.

Ich spazierte den Muscle Beach entlang. Die Touristen mit ihren Rucksäcken und Strandtüchern waren schon vor Ort. Die ersten Athleten des Tages legten sich auch schon ins Zeug. Eine akrobatische Frau schwang an den Ringen. Ein paar Models und ihre Fotografen nutzten das weiche Licht des Sonnenaufgangs. Hip-Hop-Songs aus den Neunzigern dröhnten aus Blastern im Retrostyle. Ein Skater schlängelte sich an mir vorbei, eine Möwe stürzte sich kopfüber von einer Palme in einen Mülleimer. Der Strand am Morgen war eine Atmosphäre für sich. Ich sah immer wieder auf die Uhr, damit ich rechtzeitig an der Bahnstation war. Am liebsten wäre ich einfach gelaufen und gelaufen und hätte auf keine Uhrzeit geachtet.

Andererseits wollte ich mit jemandem reden. Außer der Kaffeebestellung hatte ich heute noch kein einziges Wort gesprochen. Mein Hals war trocken. An einem Strandkiosk trieb ich Wasser auf. Mit der kühlen Flasche setzte ich mich in den Sand und schaute auf die Segelboote, die da draußen auf dem Meer trieben. Das Brechen der Wellen rauschte in meinen Ohren. Alles vor mir glitzerte. Meine Gedanken drehten sich weiter um das, was gestern geschehen war, ohne dass ich zu irgendwelchen Schlüssen oder Erkenntnissen kam. Hätte ich mehr Akku, hätte ich Fotos von Rivers Account angeschaut und mich über die Kommentare gefreut, wie über die unter Nicks Postings – nur mit einem anderen, besseren, zusätzlichen, triumphierenden, surrealistischen Gefühl dabei. Aber weil das Handy inzwischen ausgegangen war, dachte ich über meine Zukunftspläne nach.

Für mich war der Filmdreh vorbei. Doch bis zur Premiere würden noch Monate vergehen. Soweit ich wusste, war sie für Mitte Juni geplant. Bis dahin hatte ich nichts zu tun. Keinen Job. Nur die wenig verlockende Versprechung, dass Luiza mich in ihrem Imbiss arbeiten lassen würde. Weitere Filme zu drehen, wäre mir lieber. Aber es konnte sein, dass ich meine Karriereleiter in Hollywood schon umgestoßen hatte, und jemand anderes hatte die Stufen herausgebrochen. Überhaupt nicht zu wissen, was der nächste Tag brachte und was sie jetzt alle über mich dachten, war ein merkwürdiger Zustand. Was ich mit Sicherheit sagen konnte, war, dass dieser Kaffee hier fantastisch schmeckte, und für den Moment genügte das.

Gerade wollte ich aufstehen, um zur Metrostation zu laufen, da setzte sich jemand neben mir in den Sand. Meine instinktive Reaktion war, wegzurücken. Wahrscheinlich ein Typ, der mir auf die Eierstöcke gehen wollte.

Doch es war Rose. Sie war früher dran und hatte mich hier, nicht weit vom Pier entfernt, entdeckt.

»Guten Morgen, Sunshine«, begrüßte mich Rose. Sie lächelte heute so freundlich und ausgeglichen. In der Hand hielt sie eine Tupperdose mit frischem Obst. Da erst fiel mir wieder ein, dass ich ja Frühstück hatte besorgen wollen, aber es nie getan hatte.

Langen Smalltalk hielten wir nicht. Rose musste mir meine Partynacht ansehen, doch sie fragte nicht nach. Stattdessen erstattete sie gleich Bericht: Unsere Agentin Meredith war zwar zu Gabriel eingeladen worden, doch er hatte vor ihr nichts von seinen Sünden zugegeben. Viel mehr hätte er sich selbst angepriesen wie frisches Brot auf dem Bauernmarkt. Was für ein engagierter Mensch er wäre und ob sie nicht auch ein bisschen was in die Kasse für die Straßenhunde tun wollte. Da würde gerade am dringendsten Unterstützung gebraucht, so viele Tiere wurden doch wegen der Pandemie ausgesetzt … Um den Schein zu wahren, hätte Meredith ihm zehn Dollar gegeben. Jetzt schuldeten wir ihr das Geld.

Es hätte schlimmer kommen können. Immerhin hatte sich Gabriel mit ihr zu einem weiteren Date verabredet. Meredith stand jetzt auf der Gästeliste eines Festivals im Greek Theatre. Mir schoss bei dieser Nachricht das Filmzitat »Streichel die Plüschwand!« in den Kopf und ich musste dumm vor mich hin grinsen. »Na dann, let's get him to the Greek!«, verkündete ich. Rose verdrehte die Augen, musste aber auch lächeln. Wir hatten den Film damals zusammen gesehen.

Wir saßen weiterhin nebeneinander im Sand und sahen den Segelschiffen nach. Am Horizont tauchte blass ein Kreuzfahrtschiff auf. Der Strand füllte sich, es wurde lauter. Ich holte uns weitere Snacks vom Pier. Mit Pommes und Slushies saßen wir da und tauschten uns endlich mal wieder aus, über alles, was in den letzten drei Jahren passiert war.

Rose sagte, sie arbeitete im Tierheim. Obwohl sie ja eigentlich fand, dass Tiere niemals domestiziert werden sollten. Aber es wäre ja zu spät und jetzt bräuchten sie unsere Hilfe. Ich machte mir gar nicht die Mühe, etwas dazu zu sagen. Wenn Rose eine Meinung hatte, blieb sie dabei. Nebenbei schrieb sie Songtexte für Bands, die das kapitalistische System nicht nur anprangerten, sondern am liebsten seine Teilnehmer auf dem Scheiterhaufen sähen. Ihr Datingleben beschrieb Rose als stürmisch und chaotisch, aber das wäre in Ordnung, denn sie suchte eh nichts Festes.

Bei mir kamen wir selbstverständlich auf das Thema Schauspielerei. Ich erzählte ihr von den Produktionen, bei denen ich vor *Orion Nebula* gewesen war. Beim ersten Mal war ich eine unwichtige, feiernde Studentin gewesen. Beim zweiten Mal war ich ›Junge Mutter Nr. 2‹ auf einem Spielplatz. Mein drittes erfolgreich verlaufenes Casting brachte mir zumindest eine wiederkehrende Rolle in einer Serie. Ich war eine Arbeitskollegin der Hauptfigur. Deswegen saß ich ständig im Hintergrund eines Büros herum, sortierte Akten, telefonierte mit dem Nichts oder klickte auf einer Maus herum. Schon bei dem Wort ›Büro‹ schnaubte Rose. Einmal hatte ich der Protagonistin einen Bagel mitgebracht, erzählte ich weiter. Das erste Staffelfinale mit der großen Firmenfeier war eine meiner Lieblingserinnerungen. Die Rolle hatte mir Hoffnungen gegeben. Doch seitdem wurde ich nur abgelehnt, wieder und wieder.

Rose hörte mir aufmerksamer zu, als ich erwartet hätte. Es war aber nur eine Frage der Zeit, bis ihr etwas anderes wichtiger war und sie auf ihr altes Handy mit Spiderman-App schaute. Sie tippte etwas ein, scrollte kurz, dann stockte sie. »Hattest du nicht gesagt, Nick würde sich nie mit seiner Tussi zusammen zeigen?«

Das hatte ich gesagt, aber ich hatte sie nicht Tussi genannt. Das Wort konnte ich noch nie leiden, es war die Definition der Misogynie. Meine frühere beste Freundin in ihrem verwaschenen, zerschlissenen Holzfällerhemd hielt mir kommentarlos ihr Telefon unter die Nase. Darauf war ein Video zu sehen. Es war verwackelt und unbequem weit herangezoomt. Zu sehen war Nick – mit der Frau, die ich erst vor kurzem recherchiert hatte. Irrte ich mich, oder … ach. Du. Meine. Güte. Sie war hochschwanger.

Ich ignorierte zunächst einmal ihren Bauch und las die Beschreibung des Videos. Scheinbar waren die beiden heute Morgen zum Frühstücken in Fairfax unterwegs gewesen. Dabei trugen sie weder Sonnenbrillen noch irgendwelche Kopfbedeckungen. Sie wollten also absichtlich erkannt werden. Händchenhaltend spazierten sie durch das Viertel. Sie lächelte vor sich hin, beide liefen zielstrebig und doch irgendwie langsam. Ein Lieferwagen fuhr vorbei, verdeckte die beiden kurz. Als er aus dem Bild verschwunden war, sah Nick direkt in die Kamera und formte mit seinen Fingern ein Peace-Zeichen. Das Video wackelte kurz und heftig, dann brach es ab. Der Account, von dem es gepostet wurde, fokussierte sich normalerweise eher auf Mode; nur hin und wieder ging es um Celebritys und deren persönliche Geschichtchen.

Rose zog das Handy wieder weg. Sie sagte nichts, sah mich nur erwartungsvoll an. Sie erwartete eine Anweisung. So sehr ich auch überlegte, mir fiel nichts ein, was sie für mich tun könnte. Wir konnten nichts daran ändern, dass Nick vergeben war – und scheinbar bald auch noch Vater wurde. Nur die Frage, warum er auch davon niemandem erzählt hatte, gab Raum für Handlung und Detektivarbeit. Irgendwas war faul an der Sache. Hätte er mir nicht gesagt, dass seine Freundin sogar schwanger war? Weil es ein Zeichen dafür war, wie ernst er es mit ihr meinte? Was, wenn sie tatsächlich …?

»Rose?«

»Ja?«

»Bleib an der Sache dran. Versuche einfach, alles über sie herauszufinden, was du kannst. Und über Nick auch. Irgendwas ist komisch, er hat am Set nie ein Wort darüber verloren, dass er in spätestens zwei Monaten Vater wird.«

Das Kreuzfahrtschiff verschwand am Horizont. »Wir könnten doch versuchen, nach Bel Air Crest reinzukommen«, überlegte ich. »Genau, das ist es! Das ist meine Forderung, Rose, finde einen Weg, wie wir in die bewachte Wohngegend hineinkommen. Wenn ein Fotograf dort reingekommen ist, können wir das auch.«

»Ja, klar!«, antwortete Rose bereitwillig. »Aber warum ausgerechnet da rein?«

»Weil die liebe, schwangere Kate dort drin ungünstig abgelichtet wurde.«

Ich hatte immer noch keine Lust, heimzugehen. Aber so langsam musste ich wieder nach Hause, wenn ich nicht auf der Straße oder bei Rose schlafen wollte. Die Sonne ging schon unter und ich trug immer noch die Kleidung von gestern und hatte meine Zähne nicht geputzt. Der letzte Abend klebte an mir. Ich schaffte es ins Bad und in frische Klamotten, ohne jemandem zu begegnen. Die Wohnung war leer, niemand war hier. Erst als ich eine halbe Stunde später mit einem Handtuch um den Kopf im Wohnzimmer saß und in einem Magazin blätterte, drehte sich ein Schlüssel im Schloss. Florian kam herein und sah nicht glücklich aus. Lohnte es sich überhaupt, ihn zu fragen, was los war? In gewisser Weise wusste ich ja mehr als er. Die Überlegung erübrigte sich, er kam mir zuvor: »Sie hat Schluss gemacht.«

Oh je. Ich seufzte, sagte aber nichts. Er sollte selbst entscheiden, wie viel er darüber reden wollte.

»Sie hat irgendwas davon gequatscht, ihre Eifersucht auf dich wäre sogar gut, weil es ihr die Augen geöffnet hätte oder so was. Keine Ahnung, was sie meinte. Ihr gefiel jedenfalls schon dies und das nicht mehr. Dass ich von Heirat und Kindern gesprochen hätte und so was, das ginge ihr alles zu schnell.«

Ich war erstaunt, wie unverändert und detailreich Florian die Worte von Kalisha wiedergab. Er hätte auch alles so verdrehen können, dass er makellos blieb und sie aussah wie die Böse. Was da passierte, war ein so häufiges Problem in unserem Alter und niemand war schuld. Aber keiner von beiden hatte bis gestern mit mir darüber gesprochen. Dachten sie, ich würde mich jeweils auf die Seite des anderen stellen? Ich wäre gerne die Schweiz gewesen, außen vor und unparteiisch. Aber allein schon, weil ich fast mit River geschlafen hatte, war ich irgendwie involviert. Ich wäre eine heuchlerische Schweiz. Ach ja, River. Immer wieder gingen mir die Szenen von gestern durch den Kopf. Jeder Gedanke an ihn war gefährlich. Oh, die Dinge, die dieser Mann mit mir anstellen könnte …

Aber das musste warten. An diesem Sonntagabend ließ ich meinen Mitbewohner nicht allein. Wir verkrochen uns unter unserer Decke, um einen Serienmarathon hinzulegen. Florian wollte es so, also taten wir das. Wir beide hatten noch nicht alle Folgen der dystopischen Serie *Black Mirror* gesehen. Also fiel darauf unsere Wahl. Zum ersten Mal seit Ewigkeiten redeten wir offen über alles, was wir so fühlten und dachten. Ich gestand Florian, was mit Nick vorgefallen war. Er erfuhr jedes Detail. Nur, wie gut es sich angefühlt hatte, gegen das Tor gedrückt zu werden, verriet ich nicht; und was die Story mit River anging, hielt ich mich auch noch etwas zurück. Dann zeigte ich Florian das Video von Nicks schwangeren Freundin.

Es klingelte, der Lieferant brachte unser Essen von Panda Express. Eine Sprachnachricht von Kalisha trudelte ein, als wir gerade die Stäbchen auspackten. Florian ignorierte sie. Die Zeit blieb stehen, solange wir keine Mitteilungen aus der Außenwelt lasen. Wir lebten für wenige Stunden in unserer eigenen Dimension. Heute erschufen wir uns unser eigenes San Junipero, mit dem Unterschied, dass wir unser Leben noch vor uns hatten.

Von diesem Abend an hatte ich fast permanent Synthwave-Musik auf den Ohren. Der Sound passte zum Herbst in dieser Stadt. Ich schlief lang in die Tage hinein. Wenn ich mich aus dem Bett gequält und wenigstens mal die Haare gebürstet hatte, durchstöberte ich entweder stundenlang das Internet nach Casting-Aufrufen, oder ich sah mir ein Interview und Blooper-Video mit Schauspielern und Filmemachern nach dem anderen an. Nick mied ich dabei wie ein Vampir die Mittagssonne in der Karibik. Immer wieder sah ich dabei auf mein Handy. Wer wusste schon, ob nicht doch irgendwann eine Nachricht von River oder Nick darauf erscheinen würde. Die Erinnerung an das, was geschehen war, kam mir schon jetzt unecht vor. Gleichzeitig war sie wie ein medizinisches Gerät, das mich am Leben hielt. Ich hatte den Wahnsinn erfahren und wollte es wieder tun.

Wenn die Herbstnachmittage heranbrachen, machte ich mit Rose die Stadt unsicher. Wir setzten uns auf Bänke in den Parks und durchstöberten die Klatschmagazine nach Nick und seiner Freundin. Einmal setzten wir uns damit in die Sackgasse mit dem Tor nach Bel Air Crest. Natürlich war dieses Tor fest verschlossen, für uns unüberwindbar. Wir wussten nicht, was wir uns erhofften. Ein vorbeifahrendes Auto mit wichtigen Persönlichkeiten vielleicht; das erhoffte ich mir insgeheim. Rose war nur für mich hier, als meine psychologische Unterstützung. Wir hockten auf der Bordsteinkante, tranken ungesüßten Eistee und sonnten uns. Weil das ziemlich langweilig war, schätzten wir die Zeit ab, bis die nächste Person im Wendehammer drehte, durch das Tor fuhr oder sich hierhin verlaufen hatte. Blicke blieben an uns hängen. Zweifelnde Blicke. Wir gehörten nicht hierher. Wie gerne hätte ich Rose in eins meiner neuen

Outfits gepackt. Sie hatte sich geweigert. Jetzt saßen hier eine Möchtegernpunkerin und eine junge Frau, die neuerdings die Mode als ihr Hobby entdeckt hatte. Schwarze, schwere, selbstbemalte Stiefel neben sandfarbenen Fransenboots. Karierte, zerschlissene Hose, zwei Nummern zu kurz, neben leicht fallendem Rock. Wir fielen auf, ob wir etwas Falsches taten oder nicht. Ich gewann die Wette, weil ich geschätzt hatte, dass sich innerhalb der nächsten Viertelstunde eine Person mit Hund hierher verirren würde. Es war eine Frau mit einem Windhund. Was ich nicht vorhergesagt hatte, war, wie sie uns ansah. Gleich würde sie die Nachbarschaftswache rufen.

»Entschuldigen Sie, wir machen nur eine Pause hier«, sagte ich mit meinem elegantesten Tonfall.

Rose zog die Nase hoch, stampfte auf dem Boden auf und rotzte ein: »Verpiss dich, Barbie!«

Ich biss mir auf die Zunge. Manchmal hasste ich Rose.

»Noch ein solches Wort und ich schick dich vor und dann kannst du dir gerne eine Ausrede einfallen lassen, warum wir unbedingt da rein müssen«, drohte ich ihr an.

Rose lachte mich aus. »Meine Liebe, es ist nicht mein Problem, dass du zu den größten Bonzen des Landes willst. Aber schon gut, ich hab's dir versprochen, ich überlege mir einen Plan.«

Überleg schneller, dachte ich, und hör auf, wildfremde Menschen zu beleidigen. Das Ziel, dass wir Kate auf frischer Tat ertappen wollten, hatte ich längst vergessen. Inzwischen ging es ums Prinzip. Darum, dass Rose Wort hielt und mir alle Optionen offenstanden. Ich kam mir hier draußen so ausgeschlossen vor. Wollte den Bewohnern der feinsten Communitys vor die Füße spucken, genau wie Rose. Sie hielten sich für etwas Besseres. Dann gewann Rose die nächste Wette. Ein Auto mit getönten Scheiben wurde langsamer. Ich sah mein Spiegelbild. Sah die Frisur, die mir das Studio bezahlt hatte. Sah den Rucksack voller Nieten, ebenfalls von der Melrose Avenue, und wie ich mich so sah und bestimmt unwissend einen reichen Menschen hinter der Scheibe anstarrte, merkte ich, dass ich nur da rein wollte, weil ich Rose entwachsen war. Das musste die Antwort sein. Ich wollte zur Elite, zu der sie nicht gehörte und es machte sie wahnsinnig. Warum stand ich nicht einfach auf und ging davon, sondern klebte an ihr wie Kaugummi?

Beim Festival im Greek Theatre standen wir beim Auftritt der Vindictive Patissons demonstrativ desinteressiert in der letzten Reihe. Aus Protest holten wir uns sogar einen Kakao – viel weniger Punk ging nicht. Meredith schwitzte derweil in ihrem karierten Kleidchen vor Gabriels Nase herum. Erste Reihe, genau in der Mitte, mit einem viel zu großen Bier. Sie schien sehr, sagen wir mal in ihrer Rolle aufzugehen. In einer Pause zwischen zwei Songs kam dann der unausweichliche Aufruf des am ganzen Körper tätowierten Sängers.

»Trefft uns nachher am Merch!«, rief er in das Freilichttheater hinein. »Holt euch da unsere neuen Umhängetaschen und Anstecker. Sie haben die perfekte Größe für die Schule oder Uni, und das Beste: Mit jedem Kauf unterstützt ihr das örtliche Tierheim! Deswegen ist ein Hund drauf abgebildet.« Und dann zeigte er stolz das Wolfstattoo auf seiner Brust, was nicht wirklich im Zusammenhang mit den Taschen stand. Rose und ich stießen mit unserem Kakao an. Schön, wenn er sich zum Deppen machte.

Als wir an diesem Abend unsere eigene Aftershowparty in Rose' Apartment veranstalteten, trudelte endlich die

Tonaufnahme ein, die wir sehnsüchtig erwartet hatten. Rose drückte auf Play.

»Die Hunde bekommen trotzdem ein paar Knochen«, lachte Gabriel klar hörbar, »aber das fette Fleisch bekommen wir.« Er schien sich durch einen Raum zu bewegen. Seine Stimme klang jetzt viel näher. »Ich führ dich davon zum Essen aus, meine Schöne. Wo wolltest du immer mal Dinner haben und konntest es dir nie leisten?«

Das Geräusch eines Kusses war deutlich zu hören. Rose kicherte, warum auch immer.

»Ich möchte lieber etwas Vegetarisches essen«, war Merediths süßliche Antwort. Sie war gut. Im Hintergrund lief bei den beiden Marilyn Manson. Bei uns hatte Rose die Musik gerade abgeschaltet, damit wir besser lauschen konnten.

»Dann bekommst du halt einen fetten Tofu. Oder von mir aus Grillkäse. Na los, sag schon! Wo willst du hin? Ich will dich auch mal so verwöhnen, wie du es für mich tust. Wir haben über hundert von den Dingern mit den Kötern verkauft, da sind ein paar gute Gläser Wein drin.«

»Na schön, ich würde gerne …«

Da brach die Aufnahme ab und wir konnten nur spekulieren, wie es weiter gegangen war. Wir setzten Wetten darauf, ob unsere Spionin sich noch eine Portion Gabriel zum Nachtisch mitgenommen hatte. Wenn sie es getan hatte, schuldete Rose mir eine Portion Tacos. Meredith schickte uns noch die Bitte hinterher, frühstens morgen mit der Aufnahme online zu gehen. Von mir aus, heute hatte ich eh keine Lust mehr, irgendwas zu tun. Meine Füße taten weh, meine Ohren rauschten und ich ärgerte mich, dass ich in all den Jahren nicht häufiger auf Punkkonzerten gewesen war. Es hatte doch etwas Gutes, dass ich wieder in Kontakt mit Rose stand.

An einem ganz normalen Dienstag hatten wir nichts vor, außer Chaos zu stiften. Mit meinen Frühstückspancakes neben mir hinterlegte ich Merediths Tonaufnahme mit einem Foto von Gabriel und seinen Kötertaschen. Dann hob ich den Vorhang und ließ den Zirkus beginnen. Bis zum Abend war die Show ausverkauft: Über Instagram, Twitter und TikTok gesammelt erhielt mein Beitrag über sechzigtausend Likes. Ein persönlicher Rekord. Für die wirklich großen Accounts war der Sänger einer neuen Punkband nicht wichtig genug, sie ignorierten die Aufnahme. Doch innerhalb der Szene machte die Nachricht schnell die Runde. Nicht zuletzt dank Rose' aufopferungsvoller PR-Arbeit für unser Posting. Sie hatte all ihre Bekannten und Kollegen dazu animiert, es zu teilen.

Der Shitstorm flog über Gabriel und seine plattgedrückten Kürbisköpfe hinweg. Es stank furchtbar, ich konnte es regelrecht riechen. Ihre Followerzahlen stürzten ins Bodenlose. Der Hashtag #vindictiveExFans spross daraus hervor. Rose und ich hockten noch immer beisammen in ihrer Bude und wir hatten uns Nachos warmgemacht. Mit der Schüssel in der Hand lasen wir uns gegenseitig die eintrudelnden Kommentare vor. Enttäuschung und Wut überall, die Revolution gegen die betrügerische Oberschicht kochte. ›Burn Butcher Burn‹ schallte dazu durch ihre Wohnung, damit unsere Stimmung auch den passenden Soundtrack hatte. Wir schrien den Text, bis die Nachbarn genervt sein mussten. Ich glaube, einer hämmerte gegen die Wände. Wie un-Rock-n-Roll von ihm. Rose hämmerte zurück. Moment, hatte Gabriel gerade höchstpersönlich unter Rose' Repost kommentiert? Wir klickten auf die Benachrichtigung, doch keine fünf Sekunden später war der Eintrag wieder verschwunden.

Und alle Profile des Möchtegernwohltäters waren auf privat gestellt.

Trotz allem: Das kam unerwartet. Wir hatten mit mehr Widerstand gerechnet.

Wir sahen uns anerkennend zu, nickten uns zu, nahmen uns in den Arm.

Eine weitere Benachrichtigung flatterte herein. Der Gitarrist der Patissons hatte getwittert sowie bei Insta gepostet, dass er von nichts gewusst hätte. Es täte ihm furchtbar leid, dass ihr Sänger alle hintergangen hatte. Wir schenkten seinem Beitrag ein wenig Liebe. Ob er gelogen war, hinterfragten wir nicht. Doch es blieb spannend: Gab es bald die dramatische Trennung? Oder die reumütige Wiedergutmachung? Bekamen die Betrüger ihren Redemption Arc? Oder waren sie hoffnungslos verloren? Fortsetzung folgt!

In dieser Nacht hatte ich merkwürdige Träume. Rose und ich wurden auf die Bühne einer Late-Night-Show gerufen. Wir sollten ein Interview geben. Mein Kleid glitzerte und funkelte. Das von Rose war blutgetränkt. Da kam Meredith aus dem Publikum gerannt und sie schrie: »Sie war es selbst, sie war es selbst!« Dabei zeigte sie mit dem Finger auf uns. Es war unklar, wen sie meinte. Die Security sollte Meredith rausbringen. Aber stattdessen kam Nicks Freundin mit ihrem Baby im Arm die Showtreppen heruntergesprungen. Ein Jingle spielte, sie wurde bejubelt und beklatscht. Alle Strahler waren auf sie gerichtet. Wir verließen gar nicht die Bühne, sondern standen von jetzt auf gleich in den Abwasserkanälen des Studios. Hier war Rose' Kleid wieder sauber. Meins war verschwunden. Ich stand da in Unterwäsche. Sie lachte mich aus und gab mir einen Umhang aus Rattenfell. Im Kanal trafen wir auf einen Obdachlosen. Er wünschte uns, dass wir nicht die gleichen Fehler begehen würden wie er – wie auch immer diese aussahen. Dann sprangen mir Kalishas Kater ins Gesicht. Sie kratzten mir gemeinsam das Wort ›Feigling‹ ins Gesicht. Mein Traum-Ich fand das stylish. Es betrachtete sich in einem typischen Showspiegel, so einer mit dicken, runden Lichtern außenherum. Der Spiegel stand aber nicht irgendwo backstage, sondern er schwebte in diesem Kanal. Rose war verschwunden. Angst durchfuhr meine Nervenbahnen. Ein schwarzer Schatten kam um die Ecke. Er hatte mich fest im Griff. Ich würgte. Ich bekam keine Luft mehr. Ich mochte es. Ich starb. Ich wachte auf.

Für den Rest der Nacht blieb ich im Halbschlaf liegen und die Bilder, die ich sah, waren nicht besser als der Traum.

SEQUENZ 7

Wenn wir gerade keine Karrieren zerstörten, stürmten Rose und ich die Liquor Stores der Stadt, auf der Suche nach neuen, exotischen Drinks. Mit den bunten Dosen in braunen Tüten verpackt liefen wir unter den ebenfalls bunt leuchtenden Lampions des Santa Monica Boulevards durch West Hollywood. Wenn wir keine Lust mehr hatten zu laufen, hockten wir uns vor einer Tankstelle oder einem 7-Eleven auf den dreckigen Betonboden und bewerteten die überdimensionalen Werbebanner, die kommende Serienformate anpriesen. Der Oktober zog an uns vorüber und irgendwann stand Halloween vor der Tür. Mein Lieblingsfest. Wir spazierten die Straßen entlang, mit unseren blickdicht verpackten Drinks aus dem Stammladen der alten Glam Rocker, philosophierten über Kunst und Kommerz und waren high vom Leben. Eine Gruppe von Werwölfen und Zombies nahm uns bei sich auf. Sie feierten auch draußen, weil ihnen der Eintritt zu irgendwelchen Partys zu teuer war. Willy Wonka wollte mich in ein Auto locken, doch ich sagte nein. Ein kompletter Winx Club rümpfte die Nase, als er an uns vorbeikam. Diese moderne Captain-Hook-Interpretation da vorne gefiel mir. Er sagte, er sei gerade nur Getränke kaufen, bei ihm steige gerade eine Hausparty. Keine zehn Minuten später hüpften eine überdrehte Scarlet Witch und eine über die Verschwendung von Plastikbechern pöbelnde Wasteland-Kriegerin hinter ihm her. Das waren wir. In seiner Wohnung zeigte mir der Gastgeber seine beeindruckende Sammlung an Pokémon Karten und Spielen. Am Anfang des Abends hätte ich ihm noch gerne aus seinem Kostüm geholfen. Da tanzten wir mit seinen Freunden in seinem Wohnzimmer. Um halb fünf Uhr morgens versuchten wir verzweifelt, ein Mewtu zu fangen. Uns gingen die Hyperbälle aus. Wir gaben auf und ich schlief in den Armen von Captain Hook ein. Leider dachte ich nicht mehr daran, ihn nach seiner Nummer zu fragen.

Er schlief noch tief und fest, als ich aufwachte, so wie eine Handvoll weiterer Gäste, die es nicht mehr nachhause geschafft hatten. Auf jedem Sofa und jedem Sessel lagen Menschen. Rose war nirgends zu sehen. Noch immer in meinem Kostüm, nur jetzt ohne Handschuhe und Kopfschmuck, wanderte ich die Straße entlang. Mein Make-up und meine Frisur waren eine Katastrophe. Ich fand das klasse. Eine ältere Dame war da anderer Meinung. Sie musterte mich strafend, während ich ihr freundlich ›Guten Morgen‹ sagte. Es war längst Mittag.

Ein junges Mädchen in einem Ballkleid rannte an mir vorbei und einem Bus hinterher. Ihr Kleid erinnerte mich an das, das ich an unserem Senior Prom getragen hatte. Damals war ich mit Rose gemeinsam gegangen. Wir waren beide nicht die Art Mädels, die von einem High-School-Schüler auf romantische Weise zu Dates eingeladen wurde. Rose hatte gerade eine Trennung hinter sich und für mich waren Dates ein Fremdwort. Also gingen wir als Freundinnen. Wir hatten trotzdem Spaß, weil wir wussten, dass wir nach diesem Abschlussball endlich von hier wegkommen würden. Die Provinz im Norden wirkte auf uns wie eine Sackgasse, auf allen Seiten von endlosen Seen umschlossen. Der einzige Weg, der uns offenstand, führte in den Südwesten.

»Ich kann endlich unter Menschen sein, die so denken und fühlen wie ich!«, rief Rose damals begeistert. Ich hatte es wieder vor Augen, als wäre es letzte Woche passiert. Sie dachte, wenn sie erst in einer kulturellen Hochburg wie Los Angeles lebte, würde sie nur noch auf Lebenskünstler und Weltverbesserer treffen. Aus der Ferne fand sie eine Wohngemeinschaft mit ähnlichen Vorstellungen. Begeistert zeigte sie mir eine Website: »Schau mal, Demi! Allein, wie viele Demos es da jeden Monat gibt. Und so viele Projekte, denen ich mich anschließen könnte! Nicht wie hier, wo ich die Einzige bin, die überhaupt was macht.«

»Du gibst die Provinz komplett auf?«, neckte ich sie. »Also, du versuchst gar nicht mehr, sie vor ihren eigenen Schandtaten zu retten?«

»Denen ist nicht mehr zu helfen«, erhielt ich die trockene Antwort. »Und wenn ich erst in L.A. Fuß gefasst habe, bekommen sie es über das Internet mit, oder sogar über die Nachrichten. Ich glaube wirklich, von dort kann ich viel mehr bewirken.«

Weil Rose sich weigerte zu fliegen, stiegen wir ganz klassisch in einen Greyhound Bus ein. Bis zu diesem Tag hatte ich noch nie in einem gesessen. Überhaupt war ich noch nie quer durch das ganze Land gefahren. Unsere Welten waren bis dahin sehr eingeschränkt gewesen. Obwohl … nicht ganz. Meine Tante hatte mich mal auf einen Trip nach Paris mitgenommen. Sie, die auch zur Kategorie Lebenskünstlerin gehörte, packte mich eines Tages ein und nahm mich mit. Für einen ganzen Sommer, ohne Plan. Wir besuchten Theater und Filmfestspiele und das entfachte letztlich meinen Wunsch, Schauspielerin zu werden. Wenn ich an diesen Sommer dachte, musste ich wieder schmunzeln. Einmal war ich außerdem in Kanada gewesen, einmal in Florida und einmal in Tennessee. Ansonsten hatte ich den Norden der USA nie verlassen. Kurze Zeit nach dem Prom saß ich in diesem Bus, mit zwei Koffern voller Träume, wie sie schon hundert Jahre zuvor geträumt wurden, und ließ die unterschiedlichen Landschaften an mir vorbeiziehen. Wir fuhren in den Goldenen Staat. Zwei Mal stiegen wir um und übernachteten in Motels, was aber nichts von der Reiseromantik wegnahm. Im Gegenteil, das war unser großes Abenteuer. Kaum dachte ich daran, gab das junge Mädchen im Ballkleid auf, dem Bus nachzujagen. Erschöpft ließ sie sich auf eine Bank sinken.

Rose' Eltern hatten sie für verrückt gehalten, als wir von unseren ›Auswandererplänen‹ erzählt hatten. Aber die hatten ohnehin kein gutes Verhältnis zueinander. Die Welt von Rose' Eltern reichte nur vom Kühlschrank bis zum Briefkasten. Meine hatten sich tausendfach dafür entschuldigt, dass sie mir die große, weite Welt nie hatten bieten können. Das Geld, die Zeit, meine beiden jüngeren Geschwister, es wäre eben nie möglich gewesen. Meine Eltern wünschten mir viel Glück und verschwiegen im gleichen Atemzug, dass sie nicht wirklich an meine Träume glaubten. Inzwischen sahen wir uns sehr selten, es war eben zu weit weg.

Doch erst einmal war da noch dieser Senior Prom. Rose und ich gingen vor dem Tanzen gemeinsam essen. Zuerst wollten wir ganz schlicht ins Olive Garden. Dann erfuhren wir, dass der halbe Jahrgang dort hingehen würde. Also entschieden wir uns kurzfristig für das Diner an der verlassenen Straßenkreuzung. Rose und ich spekulierten damals gerne, ob wir an dieser Kreuzung eines Tages den Teufel sehen würden, dem wir unsere Seele verkaufen könnten. Schon damals machte sie Witze darüber, dass ich das in Hollywood tun würde. Sie selbst sah sich immer als immun an. Sie würde den Teufel dorthin schicken, wo der Pfeffer wächst! Daraufhin googelten wir, wo das überhaupt war. Die Antwort lautet Südindien. Dankt mir später. Wir schauten mit unseren Milkshakes vor der Nase (damals war Rose noch keine Veganerin) aus dem Fenster, um Ausschau nach dem Teufel zu halten. Er kam tatsächlich. Richard, der narzisstischste Typ unserer Schule, hatte sich mit seiner Freundin Alice für das gleiche Restaurant entschieden. Aber Richard konnte uns nichts anbieten, was unsere Seele wert gewesen wäre. So saßen wir zwei Außenseiter da und träumten von unserem besseren Leben in Südkalifornien, das wir uns wohl ohne die Hilfe von Satan erkämpfen mussten. Unsere Wraps und Pommes kamen und wir fanden es lustig, dass Rose' Teller die Farbe von meinem Kleid hatte und umgekehrt. Noch zwei weitere Mitschülerinnen kamen zufällig ins gleiche Diner. Bei ihnen hatten wir kein Problem damit, dass sie sich neben uns setzten. Sie waren erträglich. Wir aßen und tranken zu viert, fuhren gemeinsam zur Location und tanzten bis um zehn. Was in den Filmen und Serien fast nie gezeigt wurde, ist, dass es danach nicht nur tränenüberströmtes Heimstürzen oder feuchtfröhliche Aftershowparty gibt – sondern dass die Schule oft noch eine Aktivität nach dem Ball geplant hat. Wir fuhren in die örtliche Arcade-Halle. Rose, ich und die anderen beiden aus dem Diner spielten Dance Dance Revolution, bis unsere Sprunggelenke wund waren, Airhockey und billige Rennspiele. Bei letzterem verkniff sich Rose schon einen Kommentar, um niemandem den Abend zu versauen. Autos, Motorräder und Co. hasste sie schon immer. Dann schlug ich vor, beim Lasertag mitzumachen und das Unheil nahm seinen Lauf. Rose sah mich an, als wollte ich ein Robbenbaby erschlagen. »Beim Lasertag geht es darum, deine Gegner zu erschießen«, erklärte sie mir eindringlich. »Das ist dir vor lauter blinkenden Lichtern wahrscheinlich gar nicht aufgefallen. Also, ich geh da nicht rein und ich fände es besser, wenn du es auch nicht tätest.« Sie stellte sich mit verschränkten Armen vor mich. Ich konnte nicht anders, ich musste lachen. Die beiden anderen Mädels waren längst nicht mehr bei uns, dafür ein paar Kids aus unserem Algebra-Kurs. Sie sahen Rose noch verwirrter an als ich, denn sie kannten nicht all ihre Macken. Ich wusste: Was ich auch als Argument anbringen würde, es würde nichts nützen. Rose würde bis in den tiefsten Dschungel wandern, um ein Gegenargument zu finden. Und wenn sie es an den Haaren herbeiziehen musste. Nein, warte, etwas an den Haaren herbeiziehen würde sie nie tun. Viel zu gewalttätig.

Ich sagte nichts, drehte mich auf der Stelle um und lief mit den Algebra-Sitznachbarn zum Eingang des Lasertagbereichs. Ich hatte dieses Spiel nie zuvor gespielt, aber alle schwärmten davon. Uns wurden die elektronische Weste umgelegt und die Bedienung der Laserpistole erklärt. Unser Team hatte die Farbe Grün. Rot stand uns gegenüber und grinste frech. Ich realisierte, dass es ein Jungs-gegen-Mädchen-Match war. Das waren die Typen aus dem Basketballclub. Das konnte ja was werden. Wir standen uns gegenüber, sahen uns in die Augen, machten einen auf tough, konnten kaum ernst bleiben. Die Tür ging auf und die elektronische, sich für futuristisch haltende Musik kam mir mit ihrer pulsierenden Umarmung entgegen. Spannung baute sich auf. Wir mussten uns verteilen. Ich sprang in dunkle Ecken hinein und über leuchtende Planeten hinweg. Kunstvolle Neongalaxien kreuzten meinen Weg. Linien und Pfeile verwirrten mein Sichtfeld. Warnstreifen zeigten an, wo es nicht weiter ging. Hier war ein Fenster eingelassen, dort ging es hoch auf eine Empore. Wir befanden uns hier auf einem fremden Planeten, der wunderschön leuchtete. Die Musik zählte einen Countdown runter, nur mit ihren Beats. Hier und da hörte ich ein Kichern oder ein Flüstern oder einen aufmunternden Zuruf. Eine Mitschülerin duckte sich vor mir, wir schauten um die Ecke mit den Köpfen übereinander, wie Zeichentrickcharaktere. Sie kniete auf dem Boden, ich stand aufrecht in Kampfposition, fühlte mich wie die Heldin in einem Videospiel. Die Promkleider hatten wir gegen bequeme Hosen und Shirts getauscht. Noch war es kalt hier drin, doch ich wusste, gleich würde es warm werden. Der Countdown stoppte, die Musik wurde kurz leise und langsam, dann baute sie sich wieder auf und gab uns allen den nötigen Drive. Es ging los. In einer Sekunde war ich die Katze auf leisen Sohlen, die sich von hinten an den Feind anschlich. In der nächsten waren wir spielende Kinder, die lachend voreinander wegrannten und sich ärgerten. Dann verschnauften wir. Man begegnete ganz unerwartet jemandem aus dem eigenen Team, wollte sich fast gegenseitig mit dem Laser ins Visier nehmen. Dann realisierte man in letzter Sekunde, was Sache war, und war von jetzt an verbündet. Dafür brauchte es keine Worte. Fünf gegen Fünf spielten wir in dem endlos wirkenden, schwarzbunten Labyrinth. Ich holte Luft, an eine Wand gelehnt, von der leuchtende rote Tropfen strahlten wie riesige Blutspritzer. Rose. Sie stand da draußen und konnte diese Schönheit nicht genießen. Sie hasste mich dafür, dass ein unaufmerksamer Basketballspieler mir den Rücken zudrehte und ich es gnadenlos ausnutzte. Sie würde vermutlich um mich weinen, wenn sie sehen würde, dass ich im nächsten Moment seinem Kollegen auf den Leim ging, der aus einem Loch in einem Stern heraus auf mich zielte. Oh nein, Hilfe, ich war getroffen! Alles, was passierte, war, dass ich einen tiefen Ton hörte und das Licht an meiner Ausrüstung ausging. Ein kurzer Lauf zum Checkpoint, ein Druck auf einen Knopf und alles war wieder easy. Im echten Leben war das nicht so, das war mir klar. Doch wofür gab es Spiele und Fantasie, wenn nicht um Dinge zu erleben, die sonst nicht möglich waren? Liebe Rose, sagte ich mir im Kopf auf, ich schwöre dir, dass ich trotz meinem Spaß an diesem Spiel nie die Lust verspüren werde, jemanden wirklich zu erschießen. Und egal, wie krank meine Gedanken manchmal auch waren, dieser hatte sich bis heute nie daruntergemischt. Die Musik wurde spannungsgeladener, die letzten fünf Minuten brachen an. Ich hatte keinen Schimmer, wie gut wir abgeschnitten hatten, doch darum ging es nicht. Inzwischen war ich nassgeschwitzt und hatte es nicht mal gemerkt. Und Ende. Die Musik stoppte. Wir stolperten in den viel zu hell erleuchteten Bereich außerhalb der Halle. Die Jungs hatten knapp gewonnen und zogen uns jetzt damit auf. Aber es war auch jemand von ihnen auf dem letzten Platz. Darüber konnten wir ein wenig lachen. Nichts davon war ernst gemeint. Wir waren sowieso alle viel zu glücklich, jetzt endlich Absolventen zu sein. Kameradschaftlich gaben wir uns die Hand. Für den Rest des Abends bekam ich Rose nicht mehr zu Gesicht. Es war eine Sache, bei einem Spiel aus moralischen Gründen nicht mitzumachen. Es war eine andere, mit denen, die es anders sahen, nicht einmal mehr zu reden.

Ich war jung und dumm und hatte ihr schon zwei Tage später vergeben. Da planten wir akribisch und begeistert unsere Reise nach Los Angeles. Über den Lasertag-Zwischenfall verloren wir kein Wort mehr. Nicht bis zum heutigen Tag, viele Jahre später. Zufällig war das Gespräch auf der Halloweenparty darauf gekommen. Danach hatte sie für den Rest der Nacht nicht mehr mit mir geredet. Waren wir auf das Thema gekommen, nachdem Rose mit einem Partygast auf dem Balkon verschwunden war? Ich war mir nicht mehr ganz sicher, die Reihenfolge der Ereignisse verschwamm in meinem Kopf. Doch der Blick in ihren Augen, an den konnte ich mich ganz genau erinnern. Da war etwas gewesen. Etwas Dunkles, und es war nicht der Lidstrich.

»Welcher Ihrer Filme hat Ihr Leben am meisten beeinflusst?«

Der Superstar lächelte nervös.

Nick hat mal einen jungen Doktor Freud in einem Film gespielt. Der Interviewer dachte vermutlich, dass er diesen Auftritt nennen würde. Aber Nick spürte es bis in seinen kleinen Finger zucken, wenn er an eine andere Rolle dachte. An eine andere Szene, mit Demetria Shaw. Kein noch so anspruchsvoller oder hochbezahlter Job hatte ihm je die gleiche Erfüllung gegeben wie dieser Moment.

»Es ist Dorianth aus Orion Nebula, meinem neusten Projekt. Ohne dieses wäre ich nie der geheimnisvollsten, schönsten Frau der Welt begegnet.«

Er wurde rot, weil er nicht wusste, ob er das hätte sagen sollen. Zu spät. Sie sollten alle über seine Gefühle Bescheid wissen. Nichts würde ihn und Demi voneinander trennen! Niemals!

Auch nicht die Einladung des meistgehypten K-Pop-Stars des Monats. Der wollte Nick gerade auf seiner Geburtstagsparty dabeihaben. In der Einladung hatte gestanden, niemand sollte seine feste Freundin mitbringen. Es sollte eine Party nur für Junggesellen sein. Die einzigen Mädchen, die dabei sein durften, waren viel zu schüchterne Bücherwürmer. Denen würden die Jungs dann zeigen, wie man richtig feierte und jeder Gast hatte die Chance, eine unerwartete Liebe zu finden. Auch Nick würde bei diesen Mauerblümchen ganz schnell erkennen, dass er nie eine so raue Person wie diese Demi in seinem Leben haben wollte. Nick hatte ganz vergessen, dass er sich immer noch in einem Interview befand. Ja, so verpeilt war er manchmal. Der Reporter fragte ihn jetzt schon zum dritten Mal nach seinem Lieblingseis. Nick antwortete mit: »Haselnuss«. Denn er war nicht so basic, dass er Schokolade, Vanille oder Salted Caramel sagte. Er war anders. Aber auch nicht zu kompliziert oder extravagant. Ein fest auf dem Boden gebliebener Star.

Hinter ihm lief jetzt der Sänger Travis Airhead Melbourne über den blauen Teppich. Travis Airhead Melbourne war Australier (das konnte man natürlich nicht an seinem Namen erkennen) und er war sehr arrogant. Wenn er und Nick sich sahen, flogen immer Funken zwischen ihnen. Aber keine Funken der Liebe, sondern des Hasses. Wann würde Travis endlich zugeben, dass er eigentlich homosexuell war und durchaus Lust verspürte, wenn er Nick ansah? Übrigens war Travis auch zu der K-Pop-Idol-Party eingeladen. Natürlich hatte er keine Freundin und er würde eine der schüchternen jungen Frauen erst unglaublich verstören. Dann würde sie sich entgegen aller Logik trotzdem in ihn verlieben. Nun stieg Demetria aus einem Wagen, der aus dem Nichts auftauchte. Nick beamte sich noch regelrecht von der Fotowand, wo die Interviews stattfanden, zum Eingang. Er musste ihr nämlich die Tür aufhalten. Ihre schlanken Arme sahen viel zu schwach dafür aus. Nick wusste aber, dass sie in Wahrheit Superkräfte hatte. Das hatte er erst gestern Nacht feststellen dürfen. Da hatte seine Freundin Demetria, die so schön war wie eine Göttin, ihn durch sein Haus getragen und ….

Ich fing von jetzt auf gleich hysterisch an zu lachen. Mir kamen die Tränen, ich konnte einfach nicht mehr. Florian war nämlich gerade hinter mir aufgetaucht und er las mit. Seine Belustigung hatte mich angesteckt und je mehr er mitgelesen hatte, desto mehr Blödsinn hatte ich in meine Fanfiction hineingeschrieben.

»Willst du die Namen so stehenlassen?«, fragte mein Mitbewohner trocken.

»Nö, natürlich nicht. Die werden noch ersetzt. Ich hatte daran gedacht, sie Bello und Edwina zu nennen. Was hältst du davon?«

Es klackerte zehn Sekunden in Florians Gehirn. Schließlich sagte er: »Dann kannst du sie auch gleich Christina und Anton nennen.«

»Anton …?« Ich verschluckte mich vor Lachen, als ich begriff, was er meinte.

Florian setzte sich neben mich.

»Warte, schreib das auf!« Er diktierte mir: »Nick, oder Bello, oder Anton, leckte sich über die Lippen und zog dann mitten auf dem roten, nein entschuldige, blauen Teppich sein Hemd aus. Und vor ihm standen zwei Fangirls. Eine von ihnen war nur 1,20 m groß, die andere war ein Werwolf.«

»Uh, ja, das ist gut. Warte, ich formuliere es so: Nick vergaß, dass er eine gottgleiche Freundin hatte und wollte noch an diesem Abend ein Doppelspaltexperiment durchführen. Wenn du weißt, was ich meine.«

»Ich fürchte ja, ich weiß nur zu gut, was du meinst. Also, dabei ging es so zur Sache, dass das Bett gekracht ist«, machte Florian weiter. Ich hörte abrupt auf zu Tippen. »Warte, was?! Das Bett ist gekracht? Beim Doppelspaltexperiment? Auf welcher Seite?!«

»Ähm … auf der … äh, Mitte links! Nein, rechts? Ich weiß es nicht, ich will gar nicht richtig hinsehen!«

»Dann tu es nicht. Dann … oh. Bazinga! Nein, warte, Heureka! Das war das Wort, das ich gesucht hatte.« Ich machte eine kurze Pause, drehte mich zu Florian um. »Also, eigentlich wollte ich ja nur eine lustige Fanfiction schreiben, um meine Gedanken und Erlebnisse mit Humor zu verarbeiten. Aber wenn du unbedingt die Weltformel lösen willst, dann bitte schön.«

Florian antwortete: »Ehrlich gesagt wollte ich gerade das Bad putzen. Danach könnte ich deine Story umändern in eine Gruselstory.«

»Also, ich finde ja, sie ist jetzt schon eine Creepypasta.«

Florian gab mir schnaubend eine Kopfnuss. Manchmal erinnerte er mich in solchen Momenten an meinen Bruder.

Inzwischen war es Anfang November und die Tage wurden kühler. Ich nahm erstmals eine Jacke mit, als ich Rose auf eine Pro-Choice-Demo begleitete. Und ich staunte nicht schlecht, als ausgerechnet von Nick der große Aufruf kam, diese Bewegung zu unterstützen. Ich musste nicht aktiv danach suchen, es wurde mir online wie offline entgegengeschleudert: Nick Morgan, der frühere Kinderstar und werdende Vater, spricht sich öffentlich und emotional für das Recht auf Abtreibung aus. Das sorgte für einige abenteuerliche Schlagzeilen.

Zum Beispiel:

»Wird er seine Freundin mit dem Kind sitzen lassen?«

»Ist Nick Morgan noch nicht reif genug, Vater zu sein?«

Oder, etwas positiver: »Warum auch Männer mit traditionellen Familien Feministen sein können«.

Am interessantesten fand ich die These: »Was, wenn er das Baby nicht will, weil er sie gar nicht liebt? Nur deswegen spricht er sich jetzt, etwas zu spät, für Abtreibung aus!« Gewagt, aber durchaus denkbar. Vielleicht, ganz vielleicht, war Nick aber auch einfach nur jemand mit gesundem Menschenverstand, der sich wirklich für eine faire, sichere und gesunde Zukunft einsetzte. Meine Gefühle ihm gegenüber waren so gespalten wie das Land über die Abtreibungsfrage. Heute war einer der Tage, an dem ich mit mehr Wohlwollen an ihn dachte.

Rose filmte sich während der Demo. Erst sah sie wütend in die Kamera, dann strahlte sie. Ihr selbst beschriftetes T-Shirt schrie der Öffentlichkeit laut »Meine Pussy, meine Regeln!« entgegen. Alle paar Meter machte sie Fotos mit anderen Sprücheträgern. Ich verteilte Kondome. Die Presse war hier. Rose lief dem Mann mit dem Mikrofon hinterher. Ich unterdrückte meine Schadenfreude darüber, dass er sie ignorierte.

Drei Stunden lang zogen wir durch die Straßen und hofften, etwas bewirken zu können. Als die Masse sich aufgelöst hatte, liefen wir noch gemeinsam durch die Nobelviertel von Beverly Hills. Ich wollte Rose wenigstens kurz zeigen, wo das Abenteuer mit Nick stattgefunden hatte. Vor seinem Haus stehenzubleiben, fühlte sich aber falsch an, also liefen wir schnell vorbei. Eine Limousine kam uns entgegen. Rose streckte der Autoscheibe mit verzogenem Gesicht den Mittelfinger entgegen. Ach ja, sie hasste ja Autos generell, und so große ganz besonders.

»Du solltest nicht so oft durch die Hügel wandern«, meinte ich sarkastisch.

»Doch, genau das sollte ich tun, um noch mehr Verpester abzufucken.«

»Wenn das jemand war, wegen dem mir jetzt meine nächste Rolle verwehrt bleibt, bist du schuld.«

»Ach komm schon, Demi, als ob die sich an dich erinnern würden von den paar Sekunden. Und wenn doch, dann sei froh, dass ich dich da raushalte.«

Aber ich wollte da nicht rausgehalten werden. Ich wollte weitermachen. Kunst kreieren und alle denkbaren Emotionen fühlen und auslösen. Deswegen ging ich zu weiteren Castings, zum Beispiel zu dem, das mir von meinen Co-Darstellerinnen vorgeschlagen worden war. Doch wieder schlug mir nur Ablehnung entgegen. Nichts stand in Aussicht. So gingen die Wochen bedeutungslos ineinander über und ich merkte erst viel zu spät, dass mein Kontakt zu Effie und Kalisha nicht mehr existent war. Das Geld ging mir auch langsam aus. Als ich endlich mal wieder einen Abend ohne Rose verbrachte, saß ich mit einem heißen Kakao auf dem Boden im Flur und nahm meinen Mut zusammen. Ich schrieb River an.

»Hey, was läuft bei dir gerade so? Sind die Dreharbeiten fertig? Und weißt du zufällig, bei welchem neuen Filmprojekt noch Nebendarsteller gesucht werden?«

Ich starrte auf den Bildschirm. Sollte ich die Frage zurückziehen? Es war doch eindeutig, dass ich sein Vitamin B ausnutzen wollte. Aber so funktionierte die Branche doch.

An diesem Abend blieb es sehr still, sogar Florian war aus dem Haus. Ich hätte wieder mit meiner Maske durch den Flur tanzen können, doch heute war mir nicht danach.

Am nächsten Morgen bekam ich tatsächlich eine Antwort. River schrieb ohne Emojis: »Hi Demi, ich weiß nicht, ob du bei mir an der richtigen Adresse bist. Ich habe nicht wirklich was zu melden, was die Besetzungen angeht. Aber ich weiß, dass für ein Musical gerade heiß gesucht wird. Wäre das auch dein Ding?« In einer zweiten, eilig geschriebenen Nachricht voller Rechtschreibfehler hieß es sinngemäß: »Was anderes noch. Nick hat erwähnt, dass er froh ist, dass du nicht mehr am Set bist. Einer von den Regieleuten war der gleichen Meinung. Sie haben gesagt, du bist noch nicht Profi genug für die großen Shows. Auch wenn das bestimmt unangenehm ist, ich dachte, ich sag's dir lieber. Damit du weißt, woran du bist und warum ich nicht wirklich viel tun kann. Sorry, Süße.«

Mein Hirn brauchte eine Weile, um zu registrieren, was da stand. Florian kam nachhause, während ich den Text wieder und wieder las. Er sagte nur: »Viel Glück für morgen.« Da fiel mir siedend heiß wieder ein, was ich vergessen hatte: Ich hatte noch ein Casting. Aber nicht bei einem der großen Studios, sondern bei einem Privatmann. Es war das erste Mal, dass ich es bei so jemandem versuchte.

Auf Anraten von Rose hatte ich mir ein neues Fahrrad zugelegt. Neu in Anführungszeichen. Es war ein gebrauchtes, von ihrer Cousine dritten Grades oder so. Mir egal, ich hatte es geschenkt bekommen. Damit strampelte ich jetzt zu einem Apartmentkomplex, dessen Adresse mir in einer knapp formulierten Mail mitgeteilt worden war. Der Bau tat so, als sei er alt, war aber modern. Wer hier lebte, war ein Hipster mit Geld, schloss ich aus dem Ambiente der Gegend. Ich klingelte bei Magnusson, so wie mir gesagt worden war. Ein schlanker Mann in einem Strickpullover öffnete die Tür. Er musste so um die dreißig Jahre alt sein. Seine Hände waren kunstvoll tätowiert, sein Blick wirkte noch etwas müde. Es war ja auch noch früh.

Nach der Begrüßung waren seine ersten Worte: »Willst du Kaffee?«

Als ich bejahte, schickte er mich zwei Blocks weiter, um welchen zu holen. Ich tat wie mir geheißen, denn er drückte mir Geld in die Hand und meinte, ich dürfte mir in dem Laden aussuchen, was ich wollte. Er bräuchte nur noch etwas Vorbereitungszeit. Ich sah, wie eine hübsche Frau, die mich an Penny Lane aus *Almost Famous* erinnerte, ihren Kopf durch die Tür streckte. »Das Licht passt jetzt«, sagte sie zu dem Strickpullover-Typ, der sich als Leiter des Projekts vorgestellt hatte, Jake Magnusson.

Mit einem Café Crema, zwei Latte Macchiato, einem Chai Tee und noch ein paar Brownies kam ich zurück. Sie waren für Penny Lane, Jake, mich und noch so einen Kerl, der Teil der Produktion war. Zurück im Haus sah ich erstmals das ›Castingbüro‹. Es war Jakes beige-grau eingerichtetes Wohnzimmer. Darin stand überraschend hochwertiges Filmequipment. Gleich zwischen einem chaotischen Bücherregal und einer Minibar. Auf drei Hockern verteilt saß die Jury. Ich sollte auf der hellgrauen Tweedcouch gegenüber platznehmen.

»Schön, dass du hier bist, Demetria«, begrüßte Jake mich noch einmal vor der Runde.

Vom Typ her hatte er entfernt Ähnlichkeit mit Florian, nur etwas exzentrischer.

»Demi reicht«, warf ich schnell ein.

Jake fuhr fort: »Okay, dann Demi. Das hier ist meine Schwester Vicky. Sie macht mit mir zusammen die Regie.«

Vicky werkelte auf ihrem Tablet herum. Als ihr Name fiel, sah sie auf und lächelte. Sie erinnerte mich immer noch an die junge Kate Hudson.

»Und das da ist Tiger. Er ist unser Kameramann und macht den Schnitt.« Damit meinte er den anderen Typ, der noch durch die Wohnung gewuselt war.

»Er heißt wirklich Tiger?«, fragte ich, ohne darüber nachzudenken, ob das unhöflich sein könnte.

Jake lachte. »Nein, er ist nur nie über sein Schulmaskottchen hinweggekommen. Ist nur ein Spitzname, aber er hasst seinen echten Namen. Also wenn es dir nichts ausmacht, nenn ihn Tiger. Man gewöhnt sich dran.«

Tiger schlürfte an seinem Kaffeebecher. Vicky erklärte mir nun ausführlicher, worum es ging. Das hier war das erste Projekt der Gruppe, seit sie gemeinsam die Filmschule abgeschlossen hatten. Der Streifen sollte in einigen Kunstkinos laufen, bei Festivals und Wettbewerben eingereicht werden und mit etwas Glück wäre er irgendwann käuflich bei Amazon erhältlich. Sie suchten noch eine Hauptdarstellerin und auch wenn es nicht so viel war wie bei den Majors, könnten sie dank einer netten Unterstützung ihres Onkels eine faire Gage zahlen. So viel zum Geschäftlichen.

Inhaltlich war der Film politisch angehaucht, wie das bei Indies häufig ist. Es würde um eine Frau gehen, die sich sicher ist, niemals Kinder haben zu wollen. Deswegen lässt sie sich schon in jungen Jahren sterilisieren, wird aber von verschiedenen Menschen aus ihrem Umfeld, inklusive des behandelnden Arztes, heftig dafür verurteilt. Obwohl das im Jahr 2022 kein Thema mehr sein sollte. Ein Teil dieser Information hatte bereits im Casting-Aufruf gestanden.

Klang gut. Jetzt sollte ich Monologe vortragen. Der erste war Teil des Films. Den zweiten hatte Schiller verfasst, in *Die Jungfrau von Orleans*.

Beim Casting für *Orion Nebula* hatte ich mich gut geschlagen, weil ich gedanklich schon von Nick gewürgt wurde. Heute gab es so eine Motivation nicht. Heute zeigte ich meine klassische Schauspielseite. Erinnerungen ans Schultheater kamen hoch und daran, wie begeistert meine Lehrer darüber waren, wie ernst ich das Ganze nahm.

Jake, Vicky und Tiger waren die entspanntesten Filmmenschen, die ich je kennengelernt hatte. Sie interessierten sich für den Menschen, der vor ihnen saß und sorgten dafür, dass er oder sie sich wohlfühlte. Alle drei waren ein paar Jahre älter als ich, aber nicht so alt wie River oder Nick. Sie fühlten sich an wie große Geschwister. Ein, zwei Ratschläge bekam ich gleich mit auf den Weg. Vicky sagte mir zum Beispiel, ich sollte die Jury beim Casting genauso wenig direkt anschauen, wie ich später geradeaus in die Kamera schauen sollte. Und dass es gar nicht nötig sei, meine Stimme so sehr zu verändern, um sie der Rolle anzupassen. Meine natürliche tiefe Stimmlage wäre schon perfekt.

Wir starteten nochmal, diesmal mit den Verbesserungen. Es klingelte an der Tür. Da kam noch eine Frau zum Vorsprechen. Während sie ihre Tasche, Jacke und Mütze ablegte, fiel mir auf, dass sie mir verdächtig ähnlich sah. War sie meine Konkurrenz? Noch bevor ich die Frage stellen konnte, wurde ich weggeschickt, aber für den Abend in ein Burgerrestaurant eingeladen.

Rose fragte auf WhatsApp, ob ich wieder Zeit hätte.

Meine kurze Antwort war: »Nein. Heute nicht.«

Sie rief an.

Ich ignorierte den Anruf, legte das Handy zur Seite.

Als ich wenige Stunden später das Burgerrestaurant mit einem engen Crop Top und einer viel zu großen Sweatjacke betrat, drehten sich alle zu mir und meine erste Angst war, dass ich underdressed war. Lag es an Vickys Blazer und dem Silberschmuck? Oder daran, wie unglaublich schön dieses Restaurant eingerichtet war? Nein, der Grund war, dass ich mich in der Uhrzeit vertan hatte und zu spät dran war. Deswegen zeigte Jake doch mit breitem Froschgrinsen auf seine Uhr, oder nicht?

»Sie ist eben noch nicht Profi genug«, raunte Tiger. Die Frau, die nach mir Jakes Wohnung betreten hatte, drehte sich demonstrativ von mir weg. »Sie hält sich für was Besseres«, hörte ich sie sagen. Obwohl sie extrem leise sprach und ich eigentlich zu weit weg war. Moment mal, das ergab keinen Sinn, das – ich schrak auf. Der Wecker trällerte und blinkte. Ich war eingeschlafen. Jetzt hatte ich noch zwei Stunden, bis das Essen stattfand. Warum war ich so müde gewesen? Geistesgegenwärtig hatte ich mir kurz vor dem Eindösen den Wecker gestellt. Ein doppelter Espresso, kaltes Wasser, und die Sache sollte rundlaufen. Statt dem Sweater zog ich meine gemütlichste Strumpfhose und ein schwarzes, langes Winterkleid an. Für genügend Hollywoodflair kam noch ein Wollhut dazu. Ich wollte schon das Haus verlassen, als ich an das Armband mit dem Herzanhänger dachte. Der kam mit.

Im Restaurant traf ich tatsächlich auf die andere Kandidatin, noch bevor ich an den reservierten Tisch geleitet wurde.

»Bin ich rechtzeitig?«, fragte ich wegen meinem Traum und weil sie eben schon da war.

Sie sagte freundlich-nervös: »Klar, ich bin nur immer zu früh. So wie vorhin. Du warst noch nicht fertig, oder?« Ihre Stimme war so klar und sanft.

Gemeinsam wurden wir zum Tisch des Filmteams geführt. Sie lasen schon fleißig in der Karte, als wir uns noch setzten. Warum waren hier alle so früh dran? Jake sah von seiner Karte auf. Ganz unaufgeregt reichte er mir die Hand und sagte: »Demi, da bist du ja. Sehr schön. Du hast die Rolle, du bist ab sofort unsere Hauptfigur Hera!«

Vicky rief ein freudiges: »Herzlichen Glückwunsch!«

Ich sah von einem zum anderen, wie jemand, auf den zuhause eine Überraschungsparty gewartet hatte. Mein Mund stand halb offen. Das war ja schnell geklärt.

Jake fuhr fort: »Deine Kollegin wird von jetzt an Jennifer sein. Sie ist in *Meine Entscheidung* deine Halbschwester Xenia und neben dir die zweitwichtigste Rolle. Also darf ich vorstellen: deine Antagonistin!«

Alle klatschten.

Jenny und ich schüttelten uns ebenfalls die Hand. Ihre Finger waren zart und warm. Wenn sie eine Jahreszeit wäre, wäre sie der Frühling. Ich sah ihr im Gesicht zwar ähnlich, doch ich war der Herbst. Sie sollte mich von jetzt an heftig verurteilen und heruntermachen? Das würde witzig werden.

Kaum war die frohe Botschaft verkündet, hob Tiger die Hand, um den Kellner herbeizurufen. Wir bestellten erst Getränke, dann einen Haufen Beilagen zum Teilen und eine bunte Mischung aus Burgern. Während wir auf das Essen warteten, wurde die Runde größer. Jakes und Vickys Onkel kam dazu. Zwischen Hauptgang und Nachtisch wurden die Verträge auf den Tisch gelegt. Ich unterzeichnete mit meinem Kugelschreiber aus dem Nagelstudio. Er glitzerte, ich liebte diesen dummen Stift! Nun stieß noch der

Darsteller des Arztes hinzu, ein Dozent aus der Filmhochschule. So durfte ich auch ihn schon kennenlernen. Er suchte sich einen Burger aus, für uns kam der Nachtisch an. Hatte ich je erwähnt, dass ich Käsekuchen liebe? Das hier war seit langem der Beste. Als wir fertig waren, wurden Termine für die ersten Proben festgelegt. Dabei wurde nichts von oben vorgegeben, sondern gemeinsam in die Terminkalender geschaut. Alles war so erfrischend zwanglos und persönlich. Schon jetzt kannte ich Jennifers halbe Lebensgeschichte und ich freute mich, irgendwann Tigers Funko-Pop-Sammlung zu sehen. Er schrieb mir seine Adresse auf eine Servierte. Die schob er mir rüber, als ginge es um die Übergabe geheimster Agenteninformationen. Ich lachte so sehr darüber, dass ich ihm fast erzählen musste, warum ich so darauf reagierte.

Die anderen blieben noch, aber ich ging nachhause. Nach dem Grundsatz: Man sollte gehen, wenn es am schönsten ist. Ich wollte nicht warten, bis ich müde und genervt war, sondern die Leichtigkeit mitnehmen. Kaum war ich in der WG, schrieb ich River und dieses Mal war ich überhaupt nicht aufgeregt. Einer spontanen Eingebung folgend fragte ich ihn, ob sein sogenanntes Sonderangebot noch stehen würde.

Zurück bekam ich einen anstößig schauenden Smiley sowie die Sektflasche. Erst ein paar Minuten später kam die Frage nach einem Tag und einer Uhrzeit hinterher. Statt eine Zeit vorzuschlagen oder zu sagen, dass er wohl den volleren Kalender hatte und deswegen aussuchen durfte, fragte ich, ob ich noch wen mitbringen dürfte. Daraufhin bekam ich ganz viele Emojis zurück, die vor Lachen weinten und schwitzten, sowie ein unsicheres »okayyy …« Ich war hin und hergerissen, ob ich ihm jetzt schon sagen sollte, wen ich im Sinn hatte. Da fiel mir ein, dass ich sie vielleicht erst mal selbst fragen sollte, ob sie Lust auf so einen Tag hatte.

Kalisha war so hellauf begeistert, dass sie vergaß, dass ich mich über einen Monat lang nicht bei ihr gemeldet hatte. Ihr wäre es am liebsten, wir würden noch heute in die Hills fahren. Andererseits bedeutete so ein Tag Vorbereitung, stellte sie fest, und während sie mir eine überdrehte Sprachnachricht nach der anderen schickte, wurde mir bewusst, was ich hier angeleiert hatte. Dass River in Sekundenschnelle ebenfalls von der Idee überzeugt war, machte es nicht besser. Mit Müh und Not musste ich mein Grinsen zurückhalten, als Florian an meiner Tür klopfte und fragte, ob ich mit ihm frühstücken wollte. Ich saß also da in meinem Einhorn-Onesie und erzählte ihm zwar von dem gestrigen Casting, aber noch nichts von meinen teuflischen Plänen mit Kalisha.

Florian seinerseits war aber auch bester Laune. Scheinbar hatte ihn ein Fan seines Kanals angeschrieben und wollte sich treffen. War das etwa ein Date? Er erwähnte einen Horror-Escape-Room, den sie besuchen wollten. Das passte gut zum Thema und es war gar keine schlechte Idee für ein Date. Das musste ich mir merken.

SEQUENZ 8

Ein türkisblaues Cabriolet fuhr an mir vorbei. Erst war es schnell, dann wurde es plötzlich langsamer und hupte langgezogen. Ich erschrak so sehr, dass ich fast in einen kratzigen Busch gelaufen wäre und gar nicht sah, wie die mit Botox aufgespritzte Frau mir winkte. Sie warf mir Küsschen und Schweiß entgegen. Eigentlich liebte ich die Aufmerksamkeit des gemeinen Volkes, aber in solchen Momenten konnte ich Nick nur zu gut verstehen. Man konnte nicht mal mehr ganz hier oben, in den allerletzten Sackgassen, mit seinem Manager Wandern gehen. Es wurde Zeit, dass in den Gated Communities wieder Häuser zum Verkauf frei wurden.

»Du hast dich doch auch mit dieser, wie heißt sie, Denise, unterhalten. Oder? Was für einen Eindruck hat sie auf dich gemacht?«, wollte mein Manager wissen.

»Welche Denise? Meinst du Demi?«

»Keine Ahnung, mir ist egal, wie sie heißt.«

Ich rümpfte die Nase. Demi war mir zwar nicht besonders wichtig, aber solche Aussagen hielt ich trotzdem für respektlos.

»Was für einen Eindruck hattest du von ihr? Würdest du ihr zutrauen, dass sie gefährlich ist? Sollte ich dafür sorgen, dass sie auf gesetzlicher Basis von dir ferngehalten wird?«

Ich blieb stehen, stemmte die Hände in die Hüften und schnaufte. Vom Laufen war ich nicht erschöpft, aber von meinem Manager.

»Boah, Douglas, chill mal. Nein, sie kommt mir nicht gefährlich vor. Ich wünsche nicht, dass du sie auf gesetzlicher Basis von mir fernhältst. Nicht jetzt und auch nicht später. Ich habe zwar keine Ahnung, was da vorgefallen ist, aber von allen Menschen hier in Hollywood …«

Ich stockte in meiner Überlegung. Mir fiel auf, dass viele Stars und Sternchen, die irgendwann durchdrehten, zu Beginn ihrer Karriere ganz nett und normal wirkten. Oder wenn man sie nur flüchtig kannte.

»Weißt du, ich kann es nicht beurteilen. Dafür kenne ich sie zu schlecht.«

Douglas hatte noch mehr wichtige Themen zu besprechen. Deswegen ließ er die Baustelle Demi glücklicherweise erst mal bleiben. Er fragte mich danach, wie es denn so mit dem Japanisch-Unterricht lief. Ich antwortete ihm, dass mein Coach zufrieden war. Manchmal nannte ich ihn scherzeshalber meinen Sensei. Douglas würde mich dann belehren, dass das rassistisch sei; wobei der Sprachlehrer selbst es ziemlich cool fand und sich geehrt fühlte. »Funktioniert es auch mit schottischem Akzent?«, durchbohrte Douglas mich weiter mit Fragen.

Alter, wenn ihr einen japanisch sprechenden Schotten wollt, dann engagiert einen für euren nächsten Film, dachte ich mir. Doch ich wusste, dass die ungeschriebene Regel bei Schauspielern lautete: Wenn dich jemand beim Casting fragt, ob du etwas kannst, sag immer ja. Im Zweifelsfall lernst du es bis zu den ersten Proben. Wenn du das nicht tust, wirst du bei fast jedem Job abgelehnt und spielst quasi nur noch dich selbst. Mit diesem Wissen im Hinterkopf hatte ich schon vor über einem Jahr zugesagt und jetzt musste ich beim Workout Kinderbücher auf Japanisch hören.

Ich antwortete geistesabwesend auf jede von Douglas' Forderungen, während ich gedanklich zurück zum gestrigen Drehtag mit Nick wanderte. Er hatte sich mir anvertraut. Während einer Umbaupause hatte er sich neben mich gesetzt. Wusste nicht, was er mit seinen Körperteilen anfangen sollte. Ich glaube, er wollte lässig wirken, aber seine Haltung sah unnatürlich und ungemütlich aus. Wollte von mir wissen, wie viel Ahnung ich von Frauen und Beziehungen hätte. Woran man merken würde, dass einem die Freundin fremdgeht, ohne sie direkt zu fragen oder in ihren Chats herumzuschnüffeln. Ich zuckte mit den Schultern, da ich eine Niete war, wenn es um feste Beziehungen ging. Die meisten hatten Angst, dass ich oberflächlich und untreu war, bevor sie es überhaupt mit mir versuchten. Einer wie ich konnte ja nur fremdgehen oder sie immer wieder für eine Jüngere, Dümmere, Blondere verlassen.

Nick wurde konkreter. Er offenbarte mir, dass seine Liebste Kate merkwürdiges Verhalten an den Tag legte. Das würde er aber daran merken, dass sie sich plötzlich unglaublich bei ihm einschleimte und viel mehr Geschenke machte und Liebesschwüre aussprach. So würde er sie gar nicht kennen. Er vermutete, dass sie einen anderen hatte. Sein einziger »Beweis« dafür war aber, wie extrem anhänglich sie geworden war. In einer Woche wollte sie jeden Tag mit ihm schlafen, obwohl er gerade einen Actionfilm gedreht hatte. Kurz später wäre sie überschwänglich freudig mit dem Schwangerschaftstest angekommen und seitdem wollte sie, angeblich um ihre Gesundheit zu schonen, nie wieder mit ihm raus vor die Tür und mit ihm gesehen werden.

Wenn Nick einmal anfing zu reden, hörte er nicht mehr auf. Er hatte das wohl alles ewig mit sich herumgetragen. Alles musste raus. Ich hatte mir einen Salat vom Catering geholt und geduldig zugehört. Ich wollte ein guter Freund sein, aber wie gesagt hatte ich von festen Beziehungen wenig Ahnung. Meine erste, letzte und einzige Freundin hatte ich während meiner Zeit am Community College gehabt. Damals als ich noch etwas nerdiger und schlaksiger aussah und somit einen harmlosen, vertrauenserweckenden Eindruck auf Frauen machte.

Nick hatte noch gesagt: »Bei Demi bin ich auch echt ratlos«, dann war er ans Set gerufen worden. Ich verstand nicht ganz, was er gemeint hatte. Nur eins erkannte ich in seinem Ausdruck und seiner Frage: Demi beschäftigte ihn. Ihm war sie nicht egal. Entweder war es wirklich Angst, oder er interessierte sich aus anderen Gründen für sie. Wenn das mit Kate auch schon seit langer Zeit nicht mehr das Wahre war, warum hatte er dann erst jetzt scheinbar zum ersten Mal über das Thema gesprochen? Erst jetzt, wo die Sache mit Demi so eskaliert war.

Ein weiteres Auto hupte, aber diesmal, weil wir ihm im Weg standen. Der ältere Herr am Steuer interessierte sich nicht im Geringsten für mich und ich fand seine unhöflichen Gesten erfrischend unpersönlich.

Douglas hatte die ganze Zeit weitergefaselt. Fragt mich nicht, was der Sesselpupser gesagt hatte. Gerade wünschte er sich jedenfalls Folgendes von mir: »Du solltest deine Familie wieder häufiger besuchen. Die haben sich schon bei mir gemeldet, dass ich dir weniger Termine und Auftritte beschaffen soll, damit du wieder zu ihnen nach Florida kommst. Sie hatten auch angedeutet, dass dein Neffe sich ein cooleres Geburtstagsgeschenk von dir erhofft hätte. Kannst ihnen ja sagen, große Geschenke gehen nur dann, wenn sie dich auch arbeiten lassen. Außerdem solltest du dir so langsam echt mal überlegen, ob du eine feste Freundin willst. Noch ein paar Jahre älter und der gleiche Lebensstil macht dich für die Presse zum ewigen Playboy und Junggesellen. Musst du wissen, ob du das willst. Aber morgen sind erst mal drei Stunden Intensivkurs Japanisch angesetzt. Sei bitte ausgeschlafen.«

Ich lächelte gequält. Meine Augen lächelten natürlich nicht. Ich könnte sie zwar dazu bringen, aber Douglas sollte wissen, dass er mir auf die Nerven ging. Einfach lächeln und winken. Lass sie nie dein wahres Gesicht sehen.

»Ach und River?« Douglas war noch immer nicht fertig.

Ich fragte deutlich genervt: »Was?«

»Du solltest mal wieder was auf Social Media posten. Aber nicht deine Gartendeko oder die Plattensammlung. Sondern … du weißt, auf was für eine Art Bilder die Fans warten. Nutz das endlich mal mehr zu deinem Vorteil.«

»Aye, aye, Sensei«, sagte ich und hätte am liebsten meinen Kopf gegen diese Palme da vorne gehauen.

Am nächstbesten Freitag stand ich mit einer nervösen Wicca-Hexe vor den Toren einer Villa mit Infinity Pool. Wie das liebe Rotkäppchen hatten wir einen Korb voller Essen und Getränke dabei. Aber der Korb war nicht für die kranke Großmutter bestimmt, sondern hatte andere Zwecke. Dazu später mehr. Wir standen geduldig vor der Tür, beide total ahnungslos, dass Kalisha vergessen hatte, Phobos und Deimos zu füttern. Das erfuhren wir beide erst am nächsten Tag, als die armen Tiere wütend und erschöpft auf sie zugesprungen kamen. Die Narbe an ihrem linken Knie blieb und sollte Frauchen für immer an ihre herzlose Vergesslichkeit erinnern. Immerhin hatte sie dieses Mal an die Kontaktlinsen gedacht.

Während Phobos zuhause bei Kalisha ein Kissen auseinandernahm und Deimos ein Fellknäuel hochwürgte, öffnete River uns persönlich die Tür. Er trug einen Hoodie und eine Jogginghose. Schick hatte er sich also nicht gemacht. Dafür strahlte er heute besonders ausgeschlafen vor sich hin. Kalishas Körperhaltung und Stimmlage zeigten, jedenfalls mir, ganz klar, was in ihr vorging. Ich versuchte, noch etwas länger die gute Schauspielerin zu sein. Rivers erste Frage war: »Ist das ein Geschenk für mich?« Er meinte den Korb.

Die Ex meines Mitbewohners nickte vielsagend. River umarmte uns und gab uns jeweils einen Kuss auf die Wange. Inzwischen wusste ich, dass das der erste Kuss war, den Kalisha von ihm bekam. Damals bei der Party waren sie nur zufällig zur gleichen Zeit von der Bildfläche verschwunden.

Ich beneidete sie ein wenig um das, was gerade in ihr passieren musste. Es erinnerte mich an Nick und soweit ich mich an alles richtig erinnerte, lebte er nicht weit von hier. Jeden Augenblick könnte das Baby hier sein. Würden wir sein Schreien – »Demi?« River holte mich aus meinen Gedanken. »Willst du auch raus? Hast du Schwimmsachen dabei?«

Nein, hatte ich nicht, aber wer brauchte die schon? Wir gingen trotzdem zum Pool.

Eine Hausführung hatte ich ja bereits erhalten. Die Räume waren mir nicht neu, doch irgendwie wirkte bei

Tageslicht alles anders. Erst jetzt fiel mir auf, dass hier ein Altbau imitiert wurde. Die Decken waren vergleichsweise hoch und voller Stuck und überall fand warmes Holz Verwendung. Die modernen Möbel stellten einen erfrischenden Kontrast dazu dar. Ja, nüchtern betrachtet sah die Welt immer ein bisschen anders aus.

Die kurzzeitige warme Mittagssonne musste genutzt werden. Das waren die letzten Tage des Jahres, an denen Schwimmen im Freien möglich war. Wir stiegen in unserer Unterwäsche in den Pool. Am Rand stand eine Truhe mit kühlen Getränken bereit. Den Anfang machten wir mit jugendfreier Limonade. Das hier sollte doch ein harmloses Treffen unter Freunden sein, keine wilde Party. Leichte, rockige, sonnige Musik erklang im Hintergrund. Das Wasser kam mir viel kälter vor als beim letzten Mal. Ich zitterte, als ich die Stufen hinunterstieg. Das Gesicht wärmte ich mir in der Sonne. River schwamm zum Aufwärmen zwei, drei Bahnen, Kalisha schwamm ihm nach. Nicht nur beim Tanzen, auch unter Wasser waren ihre Bewegungen elegant und fließend. Als sein Körper aufgewärmt war, kam River zu mir. Entspannt erzählte er Anekdoten von hinter den Kulissen. Trotz der Ruhe, die er heute ausstrahlte, merkte ich, dass er die Geschichten über Nick ausließ, oder schneller durchspulte als den Rest. Andere zog er umso ausführlicher in die Länge. Er sagte mir auch, dass am Set kein Wort mehr über mich verloren wurde.

Das musste nicht unbedingt etwas Schlechtes sein. Es bedeutete nämlich auch, dass sich meine Geschichte nicht mehr weiterverbreitete. Letztlich war sie doch unwichtig. Mit neuer Hoffnung schaute ich auf die Häuser um uns herum. Es war ein Wunder, wie wenig von den jeweiligen Gärten oder Fensterfronten einsehbar war. Was, wenn eines

Tages einer dieser Bauten mir gehören würde? Kalisha würde mich darin bestärken, es mir ganz genau vorzustellen, es zu sehen, zu fühlen und zu schmecken. Gerade war sie aber anderweitig beschäftigt. Ihr einziges Ziel bestand darin, sich so nah wie möglich am Gastgeber aufzuhalten. River und sie schwammen umeinander herum wie hungrige Raubtiere. Er versuchte, ein Gentleman zu sein und ihr nicht aufs Dekolletee zu starren. Er versagte kläglich. Sie liebte das. Er sollte mehr von seinen Anfängen als Schauspieler erzählen. Sie kreiste noch näher um ihn herum. Ich nahm mir das erste Bier des Tages. Aerosmith sangen mir vor, ich sollte weiter träumen, bis meine Träume wahr wurden. Eine erste kalte Windbö erwischte unsere nassen Körper. Auch in L.A. spürte man den November. Kalisha drückte sich frierend an den heißen Körper von River. Ich machte mit den Händen diese planende Bösewichtbewegung. Wie Mr. Burns. Alles lief nach Plan.

Frierend und quatschend stiegen wir aus dem Pool. Die warmen, weichen Handtücher lagen so bereit wie die Box mit den Drinks. So fühlte sich der Himmel an. Flauschig. Nur in die Handtücher gewickelt gingen wir zurück ins Haus und in die Badezimmer. Endlich konnte Kalisha ihre Frage stellen, ob River immer im gleichen Bad duschte oder ob er die Räume wechselte.

Der Schauspieler zuckte mit den Schultern. Es gab Fragen, die wurden ihm sicher ständig gestellt, wie die nach seinen Karriereanfängen. Die nach dem Duschen gehörte eher nicht dazu, das sah man in seinem Gesicht. Er hätte ›nur‹ drei voll ausgestattete Bäder, sagte er schließlich. Eins würde fast nur von Gästen benutzt werden. Zwischen den anderen beiden würde er schon immer mal wechseln, weil das eine halt näher am Pool und dem kleinen Fitnessraum sei und das andere näher an seinem Schlafzimmer. Das, in dem wir bei der Party gesessen hatten, stellte sich als das reine Gästezimmer heraus.

Jeder von uns ging in eins der drei Zimmer.

Als wir uns aufteilten, wurde zum ersten Mal diese unausgesprochene Spannung so eindeutig fühlbar wie der warme Steinboden unter unseren Füßen. Man konnte in der Luft spüren, wie jeder überlegte, ob wir uns wirklich aufteilen sollten. Dann merkte jeder für sich, dass es noch zu früh war für das, was wir dachten. Oder womöglich würde es nie dazu kommen, dachte ich eindringlich, weil das hier doch nur ein lustiger Tag unter Freunden sein sollte. Ähm, mit! Ich meinte *mit* Freunden. Ein Hauch von erwartungsvoller Ungewissheit schwebte über dem Novembertag. Ganz egal, was ich mir auch zu denken befahl.

Ich nahm freiwillig das Gästebad. Ich wollte Kalisha ihre Freude gewähren, in einer von ›seinen‹ Duschen zu stehen. Das warme Wasser entspannte meinen ganzen Körper. Ich sah an mir herunter. Da waren blaue Flecken, die mir gar nicht bewusst gewesen waren. Wo kamen die denn her? War es von Halloween, als ich mit Rose durch die nächtlichen Straßen von WeHo gestolpert war? Die Erinnerungen an all die Zeit mit ihr waren verzerrt. Wie den Schaum vom Shampoo spülte ich die letzten von ihnen auch noch fort. Aus irgendeinem Grund wollte ich sie nicht an mir halten.

Frisch angezogen und geföhnt lief ich auf Zehenspitzen zum Heimkino. Die anderen beiden brauchten länger. Meine Finger fuhren über die weichen Sitze und Liegen. Hinten im Kinoraum entdeckte ich einen weiteren kleinen Kühlschrank mit Snacks und Getränken. Ich setzte mich auf einen der Sitze, lehnte mich zurück, schloss die Augen, spürte die gemütliche Akustik und Atmosphäre um mich herum in jeder Zelle. Da waren Stimmen, eine weibliche und eine männliche. Sie kamen näher. Die Tür ging auf. Kaum war River im Raum, drückte er auf einen Knopf an meinem Sitz und das Teil schob sich nach vorne. Jetzt war es eine Liege. Ich blieb so liegen, wie ich war. Das war so gemütlich, dass es gefährlich war. Ich wollte einfach nur noch hier liegen und schlafen und von meinem Leben träumen.

Es fiel mir fast schwer, aufzustehen und mich zu den anderen beiden mit auf den Doppelsitz zu quetschen. Noch während ich es mir halbwegs bequem machte, spürte ich die körperliche Nähe, die ich mir die ganze Zeit verborgen unter meinem Selbstbetrug gewünscht hatte. River lag in der Mitte. Es war so harte Arbeit, meine Hände noch an einer Stelle zu behalten, wo es halbwegs sittsam war. Er trug wieder diesen weichen, hochwertigen Hoodie. Meine Hand machte sich selbstständig. Fast verlor ich meine mühsam im Zaum gehaltene Kontrolle. Im richtigen Moment schlug Kalisha den Korb mit dem karierten Tuch auf. Endlich durfte der Picknickkorb wortwörtlich seine Magie entfalten. Darin befanden sich nämlich allerlei Lebensmittel, die eine aphrodisierende Wirkung haben sollten. Von Klassikern wie Erdbeeren und Himbeeren mit Schokolade über einen Salat mit Avocados bis hin zu besonderen Teesorten befand sich alles darin, was uns endgültig an den Rand des Wahnsinns bringen würde.

»Ich habe einen vollen Kühlschrank. Ihr hättet nichts zu essen mitbringen müssen«, sagte ein dezent verwirrter River zu diesem Anblick.

»Diese Speisen sind liebevoll ausgewählt«, war Kalishas kryptische Antwort.

»Damit meinst du hoffentlich nicht vergiftet.«

»Nein«, lachte die schönste Hexe, die ich je kennenlernen durfte, »ganz im Gegenteil.« Sie nahm zum Beweis eine von den Himbeeren.

Ich konnte nicht sagen, ob River den Braten riechen konnte oder ob er so ahnungslos war, wie er uns anschaute. Er fragte nicht weiter, sondern holte Champagner. Leichte Baumwolldecken trieb er auch noch irgendwo auf. Jetzt konnte es kuschelig werden. Es fehlte nur noch die Auswahl eines Films. Das ging tatsächlich schneller, als man es von zuhause gewohnt ist. Wir stellten ziemlich schnell fest, dass wir alle drei noch nicht *Free Guy* gesehen hatten und was war besser als ein starbesetzter, lustiger Blockbuster wie dieser? River meinte, er wäre sogar zur Premierenfeier eingeladen gewesen, konnte aber aus familiären Gründen nicht dabei sein.

Je weiter der Film voranschritt, desto näher rückten wir zusammen. Unsere Gespräche drehten sich um Themen wie: »Wie würdest du aussehen, wenn du ein Charakter in diesem Spiel Free City wärst?« Oder: »Würdest du mit Dude auf ein Date gehen, wenn du dadurch unsere echte Welt retten könntest?« Ausgerechnet River war derjenige, der, ohne zu zögern ja sagte. Aber es wurde noch interessanter, denn daraus ergab sich die nächste Frage. Nämlich inwiefern unsere Realität es überhaupt wert wäre, gerettet zu werden. Oder ob ein Neustart nicht die bessere Option sei.

Rivers Kommentar dazu: »Wir können ja als nächstes *Don't Look Up* gucken.«

»Habe ich schon gesehen«, tat ich den Vorschlag ab. An dieser Stelle erfuhr River, wer Rose war.

Kalisha ergänzte: »Also, ich habe den noch nicht gesehen und würde das gerne irgendwann nachholen.«

River grinste sie an. Das war dann also abgemacht.

Wir hingen immer enger in seinen Armen. Ein Bein von Kalisha lag längst auf dem von River. Die erste Flasche Champagner war leer. Hätte es nicht ein Film mit dramatischer Musik oder sexy Szenen sein können? Dann wäre der erste Kuss, den ich an diesem Abend von River bekam, viel imposanter. So mussten wir mittendrin lachen, weil irgendjemand in Free City was Dummes sagte. Vielleicht war der Film doch zu bunt für diesen Anlass. Als er vorbei war, wechselten wir zu einer Playlist aus Musikvideos. Schon besser. Passender für das, was wir tun und fühlen wollten. Ich dachte über dieses Medium als Grundkonzept nach. Musikvideos stellen mit ihrem Surrealismus viel besser dar, wie Erlebnisse wirklich sind. Sie sind so, wie wir uns das Leben im Kopf ausmalen. Ergab das Sinn? Inzwischen war die zweite Flasche leer. Über Umwege landeten wir nach den Rocksongs bei Taylor Swifts ›Look What You Made Me Do‹. Ein Bild von Nick kreuzte meine Gedanken. Was er in mir auslöste, passte zum Song, und eben zum Video. Während ich an Nicks schwarz geschminkte Augen und seine weiche Stimme dachte, nutzten Kalisha und River die Hintergrundmusik, um sich dazu auszuleben. Das nächste Lied schlug heftiger ein. Es war so dreckig wie die Geheimnisse dieser Stadt. Die beiden neben mir waren beschäftigt. Ich scrollte durch die YouTube-Liste, auf der Suche nach dem nächsten Track, bis ich Rivers System sagte, es sollte wieder Guns N' Roses spielen. Dem Klischee der damaligen Bands entsprechend hatte River nun zwei Mädels neben sich liegen und endlich durfte ich das machen, was ich den ganzen Tag schon machen wollte. River lag jetzt mit seinem gesamten Körper auf mir. Es fiel mir schwer, zu atmen und das gefiel mir. Sein Biss war noch besser. Ich bin eine kleine, hoffnungslose Masochistin, lachte ich in mich hinein. Ich will, dass er mich komplett zerstört. Deswegen sagte ich ihm, er dürfe gerne kratzen und beißen, so viel er wolle. Das ließ er sich nicht zweimal sagen. Ich spürte seinen Würgegriff. Ich war machtlos gegen ihn. Es wurde immer besser.

Kalisha war da anders. Sie war die Sinnliche von uns beiden.

Sie hatte etwas zu gewinnen. Ich dachte, ich hätte nichts mehr zu verlieren. Obwohl ich das durchaus hatte. Vielleicht wünschte ich mir auch nur, frei von jeder Konsequenz zu sein. ›Cry Little Sister‹ aus dem Vampirfilm *The Lost Boys* lief, als ich die ersten sichtbaren Beißspuren von River verpasst bekam. Wieder passte der Song beziehungsweise der Film zu dem, was passierte. War es normal, dass mir das so gut gefiel? Es musste insgeheim normal sein. Viele Menschen wünschten sich doch mehr Dramaturgie und Fatalität. Nicht umsonst wurden Vampire so romantisiert. Ein heißer Biss und alles ist vorbei. Oder du bist auf ewig selbst geheimnisvoll und verdammt, stark und immer jung. Was für ein geheimer Traum unserer Spezies. Ticken wir nicht alle ein bisschen außerhalb des Takts? Was, wenn River ein Vampir wäre? Nein, er entsprach eher dem Bild eines neopopkulturellen Werwolfs. Nick würde einen guten Vampir abgeben. Ich sollte ihm das für seine nächste Rolle vorschlagen.

Kalisha stöhnte neben mir und es klang schön. Wenn ich es tat, klang es, als würde ich Schmerzen leiden. In meinen Ohren war das auch schön. »Spiel ›Running Up That Hill‹ von Kate Bush«, sagte ich endlich dem Soundsystem. Das Lied war nicht ohne Grund erneut so beliebt geworden.

River zog endlich seinen Hoodie aus. Darunter trug er ein schwarzes, enges Top. Das sollte für ihn illegal sein.

Während Kalisha Eiswürfel aus dem kleinen Kühlschrank holte, um sie River über den Rücken zu streifen, zog ich an seinen zerzausten Haaren, und während meine Freundin ihm süße Worte ins Ohr sagte, befahl ich ihm, böse Dinge mit mir zu tun. Die er dann auch tat. Aber wir wollten den armen River ja nicht überanstrengen. Also durfte er auch ein wenig zuschauen. Kalishas Eleganz und meine Art fanden sich irgendwo in der Mitte. Und Fade Out, denn wenn es noch expliziter wurde, dann fühlte ich mich immer unwohl, in Büchern sowie in Filmen.

Irgendwann ließ ich die beiden allein da drin. Ich nahm mir einen Bademantel, der chaotisch über einem Sofa lag und setzte mich damit auf die Terrasse in Richtung Osten, die halbleere letzte Champagnerflasche in meiner Hand. Auf Sprachbefehl wurde hier draußen die Musik gespiegelt, die im Heimkino spielte. Ich ließ sie im Hintergrund laufen, während ich allein wieder die nächtliche Stadt bewunderte. Die Skyline von Downtown L.A. erstreckte sich vor mir in ihrer ganzen düsteren Pracht. Ich wusste genau, was zwischen ihren Häusern los war. Ich liebte diesen Ort, nicht obwohl, sondern *weil* er so kaputt war. Hatte mich die Stadt zu dem gemacht, was ich war? Immerhin war sie ein knallharter Realitätscheck und eine verwirrte Träumerei zugleich. Der Unterschied lag nur darin, ob die Straßen, in denen du dich befindest, gerade verlaufen oder in Schlangenlinien. Diagonal war was für die Profis.

Oder waren es ihre beliebtesten Exportprodukte, die mich in mein aktuelles Ich verwandelt hatten? Damit meinte ich nicht das Gold. Ich hatte mich in Inszenierungen verrannt, die man im echten Leben künstlich erschaffen musste. Aber ich war Expertin darin geworden, sie zu finden. Ich holte mein Handy aus meiner Handtasche. Mit der prachtvollen

Aussicht vor mir meldete ich mich bei Effie. Mein Text war offen und ehrlich: »Wie geht's dir? Tut mir leid, dass du so lange nichts von mir gehört hast. Mein Leben war komisch in letzter Zeit. Muss erst wieder festlegen, was ich überhaupt will. Aber ich will euch nicht verlieren.«

Ich sah auf die Uhr. Es war kurz vor Mitternacht.

Mal wieder hatte ich eine ungelesene Nachricht von Rose, diesmal eine E-Mail. Sie hatte mir eine Google Alert weitergeleitet? Mit dem Stichwort Nick Morgan? Ich öffnete die Mail und die Headline sprang mir ins Gesicht: Das Baby von Nick und Kate war da.

Mein erster Gedanke war lustigerweise: Wie witzig, sie hieß ja Kate. So wie Kate Bush. Das war doch wohl ein schlechter Scherz des Timings, ihr Lied war doch gerade erst vorbei. Jetzt war der Name also der Öffentlichkeit bekannt. Das Krankenhaus musste geredet haben. Erst nach dieser wichtigen Feststellung begriff ich den Inhalt des Links. Mit einem letzten Schluck machte ich die sündhaft teure Flasche leer. Auf dich, kleines Baby. Allem Anschein nach war es ein Junge. Die News musste ich den beiden Turteltäubchen im Kinosaal verkünden.

Warum anklopfen, ich ging einfach rein und tippte River schamlos auf die Schulter. Er dachte erst, ich wollte wieder mitmachen. Kurz bevor seine Hand mich unsittlich berührte, stoppte ich ihn und hielt ihm wortlos das Handy hin.

»Geiler Scheiß«, sagte er nur. »Dann haben wir ja noch einen Anlass zum Feiern.«

»Was ist los?«, fragte Kalisha mit Müdigkeit in ihrer Stimme.

Ich sagte nur: »Nichts.« Dann ging ich wieder aus dem Raum, schlief auf einem Sofa ein und träumte von Schattenwelten, die unsere Realität spiegelten und verzerrten.

Kalisha las erst am nächsten Morgen am voll gedeckten Frühstückstisch, was passiert war. Während sie mit ihrer Nase im Artikel über das junge Familienglück steckte, kam mir ein erstaunlich klarer und liebevoller Gedanke:

»Ich sollte ihm eine Glückwunschkarte schicken. Eine richtige, physische.«

River kaute auf seinem Müsli herum. »Ich dachte, du wolltest seine Adresse nicht mehr benutzen, oder habe ich da was falsch verstanden?« Er blätterte diese Zeitung um, die hier überall kostenlos vor die Häuser geworfen wurde.

»Ja … aber ich will ihm doch beweisen, dass das nicht nur etwas Schlechtes ist, dass ich sie kenne. Wenn er Menschen gegenüber offen ist, können ihm auch schöne Dinge passieren. Wie eben eine Glückwunschkarte.«

»Hm, na gut, wenn du meinst. Sollen wir auch unterschreiben? Was meinst du, Kali … hey, weißt du, was mir gerade auffällt? Wenn du einen Usernamen irgendwo brauchst, solltest du dich Kali-Girl nennen! Kapiert? Mit K vorne!« Der Süße war mal wieder stolz auf seine grandiosen Einfälle. Geräuschvoll blätterte er seine Zeitung um.

Kalisha schreckte aus ihren Gedanken hoch. Sie hatte in den letzten Minuten nur fassungslos auf die News gestarrt, dass Nick jetzt Vater war. Ich hatte verpasst, seit wann sie sich so krass dafür interessierte, aber scheinbar hatte ich sie angesteckt. So wie sie mich, in gewisser Weise.

»Ich soll was?«, fragte sie. Dabei nahm sie einen Schluck Kaffee.

»Auf einer Glückwunschkarte für Nick und Kate unterschreiben«, sagte ich.

»Dir einen OnlyFans Account als Kali-Girl zulegen«, sagte River. Kali-Girl bewarf River mit einer der übrig gebliebenen Erdbeeren, dann wandte sie sich aufmerksam in meine Richtung. »Da wäre ich gerne dabei«, sagte sie, »das ist eine schöne Idee. Wer weiß, ob alles nicht ein großes Missverständnis ist und ihr euch nicht doch wieder vertragen könnt.«

Apropos wieder vertragen. Ich hatte noch nichts von Effie gehört, aber sie hatte meine Nachricht inzwischen eindeutig gelesen. Kalisha schien meine Gedanken zu lesen: »Sie ist dir nicht böse, sie wird nur beschäftigt sein. Ach, und ihr Angebot mit dem Job gilt noch. Das hat sie mir gesagt. Aber die Stalker-Aktion musst du ihr genauer erklären, da war sie etwas fassungslos.«

»Das war echt nicht cool«, fügte River noch hinzu, bevor er seine Schüssel in die überdimensionale Spülmaschine stellte.

Das war mir schon selbst bewusst. Ihr musstet mich nicht ständig daran erinnern, Leute. Obwohl, vielleicht doch, denn ich verspürte in besonders guten Momenten den Drang, es wieder zu tun …

Wir saßen noch etwa eine halbe Stunde zusammen am Tisch und redeten aus meiner Sicht zu wenig über Nicks Baby. River und er waren doch immer noch Freunde. Könnte er nicht nach mehr Infos fragen? So ganz unauffällig und beiläufig?

Tatsächlich sollte River nicht viel später von seinem Kollegen hören. Nick würde in diesem Gespräch besorgt sein, zerknirscht und der wütende Teil seiner Persönlichkeit kratzte an der Oberfläche. Ich würde nichts davon mitbekommen.

Was ich sehr wohl mitbekam, war, dass Kalisha sich beim Verlassen von Rivers Grundstück bückte. Sie hob zwei weiße, glatte Kieselsteine auf. Einen davon drückte sie mir in die Hand.

»Nimm die mit, die machen dich glücklich«, behauptete sie felsenfest.

»Die Kieselsteine aus der Einfahrt sind magisch?«

»Aus dieser hier und für dich persönlich ja.«

Sie sollte recht behalten, wie so oft. Der Stein lag fortan immer auf meinem Schreibtisch. Wenn ich ihn ansah, fühlte ich mich lebendig und aufgeregt und wie ein Mensch, der heimlich etwas Besonderes war. Er leuchtete neben dem Armband mit dem Herzanhänger. Ich mochte meinen kleinen Stein. Mit dem zauberhaften Kiesel auf meinem Tisch lebte ich mein Leben weiter. Ich war jetzt Teil eines Indie-Films – bei dem ich mehr über die Kunst der bewegten Bilder lernte als bei jedem vorherigen Projekt. Je mehr Spaß mir der Dreh machte, desto weniger Zeit verbrachte ich mit Rose. Sie hasste es so sehr, dass Jakes Film von seinem Onkel finanziert wurde, dass sie sowieso nicht viel von mir wissen wollte. In ihren Augen hatte ich endgültig meine Seele verkauft.

»Soll er das Geld lieber von den großen Konzernen nehmen?«, fragte ich Rose, als sie gerade spontan zwei Leguane aus dem Tierheim bei mir ablieferte. Ich sollte die Tiere aufnehmen, da es zu wenig Kapazitäten für Reptilien gab. Ich sagte nur deshalb zu, weil es mich an die Story mit Nick und dem Diebstahl ebendieser Tiere erinnerte.

»Du sollst mir helfen, die Terrarien aufzubauen«, war Rose' Antwort. Denn ich hockte nutzlos und stur auf dem staubigen Boden.

Ich ließ nicht locker. »Nein, mal im Ernst«, sagte ich, »wie sollen kleine Filme deiner Meinung nach finanziert werden?«

»Durch Geld, das Jake selbst verdient hat? Durch eine Crowdfunding-Kampagne vielleicht? Oder von Leuten, die zu viel Geld haben und damit mal was Gutes tun könnten.«

»Also so wie sein Onkel?«

»Nein. Das ist Vetternwirtschaft!« Sie musste selbst überlegen, bevor sie weiter argumentieren konnte. »Das ist eine ganz üble Kiste, die pure Definition unserer gesellschaftlichen Ungleichheit. Also ja, sein Onkel zählt zwar in diese Kategorie, aber er sollte das Geld dann nicht seinem Neffen geben, sondern jemandem, der eine wirklich wertvolle künstlerische Idee hat.«

»Die Idee von Jake ist gut. Sie ist relevant. Und Vicky macht ordentliche Regiearbeit. Irgendwie müssen sie doch anfangen und sich einen Namen machen.«

»Dann sollten sie kleinere Brötchen backen.«

»Und das, was sie mitteilen wollen, ohne gute Schauspieler, Kostüme und so weiter darstellen? Braucht eine gute Idee nicht auch gute …«

Rose fiel mir ins Wort: »Es ist sinnlos, mit dir darüber zu reden. Du bist längst auf ihrer dunklen Seite, Indie oder nicht. Ich finde, du solltest das komplett aufgeben und in einer Einrichtung wie ich arbeiten. Für wenig Geld, aber mit einer guten Absicht.«

»Ich will Kunst schaffen und Geschichten erzählen.« Das betonte ich absichtlich theatralisch. Weil es die Wahrheit war.

»Dann tu das nebenher. Was macht dieser Onkel eigentlich beruflich?«

»Ich hasse es jetzt schon, dir diese Antwort geben zu müssen. Er ist Makler.«

»Von so jemandem würde ich Geld nicht mal mit der Kneifzange anfassen.«

»Meine Damen und Herren und alle anderen auch«, fing ich mit viel Drama in der Stimme an, »Sie sehen nun die Heilige Rose in ihrer gesamten unantastbaren Pracht! Hier sehen Sie, wie sie meine Schokoladenriegel isst, die mit dem Geld des Teufels bezahlt wurden.«

Ich hatte gehofft, Rose müsste lachen. Stattdessen spuckte sie die Süßigkeit zurück in die Verpackung. Ich fragte, ob sie sie noch alle hätte. Es war widerlich. Wir stritten uns so heftig, dass sie vergaß, mich über die Leguanhaltung aufzuklären. Schnaubend knallte sie die Tür zu und war verschwunden. Mir blieb nichts anderes übrig als mir das Wissen über Leguane auf irgendwelchen Seiten über exotische Haustiere zusammenzusuchen. Das wäre vielleicht eine Gelegenheit, Nick mal wieder zu kontaktieren, überlegte ich. Ich könnte ihn fragen, wie man sich um diese Tiere kümmerte. Das könnte er witzig finden. Es könnte aber auch alte Wunden aufreißen.

Als Florian von einem weiteren Date heimkam, bestaunten wir gemeinsam die Tiere. Wir durften uns noch Namen für sie ausdenken. Es waren zwei Weibchen. Uns fielen Namen von Städten und Flüssen ein, von Farben und Obstsorten. Am Ende kombinierten wir zwei dieser Kategorien in einer besonderen Weise: Wir tauften sie Magenta und Columbia, denn auf *Rocky Horror* konnten wir uns schon immer einigen. Wenn wir uns das Musical zusammen ansahen, war das die einzige Gelegenheit, bei der Florian jemals sang.

Während wir später in der Küche herumwerkelten, kletterten die zwei Echsen über unsere Beine, Rücken und Arme hinweg. »Wie cool wäre es, wenn sie dich beißen würden und du zum Echsenmonster mutierst?«, spekulierte Florian.

»Dann würde ich dich zum Abendessen verspeisen, nicht die Kartoffeldinger hier.«

»Auch wieder wahr, keine so gute Idee.« Er streckte mir seine Hand hin. »Gibst du mir mal das Knoblauchpulver?«

»Klar. Damit schmeckst du bestimmt noch besser.«

»Ich weiß nicht, ob die liebe Columbia, die gerade in die Spüle klettert, dir da zustimmen würde. Die hat so ihre schlechten Erfahrungen mit Menschenfleisch gemacht.«

»Zu dir hat sie keine emotionale Bindung«, erinnerte ich ihn.

»Verdammt, ich habe wohl wirklich keine Chance, zu überleben.«

Wir setzten uns ins Wohnzimmer, aßen unser herrlich unglamouröses Resteessen und spielten Super Smash Bros. Mein Star Fox machte Florians generischen Schwertkämpfer fertig. Er ärgerte sich und wechselte den Charakter, bis ich keine Chance mehr hatte, weil er den perfekten gefunden hatte.

Das letzte, was ich vor dem Einschlafen sah, war die Info, dass Effie sich bei mir gemeldet hatte. Es ging um das Jobangebot. Magenta lief über das Smartphone und verschickte einen Zug sowie ein Ufo an Effie. Mist, ich musste die Gegenwartsdinos noch in ihr Terrarium zurückbringen!

Zeitgleich saß Kalisha im Schneidersitz auf dem moosigen Waldboden. Vor sich hatte sie einen improvisierten Altar ausgebreitet. Ein dickes, schweres Buch mit vergilbtem Papier lag dort aufgeschlagen. Die offene Seite zeigte handgeschriebene Texte. Man konnte sie nur mühsam lesen. Klar erkennbar war die anatomisch korrekte Zeichnung eines menschlichen Herzens, durchstochen von einem scharfkantigen Kristall. Solche Kristalle lagen auch um Kalisha herum. Sie schienen von innen heraus zu leuchten. In einem Kessel aus schwarzem Stein kochte etwas. Es war für Außenstehende nicht erkennbar, was es war. Es roch intensiv und rauchig. In dem Kessel steckte außerdem ein Stab aus dunklem Holz. Kalisha schloss die Augen und atmete es tief ein. Eine innere Wärme floss durch sie hindurch, von der Nase, durch den ganzen Kopf, in ihren Hals hinein und dann in ihren Körper. Blätter raschelten hoch über ihr. Es war ein Bussard. Er beobachtete sie. Phobos lag zusammengerollt neben Kalisha. Sein gleichmäßiges Schnurren erdete sie zusätzlich. Auch der Kater schien von innen heraus zu leuchten. Sein Fell wehte stärker, als es das aufgrund des Windes tun sollte. Vielleicht beobachtete der Greifvogel auch den Kater und nicht die Hexe. Deimos durchstreifte die nähere Umgebung. Er würde Alarm schlagen, falls sich jemand näherte. Es war tiefschwarze Nacht. Und es war kalt. Doch Kalisha ignorierte die Kälte. Ihre tätowierten Füße waren nackt. Sie wollte den Erdboden fühlen. Sie atmete weiterhin den Sud ein.

Als erstes konzentrierte sie sich auf ihre eigene Vergangenheit. Jaques. Sein Bild war nur noch ein leichter Nebel. Florian. Er tauchte klar und deutlich vor ihr auf, in seinen Schlafklamotten, leibhaftig und verwirrt. Er fing an zu zittern. Kalisha richtete ihren Fokus auf das, was kommen sollte. Auf ihre Zukunft, die in diesem Moment eingetreten war und schon längst so sein sollte. Sie machte eine schneidende Bewegung mit ihrer Hand, als würde sie den aufgetauchten Florian in der Mitte zerteilen. Auch wenn sie ihn nicht berührte, er verschwand. Mit einem Schlag war er weg, und seine Energie auch. Das war das erste von

Kalishas Zielen. Er sollte aus ihrem Leben verschwinden – indem er sie vergessen würde. Das war am wenigsten schmerzhaft. Sie streckte ihre Hand in die Dunkelheit, in der Florian verschwunden war. Aus dem Nichts zog sie mit drehenden Handbewegungen eine lilasilbrige Energie. Als würde sie ein langes, leichtes Tuch aus einem winzigen Loch in der Leinwand des Waldes herausziehen. Die Schleier bewegten sich zwischen ihren Händen, dann wischte Kalisha auch diese hinfort. Sie lösten sich auf. Das waren Florians Erinnerungen an sie. Einer der Kristalle hörte auf zu leuchten.

Die nächste Person, der sie sich widmete, war River. Sie grinste, mit geschlossenen Augen. Dann schnipste sie. Ein flackernder Film von River spielte auf der Leinwand des Nichts. Wie ein alter Stummfilm, mit Leierkastenmusik hinterlegt. Es waren immer wieder die gleichen Szenen, aus verschiedenen Filmen und Serien zusammengeschnitten. Kalisha sah eine Weile zu. Als sie genug gesehen hatte, formte sie die Leinwand aus Nichts zu einer Sphäre. Besser gesagt war es ein Globus. Leichte Umrisse einer Weltkarte erschienen auf der Oberfläche, die keine wirkliche Oberfläche war. Ein Flugzeug aus Rauch zog darüber seine Bahnen.

Du wirst mich auf eine Reise um die Welt mitnehmen, sagte Kalisha innerlich. Der Stummfilm zeigte nun Südseestrände und Hängematten und ein Bett unter den Sternen. Rivers Haare kitzelten sie im Nacken. Er war ihr so nah. Sie hatte wieder die Augen geschlossen und doch sah sie die Sphäre vor sich und spürte River hinter sich. Trotz der Kälte im nächtlichen Winterwald war es warm. Kalisha legte ihre Arme um die von River. Sie hielt sie ganz fest. Es fiel ihr so schwer, loszulassen. Doch irgendwann musste sie den Zauber in die Welt hinausschicken. Der Globus löste sich auf, seine Teile flogen in alle Himmelsrichtung. Rivers Arme und seine kitzelnden Haare waren ebenso verschwunden. Ein zweiter Kristall hörte auf zu leuchten. Phobos seufzte im Schlaf.

Der Bussard war inzwischen davongeflogen. Kalisha rührte in dem Kessel, damit er frisch war für den dritten Zauber. Jetzt sollte es um Luiza und Effie gehen. Die beiden hatten auch Glück verdient. Sie waren über Demi zu echten Freundinnen von Kalisha geworden. Kalisha wünschte ihnen, dass sie endlich nicht mehr nur für die High Society der Stadt arbeiteten, sondern selbst dazugehörten. Für die beiden führte sie einen Wohlstandszauber durch. Dafür vergrub sie Münzen in der feuchten, kalten Erde. Mit dem nahenden Frühling würde ihre Saat wachsen und gedeihen. Der rauchig riechende Sud machte den Anfang, er war die erste Flüssigkeit, mit der die Münzen gegossen wurden. Der Stab war in Wahrheit ein hölzerner Löffel. Kalisha holte ihn langsam und ehrfürchtig heraus. Deimos kam hinter einem dunklen, breiten Stamm hervor, beobachtete die Szenerie. Der dritte Stein flackerte. Dann wurde sein Licht immer schwächer und er erlosch. Die Sterne am Himmel schienen nun klarer und noch heller. Überall waren sie zwischen den weit entfernten Baumwipfeln zu sehen.

Sterne. Das passte ja perfekt zu ihrer letzten magischen Tat für heute. Demi. Unser Starlett der Zukunft. Kalisha wünschte ihr, dass alle ihre sternenhaften Träume in Erfüllung gehen mochten. Dafür zeichnete sie mit einem kleinen Stock einen Stern vor sich in den Waldboden. In die Mitte schrieb sie den Namen ihrer Freundin. Die Ränder des Sterns sowie der Name schimmerten. Sie verlangten nach etwas. Kalisha goss den Sud hinein. Er entpuppte sich als flüssiges Gold, das durch die Rinnen floss, bis der gesamte

Umriss golden war. Langsam verfestigte sich das Metall. Demis Name war für immer in den Boden gegossen. Ihr eigener Walk of Fame inmitten der Wälder Kaliforniens. Selbst das Fell von Deimos und Phobos schien nun mit Sternen überzogen zu sein. Ihr frechen kleinen Sternenkatzen, dachte Kalisha, könnt ihr eure Identität nicht geheim halten? Während sie den Katern dies kommunizierte, erlosch der letzte der Kristalle. Es wurde dunkel, als hätte jemand auch das Licht des Mondes ausgeknipst.

SpongeBob Schwammkopf ließ einen kräftigen Schrei fahren. Kalisha zuckte zusammen. Sie schlug die Augen auf, lag in ihrem hell erleuchteten Wohnzimmer. Die rosa Kuscheldecke war auf den Boden gerutscht und der Tee war kalt geworden. Kalishas Haare klebten ihr im Gesicht, die Brille war zu Boden gefallen.

Schon wieder war sie vor dem Fernseher eingeschlafen. Deimos leckte die Soße aus ihrem Teller, in dem vorhin noch Nudeln gewesen waren. Hatte sie die selbst gegessen oder hatte sich der Kater den Rest geholt? Kalisha musste erst wieder einigermaßen wach werden, bevor sie sich an irgendwas erinnern konnte. Sie wollte ins Bett und wusste selbst auch nicht, warum sie nochmal das Handy herausgeholt hatte. Sie scrollte gelangweilt durch Facebook. Nur noch alte Leute, die sich stritten … und ein paar Promi-News-Seiten, denen sie wegen Demi und ein bisschen auch wegen River folgte. Im schnellen Scrollen meinte sie, Nicks Gesicht und Namen gesehen zu haben. War er das wirklich oder hatte sie es sich in ihrer traumverschleierten Müdigkeit nur ausgedacht? Sie scrollte wieder zurück. Sie hatte sich nicht geirrt. Der Titel des Artikels, der leider nur für bezahlende Abonnenten vollständig lesbar war, lautete: Nick Morgan verhaftet wegen Alkohol am Steuer.

SEQUENZ 9

ANDERTHALB MONATE WAREN VERGANGEN, SEIT DIE LEGUANE bei mir eingezogen waren. Ein Monat, seit Nick zu seiner Strafzahlung verdonnert worden war und keinen Führerschein mehr hatte. Drei Wochen, seitdem ich ihn nicht mehr gegoogelt und mich dazu gezwungen hatte, nicht mehr über ihn nachzudenken. Rose ging mir in dieser Zeit jeden Tag auf die Nerven. Irgendwas wollte sie immer, obwohl sie doch eigentlich nichts mehr mit mir zu tun haben wollte. Aber ich hatte keine Zeit für solche Albernheiten, ich war mit dem Dreh eines Films beschäftigt und als Hauptrolle musste ich fast jeden Tag ans Set. Das Set war in diesem Fall meist die Wohnung von Vicky. Im Film war das meine Bude. Jenny stellte ihr Apartment ebenfalls zur Verfügung, genau wie Vickys Hausärztin. Wir bauten keine Kulissen, wir suchten sie und fanden sie. Wir drehten viel in Parks oder auf der Straße, manchmal auch vor Jakes eigenem Greenscreen. Fünf mal drei Meter war er groß, von gut platziertem Licht umgeben und zusammenrollbar. Das Zimmer, in dem der Screen hing, war zugleich Jakes Büro. Wenn Tiger Langeweile hatte, hinterlegte er die Aufnahmen mit wahllosen Stockaufnahmen. Mal wurde ich von einem überdimensionalen Wiesel gejagt. Mal befand ich mich auf einem Marktplatz in Indien, oder Jenny ging schimpfend in der Tiefsee unter.

Das hier waren nicht dieselben Dimensionen, geschweige denn die Professionalität wie bei *Orion Nebula*. Es war besser. Ich war nicht von Stars und Sternchen abgelenkt, sondern konnte mich ganz auf die Kunst konzentrieren.

Meine Rolle brachte mich an meine Grenzen. Hera musste gegen so viel Widerstand kämpfen, obwohl sie nichts verbrochen hatte. Diese Gefühle darzustellen, benötige viel Fingerspitzengefühl. Die Worte und Taten ihrer Schwester, die drei Kinder hatte und ihre Mutterschaft insgeheim bereute, trafen sie am härtesten. Wir waren in unseren Rollen wie Tag und Nacht, wie Himmel und Hölle, wobei unklar war, wer was davon darstellte. Mein Charakter lebte frei und ungezähmt. Seine Halbschwester Xenia war rund um die Uhr Mutter. Meine Rolle strebte nach Harmonie. Jennys ließ ihre Verzweiflung an jedem in ihrer Umwelt aus.

Doch Hera wurde nicht nur von Xenia tyrannisiert. Die Verurteilungen trafen sie auch auf einem Klassentreffen (dafür stellte sich der Jahrgang des Filmteams zur Verfügung), beim Weihnachtsessen mit der Familie oder aus dem Mund des Arztes, der ihr eigentlich helfen sollte. Egoistische, einsame, alte, weltfremde Jungfer nannte man sie. Mensch ohne Werte oder Ziele. Dabei hatte Hera sehr wohl Ziele. Sie träumte davon, Strafverteidigerin zu werden. Aber sie hatte die Prüfungen nicht bestanden, schon zum zweiten Mal. Jetzt kämpfte sie mit sich selbst, weil sie erst wieder neue Aufgaben für ihre Zukunft finden musste.

Vicky hatte sich mit mir hingesetzt und alles genau durchgesprochen: »Sie will nicht um jeden Preis Karriere machen. Das ist wichtig zu wissen. Hera will vor allem Menschen helfen. Das ist ihr Ansporn. Sie findet erst wieder zu sich selbst, als sie bei der Essensausgabe für die Obdachlosen hilft. Es hilft ihr außerdem, dass sie ohne ihr Studium wieder mehr Zeit für sich selbst hat.«

Das mit der Hilfe für die Wohnungslosen machten wir für den Dreh wirklich. Vicky, Jake, Tiger und ich fuhren in den Stadtteil Skid Row. Dort verteilte ich warme Suppe, Brot, Drogerieartikel. Die Kamera lief mit. Wir erklärten den Menschen an der Ausgabe ausführlich, was wir hier taten. Jeder, der erlaubte, dass wir ihn filmten, bekam zusätzlich eine Nacht im Motel spendiert sowie ein großes Paket mit Kleidung, Essen, Trinken, einer Decke und einem Kissen. Dankbarkeit glitzerte in müden Augen.

Eine ältere Frau verriet mir, dass sie früher auch von einer Karriere als Schauspielerin geträumt hätte. In schillerndsten Farben malte sie mir ihre vergangene Zukunft aus. Frau Monroe wäre ihr persönliches Vorbild gewesen. Wenn die Dame davon erzählte, dann strahlte sie. Wir unterhielten uns über die großen Klassiker von Marilyn, während ich noch mehr Teller mit Suppe und Wurst verteilte. Es tat mir so leid, sie zu unterbrechen, doch ich musste zurück in meine Rolle schlüpfen. Als Hera wünschte ich ihr einen wunderschönen Tag.

Rose gegenüber erwähnte ich diese Aktion nie. Sie würde Argumente dafür finden, dass wir das Leben der Obdachlosen nur schlimmer machten. Ich zermalmte mir den Rest des Tages den Kopf darüber, ob ich heuchlerisch und böse war. Weil ich nur heute hier gestanden hatte, nur für den Film. War es besser als nichts? Oder schlimmer? Ohne den Film bekämen sie immerhin keine Übernachtungen im Motel. Keine Dusche und kein weiches Bett, wenn auch nur dieses eine Mal. Ohne Film nicht das Strahlen im Gesicht der alten Dame. Ich ging in mein dekadentes Bett, ohne zu wissen, ob ich ein heuchlerisches Monster war oder nicht.

In einer Szene verabredete sich Hera nach langer Zeit wieder mit Männern. Eines ihrer Dates wurde von Tiger dargestellt. Mein erster Filmkuss stand nun also an. Kalisha wollte jedes Detail darüber wissen. Ja, es war schon gut, sagte ich ihr. Aber River küsste besser, und die Kamera mitten im Gesicht sowie Vickys Anweisungen nahmen doch einiges von der Erotik weg.

Wir hatten auf diesem kleinen Bett gesessen. Sein Fuß berührte den Boden. Eine Anspielung auf den Hays Code? Vicky begründete es damit, dass Tigers Rolle in Eile wäre. Das Paar wollte eigentlich gerade das Haus verlassen, um eine Reservierung in einem Restaurant wahrzunehmen. Aber die Chemie zwischen den beiden Charakteren knisterte so stark, dass sie nicht warten konnten. Seine Jacke hatte Tiger zur Hälfte an, als Hera sich zu ihm lehnte und ihm einen leidenschaftlichen und gleichzeitig schüchternen Kuss gab. Ich tat es einfach, dachte nicht darüber nach. Tiger war weder mein Typ, noch war er unattraktiv. Ich konnte mich ganz auf meine Performance konzentrieren, da ich weder dahinschmolz noch mich überwinden musste. Vicky sagte, wir sollten intensiver werden. Ich wollte mir Nick vorstellen. Es hätte helfen können. Ich war selbst überrascht, fast enttäuscht, als es das nicht tat. Spring in der Zeit zurück, sagte ich mir. Bevor all das passiert ist. Stell dir vor, dein Vergangenheits-Ich trifft Nick … und darf ihn küssen.

Und dann funktionierte es. Jetzt bloß nicht die Augen öffnen und sehen, dass es Tiger war. Je länger ich in meiner Fantasie bleiben konnte, desto romantischer wurde der Kuss. Ich erwartete einen dummen Spruch von meinem Filmpartner, sobald Vicky ›Cut‹ rief. Irgendwas nach dem Motto: »Uh, das scheint dir aber gefallen zu haben.« Er tat es aber nicht.

Ich seufzte vor Dankbarkeit über seine Professionalität. Stattdessen fragte er direkt, ob wir es nochmal mit anderem Licht versuchen wollten. Der Abend brach heran und wenn wir die Vorhänge etwas öffneten, könnten wir eine besondere Stimmung erhalten. Jake war begeistert.

Wir saßen noch lange abends in Jakes nobler Wohnung. Je mehr Zeit ich hier verbrachte, desto mehr bewunderte ich seinen Einrichtungsstil. Designermöbel tanzten mit Stücken vom Flohmarkt einen Tango. Die Gespräche auf ihnen drehten sich nicht nur um Filme. Wir sprachen auch über viel zu teure Mietpreise in der Gegend und über unseren Lieblingsgeschmack bei Gummibärchen. Auf dem Tisch zwischen uns lag eine aufgerissene Packung. Irgendwann ging es dann doch um Filme, weil Vicky die Disney-Playliste auf Spotify eingeschaltet hatte. Wir stellten fest, dass wir beide den *König der Löwen*-Soundtrack liebten. ›One of Us‹ aus der Fortsetzung plärrte und wir, die in ihrer Kindheit alle von dieser Szene wohl etwas zu sehr geprägt worden waren, erspannen dazu ein Filmszenario. Es sollte ein Musical sein, mit bekannten Disneyklassikern. Nur in neuem Zusammenhang. ›One of Us‹ stellten wir uns als einen Kampf der Generationen vor. Oder von politischen Richtungen. Silent Generation und Boomer oder Republikaner, die den Text meinten, wie er geschrieben stand, auf der einen Seite. Du bist anders, du bist falsch. Auf der anderen Seite wir, alle Jüngeren und Weltoffenen, die etwas ganz anderes mit diesem Song verbanden und mit den Charakteren, denen er entgegengeschleudert wurde. Klar ist der Film nur eine *Romeo und Julia*-Interpretation. Also uraltes Material. Wir haben nur gelernt, Gut und Böse neu zu deuten. Wir sind die Generation der Antiheldenliebhaber. Tiger stellte sich schon die Kameraeinstellungen und die Beleuchtung dazu vor. Jake überlegte, wer von seinen Freunden da alles mitmachen würde.

Rose hing mir derweil seit Stunden in den Ohren, dass sie mich nach der Arbeit abholen wollte. Sie wollte reden, sich wieder mal für irgendwas entschuldigen. Ich drückte einen Anruf nach dem anderen weg. Mein Gesicht wechselte von Sonnenstrahlen an einem Junimorgen zu drei Wochen Regen und Nebel im Dezember, als ich sie trotzdem vor der Tür stehen sah.

»Dachte, ich hole dich besser ab, bevor du auch noch betrunken nach Hause fährst.«

Ich verdrehte die Augen. »Rose. Ich habe nicht mal ein Auto.«

»Betrunken Fahrradfahren ist auch verboten«, antwortete sie mir, mit den Händen in den Hosentaschen auf mich zu schlendernd. »Aber ich verstehe, du stehst halt auf Bad Boys.«

Mir ging kurz die Analyse des *König der Löwen*-Songs von vorhin durch den Kopf. Ich musste schmunzeln, wollte ihr gerade zustimmen, sagte aber stattdessen: »Du standest doch auch auf Gabriel. Er hat ja nur abertausende Dollars veruntreut.«

Rose ging nicht darauf ein. Punkt für mich.

Sie verlagerte ihre Aufmerksamkeit auf das Haus, aus dem ich eben gekommen war. Ein Gebäude mit vielen kleinen Wohnungen, wie es sie zu hunderten hier gab. Relativ schick und modern. Teuer und hochwertig. Aber eben ›nur‹ ein Gebäude mit 2 bis 3-Zimmer-Mietwohnungen. Rose hatte dazu folgenden Kommentar: Sie zog die Augenbrauen skeptisch hoch.

»Was ist los?«, wollte ich ernsthaft wissen.

»Du warst bei Netflix-Serien und jetzt bist du *hier* gelandet? In dieser … Studentenklitsche?«

Ich war ehrlich verwirrt. »Was? Du willst doch bodenständige Kunst. Von Individuen wie dir und mir gemacht. Nicht von großen Firmen, mit Macht und Gewinnabsichten. Was könnte deiner Meinung nach besser sein als eine Studentenklitsche? Entscheide dich mal, Frau McAllister.«

Ihre Antwort war: »Für mich wäre es gut. Für dich ist es ein Fail. Du willst berühmte Schauspielerin werden und du hast es verkackt. Bist abgesunken. Mach doch einfach was anderes und lass das.«

Ich war beeindruckt, wie elternhaft sie dachte. Mach was Vernünftiges. Vergiss deine Träume. Ich wollte ihr die Argumente nehmen: »Ich spiele eine Hauptrolle und unser Projekt ist zwar klein, aber es ist gut.«

Rose setzte sich auf den Bordstein. Ich hoffte, sie würde sich festkleben. So wie Florian mir erzählt hatte, dass sie es in Deutschland taten. Er war zwar schon vor Jahren in die USA gezogen, doch er verfolgte die Ereignisse in seiner alten Heimat noch in den Nachrichten. Aber Rose sollte sich nicht hier festkleben, sondern auf dem Freeway. Ich hasste mich für diesen Gedanken. Er kam unbarmherzig. Auf dem Boden sitzend beobachtete Rose eine Ameisenstraße. »Hör doch auf, dich selbst zu belügen«, forderte sie mit Blick zu den Ameisen, nicht zu mir. »Das tust du ständig. Du redest dir auch ein, du seist keine Stalkerin, kein jämmerliches Fangirl, keine Möchtegern-Neureiche. Du wünschst dir doch insgeheim deine *Pretty Woman*-Story. Zu blöd, dass mittlerweile jeder ein Navi hat oder Google Maps nutzt. Du träumst davon, Verkäuferinnen am Rodeo Drive zurechtzuweisen.«

Sie sah an mir hoch und runter. Ich trug heute mein bisher teuerstes Outfit. Ein fataler Fehler?

»Und was war das überhaupt für eine Aktion mit River? Hauptsache, deine Lust ist befriedigt?«

Meine Zähne bissen fest aufeinander. Hinter mir hörte ich Tiger, er verließ das Gebäude.

»Rose«, sagte ich wieder, mit einer Pause nach ihrem Namen. »Ich werde jetzt nach Hause gehen. Ohne dich. Geh mir einfach aus dem Weg. Ich kann aus deiner Sicht sowieso nichts richtig machen.«

»Du könntest«, behauptete sie. »Aber du schaffst es nicht.«

Da stand Rose und beschwor konstant ihre eigene Regenwolke herauf. Wie in einem Cartoon hing diese kleine Wolke nur über ihr. Sie versuchte, es auf mich auszuweiten. Ich ging schon weg, steckte mir Kopfhörer ins Ohr, um sie nicht mehr zu hören. Rose war sportlicher als ich und sie trug keine Loafers. Sie holte mich ein, sprach extra laut, lachte noch: »Hat dieser Nick je auf deine Karte geantwortet? Hat dir der Kontakt zu River je irgendwas gebracht, außer vielleicht noch unentdeckter Geschlechtskrankheiten?«

Meine Hand war zur Faust geballt. Ich stellte mir vor, eine Superheldin zu sein. Sie war die Schurkin. Ich dürfte sie schlagen und man würde mich trotzdem noch mögen.

»Ich will dir nichts Böses. Wirklich nicht. Ich will dir die Augen öffnen. In deinem Sprachschatz würde man sagen: ›Ich will dich nur beschützen‹. Das sagen Filmcharaktere doch so. Ich bin das Brecheisen, das deine Illusionen aufknacken will. Du wirst nichts anderes mehr finden außer solchen sponsored by Onkel Sachen. Du hast doch gesagt, am letzten Set wurde noch schlecht über dich geredet.«

»Weißt du was«, ich stoppte meinen Song. Der Sänger grandson brach mitten im Wort ›blood‹ ab. »Fick dich, Rose.

Fick dich einfach. Warum wolltest du überhaupt zurück in mein Leben?«

Rose blieb seelenruhig. Womöglich war sie es gewohnt, auf diese Weise angeschrien zu werden. »Ich wollte dir nochmal eine Chance geben«, meinte sie gelassen. »Hatte gehofft, du wärst doch ein guter, interessanter Mensch. Meine beste Freundin von damals. Vorgefunden habe ich nur Verblendung und Egoismus.«

Endlich verschwand sie am Horizont. Ich hatte mir unbemerkt ein Uber gerufen. Rose stand im Rückspiegel einfach nur da. Reglos. Unberührt.

In der Nacht telefonierte ich mit Kalisha. Ich lag in der Badewanne. Lila-schwarzer Schaum trat fast über den Rand. Magenta und Columbia waren noch nicht ertrunken, obwohl sie durch das feuchte Badezimmer spazieren durften. Sie sollten nicht immer im Käfig sein müssen. Frische Luft strömte durch das Dachfenster, sie bildete den perfekten Gegensatz zum dampfenden Wasser. Kalisha wusste noch nichts von vorhin. Unser Thema der Unterhaltung war: Sollte ich Nick jemals wieder kontaktieren oder besser nicht. Schon die Frage ließ die Welt so kalt erscheinen, dass ich heißes Wasser nachgoss. Kalisha hatte selten einen so ernsthaften Tonfall wie heute.

»Wir können mein Pendel schwingen«, sagte sie langsam und in tiefer Stimmlage. »Das kann dir bei Entscheidungen helfen.«

Ich sank tiefer ins Wasser ab, bis es über mein Kinn lief. Rot würde noch gut zu lila und schwarz passen. Aber ich wollte nicht so melodramatisch sein. »Ich würde das Pendel manipulieren.«

»Eben. Dann hast du deine Antwort.« Sie ließ die Aussage bei mir sacken. »Du kannst genauso gut eine Münze werfen. Wenn sich das Ergebnis falsch anfühlt, weißt du immerhin, was du willst.«

»Ach, übrigens«, wechselte ich das Thema, »dein Entspannungsbadebombenzeug ist vielleicht das Einzige, was mich gerade am Leben erhält. Diesen Schlieren und Blasen zuzusehen, ist faszinierend.«

Ich legte das Handy neben mir auf den Stuhl, sprach über den Lautsprecher, ließ meine Finger durch das bunte Badewasser gleiten. Ich konzentrierte mich auf jede Welle, jeden Farbton. Damit ich nicht an die Premiere denken musste oder an irgendwas anderes außer ... Farben im Wasser.

Kalisha kam zu ihrer üblichen Stimmlage zurück: »Ach Schätzchen, ich weiß.«

Sie erzählte mir Belanglosigkeiten. Ich gab mir Mühe, ihr zuzuhören. Ich wusste genauso gut wie sie, dass da noch so viel Unausgesprochenes war. Wir ließen es zwischen uns schweben, für ein anderes Mal.

Für den Rest meiner Badezeit quälte ich mich mit den aktuellen News über die Vindictive Patissons. Selbstgeißelung womöglich? Sie hatten sich tatsächlich aufgelöst, seit zwei Tagen war es offiziell. Gabriel leugnete immer noch alles. Er hätte diese Aussage unter Drogeneinfluss getroffen, das wäre alles nicht wahr.

Ich hatte eine Band zerstört. Und ihren Frontmann.

Am verrücktesten war, dass Gabriel durch den Skandal bekannter geworden war. Menschen hörten seinen Namen zum ersten Mal in Zusammenhang mit seinem Betrug. Seine Karriere war trotzdem erst mal ruiniert. Auch wenn er sich für einen normalen Job bewarb und es einen

Backgroundcheck gab, war er erstmal geliefert. Die Tragweite meiner Taten schlug mir ins Gesicht. Es gab ganze Videoreihen, in denen er nur noch fertig gemacht wurde, von Menschen mit großer Reichweite. Die Beleidigungen türmten sich in den Kommentaren. Mindestens zwei Personen machten den Sänger für Dinge verantwortlich, mit denen er nichts zu tun hatte. Zwei weitere beschuldigten ihn wegen Belästigung. Ob es der Wahrheit entsprach, wusste niemand. Cancel Culture konnte unbarmherzig sein.

Aber er hatte es doch verdient, beruhigte ich mich selbst.

Die Atemlosigkeit blieb trotzdem.

Gabriel würde in der Versenkung verschwinden. Ich sah es kommen. Wir hatten ihn gestoßen.

Rose hingegen badete im Licht. Die Community der Wohltäter feierte sie. Sie postete weiterhin nur von Tod und Verderben. Ich legte das Handy weg, hielt die Luft an, tauchte unter. Das Badewannenwasser umgab mich einladend. Konnte es nicht für immer so dunkel und still und warm bleiben?

Während Demi wortwörtlich untergetaucht war, regnete es draußen in den Hills. Ich saß auf meinem Sofa, beobachtete die selten fallenden Tropfen und übte meinen Text. Die Japanisch-Stunden lohnten sich endlich. Es wurde leichter. In der Dunkelheit, wenn man allein dasaß und Texte lernte, kam ich mir doch etwas einsam vor. Also schaltete ich das Radio ein, ließ es leise im Hintergrund laufen. In der Szene, die ich gerade spielte, könnte auch ein Radio im Hintergrund laufen. Es trug also nur zur Atmosphäre bei. Das redete ich mir ein, während der Typ vom Wetter sagte, dass schon morgen wieder die Sonne scheinen würde. Hier durfte man nie lange Trübsal blasen, man musste immer in Bewegung bleiben. Das galt auch für den hellsten Stern an unserem Himmel.

Es klingelte.

Ich schreckte auf. Hatte ich etwas bestellt und es vergessen?

Ich legte das Skript auf den Tisch mit der dunklen Glasplatte. Mein Fuß war eingeschlafen, daher humpelte ich ein wenig zur Tür. Ich schüttelte den Fuß noch zwei Mal und knetete ihn durch, bevor ich auf das Bild der Sicherheitskamera sah. Da stand niemand an meiner Tür. Merkwürdig. Es entfernte sich nur gerade jemand aus dem Sichtfeld. Ich hätte es beinahe ignoriert und für einen feigen Fan gehalten. Oder jemand hatte sich im Haus geirrt. In letzter Sekunde erkannte ich an der Gangart der Person, dass es Nick war. Was machte der hier?

Ich stürmte nach draußen, der Regen rann mir sofort über den ganzen Körper. Mein dummer Pullover hatte nicht mal eine Kapuze. Kaum war ich an der Straße, klebte mir der Stoff überall fest. Hörte ich da jemanden ›Singing in the Rain‹ summen? Es kam aus der Richtung, in die Nick gegangen war. Ich humpelte die Straße runter. Da sah ich ihn. Er war es tatsächlich. Viel zu langsam dafür, dass es so schüttete, entfernte er sich weiter von meinem Haus. Ich rief nach ihm. Er lief weiter. Noch war ich vielleicht zu weit entfernt, als dass er mich hören konnte. Also rannte ich, so gut wie es ging. Der Regen klatschte mir heftiger ins Gesicht. Jetzt waren auch meine Socken nass. Ich hätte festes Schuhwerk anziehen sollen. Warum lief ich Nick überhaupt nach? Vermutlich, weil er bei unserem letzten gemeinsamen

Abend keinen guten Eindruck gemacht hatte. Abwesend hatte er in die Ecke gestarrt und nur vorgegeben, Spaß zu haben. Er hatte außerdem geraucht, das tat er sonst nie. Und dann war er angetrunken nach Hause gefahren. Wir hätten ihn davon abgehalten, doch er hatte vorgegeben, sich einen Fahrer zu rufen. Von wegen. Wenn dieser Mann jetzt also im peitschenden Regen an meiner Tür klingelte und wieder ging, bevor ich öffnen konnte, dann – ich hatte Nick gerade eingeholt, berührte ihn vorsichtig an der Schulter, als *blitz* ein Foto von uns geschossen wurde. Wie zur Hölle schafften die das immer? Scheinbar saßen sie in einem parkenden Auto, mit abgedunkelten Scheiben. Schöne Schlagzeile. River Colin Reed läuft Nick Morgan in Hausschuhen hinterher, klatschnass, während Nick ... war er high?

Nick drehte sich langsam zu mir um. Den Fotografen hatte er zum Glück nicht bemerkt. Ich würde am liebsten einen Stein nach ihm werfen, ignorierte ihn aber. Ich stellte mich mit dem Rücken zu ihm. So schirmte ich Nick ab und man konnte nicht garantiert sagen, dass ich es war. Scheiße, warum hatte ich nichts mit Kapuze angezogen? Nick sah hoch zu mir, fast als sei er überrascht, mich zu sehen. Ja, er war definitiv high, und nicht nur leicht. »Warum bist du hier? Du wirst ja ganz nass.« Das war erst mal alles, was er sagte.

»Nick, du auch. Komm mit zu mir rein.«

Nick summte wieder sein Lied vor sich hin. Er trug nur ein dünnes T-Shirt. Dazu war es gerade viel zu kalt. An seinem Oberarm war ein blauer Fleck, wie von einem Kampf. Actionszenen hatte es aber kaum noch gegeben. Am Handgelenk war auch ein größerer Kratzer. Ich fragte nicht nach. Konnte ja auch mal bei der Gartenarbeit passieren. Oder beim Spielen mit seinen Hunden. Wenn er reden wollte, würde er das tun.

In diesem Moment fluteten Nachrichten mein Handy so wie wir beide von oben mit Wasser geflutet wurden. Es blinkte und vibrierte in meiner Tasche. Hoffentlich hielt es dem Regen stand. Ein neuer Post war online gegangen. Ein Werbeplakat. Darauf waren wir beide abgebildet, als die Stars in *Orion Nebula*. Nachrichten darüber, wie gerne sie an uns ran wollten, stürmten keine zwei Sekunden später auch bei Nick rein. Sein Handy war stumm, doch er hielt es in der Hand. Der Regen rann über unser Bild. Nick swipte zu einem Shot vom Filmset, auf dem auch Demi zu sehen war. In meiner Erwartung sagte er etwas dazu. Aber er swipte wieder weiter. Ein Bild von seinen Hunden. Er sah es an und lächelte. Herr Morgan war gerade in seiner eigenen Welt. »Ich würde nicht wieder heimgehen, wenn die beiden nicht noch da wären«, sagte er. »Ich habe genug von ihr. Aber das wäre schon die dritte Freundin, die ich abserviere. Die hassen mich dann doch alle dafür und erzählen wieder Lügenmärchen.« Er brabbelte mehr vor sich hin. Das Wort ›Lügenmärchen‹ sagte er zwei Mal. Dann machte er ein würgendes Geräusch, das in ein Schluchzen überging. Ich wollte erst noch den Freelance-Fotografen hinter uns zum Teufel jagen, aber irgendwie war gerade auch alles egal. Ich nahm Nick einfach nur in den Arm.

SEQUENZ 10

An einem Tag, an dem der Frühling sich langsam näherte, hockte ich vor dem Terrarium. Wenn die Stars von Schwärmereien überflutet wurden, und Regen, wie River mir geschrieben hatte, so tobte in meinem Messenger nur ein Tornado aus Hassnachrichten von Rose. Ich hätte die Hölle verdient, in die ich mich selbst hineingebracht hätte. Sie drohte mir, meine Accounts zu hacken, Geheimnisse zu leaken. Vor allem zweideutige Fotos waren ihr Ziel. Doch von mir gab es keine Nacktbilder. Nach denen hatte noch niemand gefragt.

Ich grub mich so tief in Gedankenszenarien, was sie stattdessen tun könnte, um mir ans Bein zu pissen, dass ich mich mit einer gepflegten Portion Cannabis beruhigen wollte. Ich könnte mir auch, wenn ich eh schon unterwegs war, wieder einen neuen Schwarm suchen. Irgendwas Unverfängliches. Etwas, das mich einfach nur beschäftigte und mir ein Lächeln ins Gesicht zauberte, wenn sein Name fiel. Jemand aus meinem echten Leben? Wie wäre es mit Florian oder Tiger? Wäre doch lustig. Für den Storyverlauf und so. Leider fand ich die beiden beim besten Willen nicht attraktiv und an ihnen war schon gar nichts Geheimnisvolles, was für eine Schwärmerei ja von Vorteil war. Wohin ich mit meinen Fantasien auch wollte und welchen Mann ich vor Augen hatte, ich landete immer wieder bei Nick. Ich konnte mir sogar vorstellen, mit Harry Styles persönlich zu einer Gala eingeladen zu sein. Das Szenario in meinem Kopfkino ließ trotzdem Nick dort als Gast auftauchen und am Ende brannte ich mit ihm durch. All das passierte zur Musik von Taylor Swift, dachte ich. Apropos, ich sollte ›Bad Blood‹ abspielen, während ich darüber nachdenke, wie ich mit Rose umgehe.

Der Song lief, ich dachte an den Kuss von Tiger. Wäre er nicht vielleicht doch ein Kandidat? So bodenständig, auch im Filmgeschäft, aber nicht hauptsächlich Schauspieler. Ein guter Küsser. Jemand, der noch nicht in den Klatschblättern zu finden ist …

Nein, warum versuchte ich mir jetzt, etwas einzureden? Nur weil mir langweilig war und ich keine Szenarien fürs Einschlafen oder für die meisten Tracks auf meinen Playlists mehr hatte? Ich musste die Lieder eh auswechseln. Zu viele Erinnerungen, zu viele feste Musikvideos im Kopf.

›Bad Blood‹ ging über zu einem Song, den ich nicht kannte. Ich sah auch nicht nach, wollte es noch gar nicht wissen. Es war ein schönes Lied. Ein bisschen schmerzlich, aber auch hoffnungsvoll. Ich legte mich auf den Boden, sah an die Decke. Da waren Spinnweben in der Ecke. An einer Stelle kam ein bisschen Farbe von der Wand. Darauf hatte ich noch nie geachtet. Manchmal musste man die Dinge einfach aus einer anderen Perspektive betrachten. Ich seufzte in den Song hinein. Der eine Kopfhörer fiel mir aus dem Ohr. Ich rückte ihn wieder zurecht, drehte die Lautstärke weiter hoch. In diesen Song wollte ich ganz hineinfallen. Wie wäre es wohl, *ihn* zu küssen? Ich hatte seine Filmküsse gesehen. Sie hatten einiges in mir ausgelöst. Wie fühlte es sich wirklich an? Ich schloss die Augen. Bye-bye Spinnenweben. Irgendwann nahm ich doch das Handy in die Hand, um den Titel oder die Künstlerin zu sehen. Ich hatte Rose überall blockiert. Nur bei Paypal kam sie noch durch. Ich blickte auf 1 Dollar und eine angehängte Nachricht: »Komm in fünf Jahren nicht wieder angekrochen.« Paypal hielt doch sonst ständig was zurück. Warum war diese Zahlung durchgegangen?

»Rose, es gibt Gründe, warum du keine Freunde hast«, sagte ich halblaut zu mir selbst. Dann schloss ich wieder die Augen, versuchte, voll meditativ und in meinem Zen-Zustand und so zu sein. »Sei einfach ein Stein. Sei einfach ein Stein … Oder sei einfach stoned. Ja, doch, das ist die beste Idee für innere Ruhe.«

Gesagt, getan.

Ich Intelligenzbestie war in einen dieser neuen Läden gegangen und hatte Cannabis besorgt. Es war immer noch gewöhnungsbedürftig, dass der Stoff seit 2018 hier in Kalifornien legal war. Meistens hasste ich den Zustand, weil man dadurch so unproduktiv wurde. Doch manchmal war Nichtstun genau das Richtige. Also ging ich einkaufen.

Die Kekse dufteten. Ihr süßer Geschmack nach Beruhigung machte sich in mir breit. Schneller als gedacht. Was hatte ich getan? Gleich würde mir alles egal sein. Hauptsache Käse. Käse war gut. Leider war keiner mehr im Kühlschrank. Mit der Kälte aus der Tiefkühltruhe kam die Angst. Ich hatte Angst, Nick ins Gesicht zu sehen. Lasst mich krank werden, ihr Götter da oben. Dann muss ich nicht … wichtige Personen treffen. Vor meinem geistigen Auge schüttelte ich einflussreiche Hände. Alles wird gut. Roter Teppich ist gut. Es wird mir helfen, neue Kontakte zu finden. Nick ist nicht weiter wichtig. Der ist einfach da, nur parallel zu mir. Nick ist alles, worüber ich mir jetzt Gedanken machen will. So wie früher. Das waren schöne Abende, als ich noch einfach von dir träumen konnte. Verschwinde, Gabriel! Raus aus meinem Hirn. Du bist mir nicht wichtig genug! Verschwinde du auch, Rose. Ich weiß nicht, warum du mir jemals wichtig warst. Du warst ›nicht wie andere Mädchen‹ und das macht dich auch nicht zum besseren Menschen. Du denkst nur, du wärst es. Heuchlerin. Ich hasse dich, Rose. Ich ahne da etwas, ganz weit in meinen unterbewusstesten Gedanken. Du hasst mich auch und deswegen –

Warte, was hast du gesagt, Columbia?

Columbia sah Magenta an. Wer von den beiden war jetzt wer? Immer wenn ich sie gerade unterscheiden konnte, setzte sich die Zeit in meinem Gehirn zurück und ich hatte wieder vergessen, wer von beiden wer war. Die Leguandamen sahen sich gegenseitig an. So viel stand fest. Das hatte sich auch bestimmt schon seit einer Stunde nicht geändert. Oder waren es siebeneinhalb Minuten gewesen? Wer wusste das schon. Ich sah auf die Uhr, dann vergaß ich, warum mich an meinem freien Tag die Uhrzeit interessierte.

Columbia jedenfalls sagte gerade telepathisch zu Magenta: »Es liegt daran, dass es ihr vor Augen hält, dass sie selbst auch nicht perfekt ist.«

»Du meinst«, antwortete Magenta, »das setzt ihr so zu, weil ihr das gleiche passieren könnte oder fast passiert ist?«

Der Minidino, den ich Columbia getauft hatte, nickte zustimmend. In Wahrheit kaute sie auf irgendwas herum. Ich interpretierte es als ein Nicken. »Ehrlich gesagt weiß sie immer noch nicht, wo sie steht. Karriere kaputt oder alles halb so wild und bald großer Durchbruch. Sie weiß es nicht. Niemand hat sich mehr deswegen bei ihr gemeldet. Jeder im Cast reagiert anders auf sie. In diesem Schandensumpf passieren täglich schlimmere Dinge und doch kommt jederzeit die Angst davor, dass sie genau deswegen nie wieder eine Chance haben wird. Ihre Ambitionen wären zum zweiten Mal zerschlagen. ›Schlechte Presse ist auch gute Presse‹ zählt nicht mal, wenn nichts von der Story an die Öffentlichkeit gerät. Ihr Ruf ist nur im Hintergrund kaputt und sie weiß nicht, wie viele Bescheid wissen, und dann auch noch das mit Gabriel …« Die arme Columbia redete sich in Rage, wurde ganz paranoid. Eine ewige Gratwanderung mit diesem blöden Zeug. Sonst wurde ich damit nur draußen paranoid, wenn andere bemerkten, dass ich gerade nicht brauchbar war.

Magenta fragte: »Was meinst du, ist wohl mit unserem Urgroßonkel passiert? Der, den Nick damals gestohlen hat?«

»Oh, der? Ich glaube, der hat eine Villa auf Long Island gekauft.«

»Aha, beeindruckend.«

»Ja, in der Tat.«

»Und weißt du, was mir mal aufgefallen ist?«

»Was denn, liebe Schwester Magenta?«

»Fast alle Macken der Menschen wurden ursprünglich mal von Säbelzahntigern verursacht, wenn man der Wissenschaft glaubt.«

»Du hast Recht.«

Hatte ich diese Unterhaltung gerade laut ausgesprochen oder saß ich nur schweigend da? Niemand konnte es mir sagen.

Columbia wollte über Magenta hinwegkrabbeln. Die hatte was dagegen und schnappte nach ihrer Kollegin. Kurz wollten sie sich abwechselnd beißen, aber sie drohten es sich nur an. Ich starrte auf sie. Die Nachbarn stritten sich. Oder lief irgendwo ein lauter Film? Warum genau diskutierten die beiden Leguane nun? Vielleicht war die eine ja wütend auf Rose und die andere sagte, reg dich nicht darüber auf.

Dann fragte Magenta: »Magst du eigentlich auch Pizza mit Ananas?«

Columbia wusste zum ersten Mal für heute nicht, was sie sagen sollte. Ich hingegen liebte Pizza mit Ananas. Ich sollte mir eine bestellen. Doch schon kamen die Paranoia wieder hoch. Was, wenn der Pizzabote es peinlich fand, dass ich high war? Was, wenn ich was Falsches bestellte oder einschlief, bis die Lieferung da war? Ich bestellte also lieber doch nichts, sondern sah drei Mal erfolglos in den Kühlschrank, bis ich mir einfach ein Brot mit Hummus schmierte. So langsam ließ die Wirkung nach. Columbia und Magenta stritten sich aber immer noch. Ich konnte ihnen auch nicht helfen.

Wir lagen in der Sonne auf unseren Picknickdecken und Strandhandtüchern. Der See war nicht weit entfernt. Zwischen uns lag alles Mögliche an Snacks und Getränken herum, Handys, eine Polaroidkamera und eine Ente, die sich furchtlos zu uns gesellt hatte. Zwei Kinder spielten etwas weiter entfernt Badminton. Ein Radfahrer wirbelte Dreck auf, wodurch die Luft sandig wirkte. Luiza hatte die Augen geschlossen und ihren Strohhut abgenommen. So schaute sie nun direkt in die Sonne und betrieb Photosynthese. Effie mit ihrer noblen Blässe suchte eher den Schatten der Bäume und cremte sich nochmal die Schultern ein. Während sie das tat, sprach sie von Paris, London und Barcelona. Sie erzählte von einer Europareise, die sie im ersten gemeinsamen Jahr mit Luiza unternommen hatte. Luiza hatte der jungen Effie die Welt gezeigt. Seitdem schwelgten die beiden immer wieder in Erinnerungen an französische Cafés und historische Gebäude. Luizas Familie kam aus Spanien, für sie war es auch ein Besuch bei Tante und Cousin gewesen. Kalisha war auf der Suche nach einer öffentlichen Toilette und Vicky flirtete mit den Jungs eine Sitzgruppe weiter. Die Jungs waren zu dritt und sahen aus, als wären sie erst frisch aufs College gekommen. Blutjung, voller Energie und nur auf der Suche nach dem nächsten Abenteuer. Vicky hatte mir schon kichernd gestanden, dass sie auf Jüngere stand. Ich ließ sie machen. Die drei kleinen Kätzchen im Kampf um den Cougar. Wer wohl das Rennen machte? Ich tippte auf den Typ, der noch Farbe von seinem Kunstprojekt am Bein kleben hatte. Die anderen beiden sahen mehr nach Business-Studium aus. Vickys helles Lachen erklang, kurz später musste ich ein bisschen was über unseren Film erzählen. Sie machte mich kurzerhand zur Attraktion, frei nach dem Motto: »Wollt ihr mal die Hauptdarstellerin in einem Film kennenlernen?« Ich stellte mich freiwillig ihren Interviewfragen. Die Jungs waren aber nur mäßig begeistert. Was wir taten, taten in dieser Stadt auch tausend andere. Es machte trotzdem Spaß, ein bisschen mit ihnen für den öffentlichen Auftritt zu üben.

Kalisha kam zurück, mit Erleichterung auf dem Gesicht und Eiskaffees in der Hand. Wo auch immer sie die aufgetrieben hatte, wir sagten nicht nein. Jeder nahm sich einen Becher. Ich zog die Beine meiner Yogapants höher. Immerhin ging ich jetzt häufiger in enger Sportkleidung vor die Tür, nicht mehr nur im Baggystyle. Mein Lady-Gaga-Fanshirt knotete ich an der Seite zusammen. Ich wollte ein wenig Sonne an mich heranlassen. Gerade als ich die Augen schloss, kackte die Ente neben uns ins Gras. Es stank, wir rückten ein wenig zur Seite, näher zu den Jungs. Die freuten sich und endlich war der Abstand so gering, dass Vicky sich direkt neben den Künstlertypen setzen konnte, ohne dass sie sich von uns entfernte. Sie lehnte jetzt mit ihm am Stamm eines Baums. Er hatte lange, blonde, zum Zopf gebundene Haare und bunte Tattoos. Sein Gesicht war für mich etwas zu lang und schmal, doch er sollte ja auch für Vicky reserviert sein. Ein komisches Gefühl durchzog mich. Ich sah mich viel weniger nach attraktiven Männern um als noch vor einem Jahr. Ob jemand Single war oder nicht, wie er aussah, ob wir zusammenpassen könnten; all das interessierte mich so gut wie gar nicht mehr.

Jetzt stand Vicky auf und wollte auch auf Toilette. Sie ließ sich von Kalisha den Weg zu einem Restaurant erklären, dass gegen einen Dollar jeden ins Badezimmer ließ. Vicky brauchte etwas länger zum Aufstehen. Sie hatte ihr Bein merkwürdig angewinkelt und wollte nicht, dass man unter ihr Kleid sehen konnte. Natürlich folgten sogleich darauf die ironischen Sprüche über die alte Frau, die sich mit den jungen Kerlen messen wollte. Herr Farbklecks nahm sie sofort in Schutz, woraufhin sein Kumpel in schallendes Gelächter ausbrach, weil er jetzt erst bemerkte, was überhaupt abging.

Spätestens jetzt legten wir unsere Gruppen zusammen. Zu den drei Jungs kam noch der ältere Bruder von einem dazu. Er hatte noch arbeiten müssen. Mir blieb kurz die Luft weg und ich tauschte Blicke mit Kalisha. Er sah nämlich River gar nicht so unähnlich. Nur weniger muskulös, jünger und ohne Bart. Als wäre er nicht der große Bruder von Businessheini, sondern der jüngere von River höchstpersönlich. Zu allem Überfluss war er auch noch ein wandelndes

Lexikon über Filmhistorie. Er kannte noch die Darsteller aus Stummfilmzeiten. Nicht mein Fachgebiet und dennoch beeindruckte mich sein Wissen. Er hatte fünf Bierflaschen mitgebracht und gab die fünfte ausgerechnet mir. Weil ich ihm am nächsten saß? Oder weil ich am meisten mit ihm über *Babylon* sprach? Nach dem Bier huschte der Gedanke durch mein Hirn: Ja, ich könnte. Wir lachten lang miteinander. Sahen uns einmal auch etwas tiefer in die Augen als beabsichtigt. Manchmal erinnerte sein Blick sogar an River. Sobald er aber anfing zu sprechen, war dieser kleine Funken an Magie verschwunden. Etwas an seiner Stimme störte mich. Störte es mich, dass ich sie nicht attraktiv genug fand, sondern nur normal? Versuchte ich mir gerade, einen neuen, unverfänglichen Crush einzureden?

»Freust du dich auf das große Wiedersehen?«, wollte Effie plötzlich von mir wissen. Ich wollte nachfragen, was genau sie meinte. Bis sie sagte: »Ich weiß noch genau, wie aufgeregt du wegen der Mails vom Studio warst. Das wird dein großer Tag.«

»Aber ich habe einiges verbockt«, sagte ich achselzuckend. Mir wurde dezent schwindelig. Musste sie jetzt mit so viel Realität ankommen? Musste mein Desaster ständig aufgekocht werden?

Ich erwartete harsche Worte. Aber Effie sah mich an, als wäre sie der Sonnenschein höchstpersönlich. Sogar ihre Sommersprossen wirkten heute so penetrant auf mich wie nie zuvor.

»Glaube ich nicht. Ich sage, es geht alles gut aus.«

Sie dachte nicht, dass es eine Katastrophe würde, wieder mit Nick reden zu müssen?

»Du glaubst an Happy Ends?«, fragte ich sie.

Effie lehnte sich nach hinten und sagte: »Was weiß ich denn? Ich sehe hier gar keine große Story. Du hast für einen Film vorgesprochen, du hast einen deiner liebsten Schauspieler getroffen. Du warst etwas unprofessionell, weil es deine erste so große Rolle war. Er ist in einer Beziehung, aber ihr mögt euch als Freunde. Wo ist da das große Drama?« Ihr Strahlen könnte Werbung für Zahnpasta machen, wären da nicht ihre in der Hitze etwas trockenen Lippen und die vom Schweiß etwas strähnig gewordenen Haare. Luiza rückte näher an ihre Freundin. Für dreieinhalb wunderschöne Sekunden fühlte ich ihre Geborgenheit. Dann tauchte Rose als Flashback vor mir auf. Ich sah auf mein Handy. Jederzeit konnte sie ihre Drohungen wahr machen und mich mit irgendwas erpressen. Der River-Klon streifte mich versehentlich am Bein, als er nach dem Wasser greifen wollte. Ich wollte Lust verspüren, doch da kam nur ein Niesen. Ich schmunzelte über die Situation. Im nächsten Moment hielt ich mir den Mund zu, weil ich mich mit meinen Filmadaptionen der Realität nicht immer in den Mittelpunkt stellen wollte. Scheiße, ich saß gerade quasi in der Mitte unseres Sitzkreises. Eilig rückte ich zurück. Dabei stieß ich Mister Farbklecks an. Jetzt durchzog mich ein Strahl der Lust. Doch, ich war vielleicht ein wenig neidisch auf Vicky. Ihn würde ich nicht … nein, aus! Du bist … nein, du bist gar nicht vergeben. Und der Typ gehört auch noch längst nicht Vicky. Ich habe nichts Böses getan, es war nur eine körperliche Reaktion. Gott, was war ich verängstigt. Ich … musste einfach aufstehen, eine Runde um den See laufen, auch mal dieses Restaurant suchen und vielleicht mit meinem Handy etwas länger sitzen bleiben. Ich wollte jetzt sofort ein Foto von Nick sehen. Eines, das er freiwillig hatte schießen lassen. Ich vermisste ihn. Wenn er jetzt hier wäre, hätten wir bestimmt tiefe Unterhaltungen geführt und nicht unsere Lieblingsserien aus der Kindheit aufgezählt. Nur noch ein paar Wochen. Wie gerne hätte ich die Zeit angehalten und dieses Picknick für immer festgehalten. Ich müsste mich nie wieder mit dem Ernst des Lebens beschäftigen. Nick … ich könnte ihm ein ungezwungenes Foto schicken.

Das tat ich auch. Ich machte ein Selfie, strahlend in der Sonne, mit meinen Freunden weit im Hintergrund. Ohne Kommentar, nur mit dem Sonnen-Emoji schickte ich es an Nick. Die Antwort kam beim Händewaschen. »Schön habt ihr's. Ich würde bestimmt von irgendwem erkannt werden. Bin aber später bei einem Freund in Hidden Hills. Da werden wir auch ein wenig Sonne tanken.« Kurz später schickte er hinterher: »Kannst du eigentlich reiten?«

Ich verschluckte mich beinahe an meinem nicht vorhandenen Drink. Klar meinte er es nicht zweideutig. Diese Nachricht von ihm zu erhalten, so out of context, hatte trotzdem was für sich.

Wahrheitsgemäß antwortete ich mit: »Nein, nie gelernt.«

Ich wartete auf etwas wie »das können wir ändern«. Aber es kam nichts. Stunde um Stunde verging, bis ich daheim auf dem Sofa lag und Florian mir ein Ohr abquasselte über sein letztes Date. Endlich eine Nachricht von Nick. Nur ein Foto. Mit ihm auf einem Pferd. Und nur ein Karotten-Emoji darunter. Karotte? Für das Pferd?

Auf dem Rückweg von der Gassirunde nahm ich das neuste Klatschblatt mit. Ich drückte Effie die Leine in die Hand, sie mir fünfzig Dollar. Was wir hier taten, lief nur vorübergehend. Bis mein nächstes Vorsprechen ein Erfolg war. Nach meinem heimlichen Nebenjob ging ich aber nicht nachhause, sondern setzte mich in ein Café. Hier las ich die Zeitung.

Nicks Sohn hieß also Camilo, stand darin. Seine Freundin hatte scheinbar auf einen spanischen Namen bestanden. Zwar war sie gebürtige US-Amerikanerin, aber ihre lateinamerikanischen Wurzeln (vor vier Generationen) waren ihr heilig, sie sprach immer wieder davon. Seit der Geburt war das Paar immer mal wieder in der Öffentlichkeit aufgetaucht.

Ich bestellte einen Latte Macchiato. Dann schlug ich die Zeitung erst mal zu und dachte an vorherige Berichte über sie.

Man wusste inzwischen mehr über Kate. Sie war wohl tatsächlich mal Yogalehrerin gewesen. Dann hätte sie zu Standardtanz gewechselt und so hatte sie Nick kennengelernt, denn der musste das für einen seiner Filme üben. Aber den Tanzkurs hatte er in der Nähe seines Elternhauses belegt und deswegen war die Lehrerin in Hollywood noch nicht bekannt. Er hatte sie in seiner Heimat kennengelernt, auf dem Land. Ich sollte den Hallmark Channel anrufen, die würden den Plot lieben! Da hing sie in seinen Armen, die zierliche Frau aus der Provinz, die wie ein Model aussah, aber keins war. Nein, sie war besser, sie konnte nämlich auch tanzen!

In der Zeitschrift von heute stand, dass sie schon dreißig Jahre alt wäre. Dafür sah sie extrem jung aus. Als hätte sie im echten Leben einen Filter über ihr Gesicht gelegt. Vielleicht war es auch plastische Chirurgie, wer wusste das schon. Ich wusste auch nicht, ob ich mich deswegen unter ihr sah, weil ich abgenutzter aussah. Oder über ihr, weil ich mich für reifer gehalten hatte. So oder so: Sie war jetzt kein

Geheimnis mehr. Und bei den vielen Babyberichten wurde auch noch bekannt, dass Nick demnächst einen Vater in einem Kinderfilm spielen würde. Er sagte, er freute sich auf die Rolle und hätte ja jetzt Übung.

Um all das herauszufinden, hatte ich Rose nicht gebraucht. Nur ein bisschen Geduld und den regelmäßigen Gang zum Kiosk nach meiner eigenen Hunderunde.

SEQUENZ 11

Wir standen uns gegenüber. Eigentlich sollte ich betrunken sein, aber jedes einzelne Promille ergriff in diesem Moment die Flucht. Was ärgerlich war, denn ich hätte den Mut und die Whatever-Haltung gebrauchen können.

Mehr als ein halbes Jahr war vergangen. Nun schauten wir uns einander in die Augen und man konnte die elektrische Spannung zwischen uns fast sehen. Sie vibrierte, verbrutzelte alles und jeden, aber sie gab mir auch Lebensenergie. Hier waren so viele Menschen. Wichtige Menschen und solche, die es bald sein würden. Oder gerne wären. Unsere Spannung schaffte es durch sie alle hindurch.

Hinter ihm stand Wintour. Auch er schaute in meine Richtung und er sah nicht begeistert aus. Entweder hatte er es also nicht vergessen oder ich war ihm komplett egal. Der Regisseur nahm Nick schützend in den Arm. Oder kameradschaftlich, für die Kameras. Meine Wahrnehmung machte aus Situationen schon längst nicht mehr das, was sie wirklich waren.

Nick stand auf dem roten Teppich vor der Fotoleinwand. Ich musste noch am Eingang warten, dort, wo die Limousinen hielten. Frank und Bailey waren mit mir angekommen. Sie standen aufgeregt neben mir. Mein Filmvater und

Geiselkollege verriet mir gerade, dass er möglicherweise eine neue Rolle für mich hätte. Darüber wollten wir aber später ausführlich reden. Jetzt musste ich Nick in seinem maßgeschneiderten Anzug bewundern. Dieser Mann hatte ein magnetisches Kraftfeld um sich. Er wurde umzingelt, von wild blitzenden und rufenden Journalisten. Da stand ich nun in meinem Kleid, das von einem Sternenprint überzogen war, und himmelte ihn an. Das Muster war natürlich Selbstironie, mit einem Hauch von Science-Fiction. Meine Haare waren wieder aschblond und sie waren hochgesteckt. Erkannte Nick mich überhaupt aus der Ferne? Ich erkannte Müdigkeit in seinen Augen. Kein Wunder, wenn man ein Neugeborenes zuhause hatte? Nein, ich glaubte, es war eher Müdigkeit vom Leben. Als Kate zu ihm trat und seine Hand nahm, zuckte er kaum merklich. Er verhielt sich, als hätte man ihn bei etwas erwischt. Ein Journalist hielt mir ein flauschiges Mikrofon hin. Dann wurde mir meine erste Interviewfrage gestellt – und ich konnte es nicht richtig wertschätzen, weil meine Aufmerksamkeit bei ihm war. Im Rücken spürte ich die Sonne und ich hörte Baileys fröhlich-nervöses Lachen. Touristenstimmen auf der Straße. Knips, ein Foto wurde von dem Mädchen, Frank und mir gemacht.

»Welche Rolle spielen Sie?«, fragte der junge Journalist. Sein Kollege hielt eine Kamera auf mich gerichtet. Ich beantwortete ihm die Frage. Er wollte wissen: »In was sieht man Sie demnächst noch?«

»Im August startet ein kleinerer Film, in dem ich die Hauptrolle spielen darf. Er heißt *Meine Entscheidung*. Suchen Sie gerne danach, er wird auf einigen Sommerfestivals gezeigt.«

Wie süß, dachte ich, Nick hat sich gerade am Kinn gekratzt. Jetzt lächelte er. Da kam etwas Leben in sein Gesicht zurück.

»Sehr interessant, wir werden die Augen offenhalten. Haben Sie denn ein enges Verhältnis zu Nick Morgan?«, fragte der auffassungsschnelle Junge als nächstes. War ich so ein offenes Buch?

»Nein, nein. Wir sind Kollegen, mehr nicht.«

Ich überlegte, prophylaktisch noch zu sagen, dass es mal ein Missverständnis zwischen uns gegeben hatte, das sich aber längst geklärt hätte. Wer weiß, wie viel dieser Nachwuchsreporter wusste. Aber ich meinerseits wusste genug über die Presse, um es sein zu lassen. Sie drehten dir nicht nur das Wort im Mund um – ich würde sie damit sogar erst auf eine heiße Spur bringen, die sie vorher nicht hatten.

Blitz, noch ein Foto wurde von uns gemacht. Dann war ich für die Welt wieder uninteressant.

Ich spürte es, ich wusste einfach, dass Nick über das Kind ausgefragt wurde. Kate strahlte immer breiter, er zog sich zurück. Er war noch körperlich anwesend, aber er wollte nicht hier sein. Fans rannten auf uns zu. Sie baten darum, irgendwas zum Unterschreiben an Nick weiterzugeben. Die Security drückte die Jugendlichen weg. Aber ich ging dazwischen: »Nein, wartet!«

Das war eine Chance.

»Lasst sie zu mir durch! Sie können mir die Sachen ruhig geben, und die Stifte auch. Ich sorge dafür, dass es zu Nick kommt.«

Die drei jungen Mädchen durften nach vorne. Sie zitterten, kicherten, warfen sich gegenseitig Blicke zu, die ich vermisste. Rose und ich, wir hatten früher mal so kommuniziert.

»Wie heißt ihr denn?«

Sie antworteten aufgeregt. Ich prägte mir ihre Namen ein. Klick, noch ein Foto wurde von der Situation geschossen.

Jetzt erst merkte ich, dass Bailey ungeduldig an meinem Arm zog. Sie wollte unbedingt mit mir gemeinsam über den roten Teppich laufen. Also klemmte ich mir die Fotos und Shirts der Fangirls unter den Arm und lief los. Ein aufmerksamer Mitarbeiter nahm sie mir ab, gab mir aber direkt mit Zeichen und Mimik zu verstehen, dass sie bei ihm sicher aufgehoben waren, ich könnte alles später wieder abholen.

Danke, namenloser Mitarbeiter. Du bist mein Held.

So oft hatte ich mir gewünscht, im Blitzlichtgewitter zu stehen. Dass Nick sich auf demselben Event befand, war nur die Krone obendrauf. Was heute auch passierte, ich spürte, dass das unser großes Finale sein würde. Die nächsten Meter in Richtung Kino schob ich mich, mit Bailey an der Hand, als würde ich durch einen Sandsturm waten. Dabei stand mir aber niemand im Weg. Es waren nur die Fotokameras und Mikrofone und Hände, die sich uns entgegenstreckten. Nicht nach mir, sondern nach der Darstellerin vor uns. Eine klassische, glänzend blonde Hollywoodschönheit. Sie könnte Blake Livelys kleine Schwester spielen. Wenn ich mich richtig erinnerte, war Rebecca durch eine Disneyserie bekannt geworden. Alle Augen waren auf sie gerichtet. Ich war so auf Nick fixiert gewesen, später auf unsere Probleme und dann auf River, dass ich den Rest des Casts kaum kennengelernt hatte. Jetzt ärgerte ich mich darüber. Ich musste das nachholen. Aber was, wenn sie nicht mit mir reden wollten? Meine Unsicherheit wurde zum Glück von der endlosen Neugier der Öffentlichkeit übertönt, von der Geschäftigkeit auf einer der berühmtesten Straßen der Welt und davon, dass in Kürze der Film anfing.

Endlich betraten wir das Theater im chinesischen Stil, das mir noch so vertraut war und jetzt doch so anders wirkte. Hier waren endlos viele Menschen, überall schicke

Menschen in aufwändigen Kleidern. Gespräche. Fernsehteams. Assistenten, die Dinge von A nach B brachten, aber wann immer möglich außerhalb der Schusslinien blieben. Kellner, die Drinks und Snacks verteilten. Geschwollene Worte. Strahlende Gesichter. Leere Versprechungen und endlos viel Make-up. Für drei Sekunden konnte ich mit Nick sprechen und ihm die Sachen der Fans zum Unterschreiben geben. Der namenlose Mitarbeiter war mir nachgelaufen. Fühlten sich so persönliche Assistenten an? Der Stift schwang durch die Luft, dann brachte die Security die signierten Gegenstände wieder raus. Alles ging sehr schnell. Da sah ich sie, allesamt hinter der Theke. Neben Effie stand unsere frühere gemeinsame Vorgesetzte. Daneben Luiza, Kalisha, Vicky und Florian, alle in Kinomitarbeiterkleidung. Effie präsentierte sie mir stolz. Klar, das war ihr Werk, sie hatte alle reingeschmuggelt. So funktionierte das also mit der Versammlung aller wichtigen Charaktere, auch wenn das von den Gegebenheiten eigentlich nicht sein sollte. Ich strahlte sie an. Nur ein Charakter fehlte, Rose. Eine mystische Intuition sagte mir, dass das besser so war.

Ich winkte meinem persönlichen kleinen Fanclub würdevoll zu. Sie verneigten sich zum Spaß. Ein Fotograf erwischte genau diesen Moment. Das könnte als Meme irgendwo im Internet landen. Da ich noch nicht sonderlich wichtig war, interessierte sich ansonsten aber keiner mehr für mich. Das war erfrischend und gab mir die Chance, auf der Toilette zu verschwinden. Bailey lief mir hinterher. Im Vorraum der Damentoilette bot sich mir genau das Bild, das ich erwartet hatte. Wunderschöne Frauen in hohen Schuhen, zurechtliegende warme Handtücher, Hygieneartikel aller Art, Gesichter, die sich nachschminkten und puderten und spontane Freundinnen, die sich gegenseitig Pep Talks gaben. Eine

Bloggerin hockte auf einem Stoffsessel und tippte mit gestresster Miene etwas in ihr iPhone. Eine junge Darstellerin drehte förmlich durch, weil das hier die Erfüllung ihres größten Traums war. Als sie mich erblickte, verfinsterte sich allerdings ihr Ausdruck. Ich wollte fragen, warum, da war sie schon durch die schwere Tür verschwunden. Bailey machte eine ›was war das denn‹-Geste, dann war sie sofort wieder ganz Profi. Auch sie prüfte im Spiegel ihr dezentes Make-up und sie quatschte mit den erwachsenen Sternchen, als wäre sie längst eine von ihnen. Dieses Mädchen würde es noch weit bringen. Ich tat, was getan werden musste und dann konnte auch schon der Film beginnen.

Mein zugewiesener Sitzplatz befand sie genau wie auf der Hinfahrt zwischen Bailey und Frank. Meine kleine, geliebte Filmfamilie. Bei ihnen fühlte ich mich sicher. So langsam glaubte ich Frank auch, dass er nach unserem Drehtag wirklich ins Valley musste und mich nicht hätte heimfahren können. Im Flüsterton sagte ich ihm noch kurz, wir würden uns dann auf der Aftershowparty die Zeit nehmen und dann könnte er mir mehr über seinen Vorschlag erzählen. Bisher wusste ich nur, dass es sich bei dem Part um den Sidekick eines Bösewichts handelte. Das gefiel mir schon mal. Frank erwähnte irgendwas von dem Plan, mit dem sie die Welt zerstören wollten, da wurde das Licht dunkel. Die Strahler waren nur noch auf die Drehbuchautoren gerichtet, die vor dem geladenen Publikum standen und ein paar Worte über *Orion Nebula* verloren. Endlich konnte ich durchatmen, den Finger von der Schnellvorspultaste nehmen. Der Vorhang ging auf, Stimmen wurden leiser und die Vorstellung begann. Weiter vorne meinte ich, Rivers warme Stimme zu hören. Dann hörte ich das Lachen von Nick, das ich überall wiedererkennen würde. Es nahm mir etwas von meiner Nervosität. Wenn er gut drauf war, konnte das hier nicht so schlimm werden. Kate hörte ich nicht lachen.

Natürlich war ich nicht ganz objektiv. Ich meine, ich war ein Teil des Streifens. Doch: Wow. Ich liebte es. Ich war schockverliebt in dieses Drama.

Zum ersten Mal alles mit dem richtigen Licht, den Farben, den visuellen Effekten und so weiter zu sehen, war, als wüsste ich gar nichts über den Film. Alles war neu und überraschend. Trotzdem erkannte ich so vieles wieder. Die Kulissen, die wie übergroße Bauklötze in der Halle gelegen hatten – so wirkten sie also auf dem Bildschirm! Da waren all die Kostüme, die ich in der Garderobe bewundert hatte. Stimmen und Gesichter, die mir so vertraut vorkamen, waren da vorne auf dem großen Bildschirm. Das war fast lustig. Was vorher einzelne Puzzleteile waren, fügte sich zu einem großartigen Ganzen zusammen.

Insgesamt war der Film typisches Popcorn-Kino. Er verwöhnte die Zuschauer mit spektakulären Kämpfen und Effekten, großen Helden sowie mit Schurken, die zwar für die richtige Sache kämpften, aber auf die falsche Weise. Der ewige Robin-Hood-Mythos, nur jetzt eben in die Weiten des Alls verlegt. Witzig war der Film nur selten, aber wenn, dann saßen die Pointen.

Nicks Rolle stand unter der ständigen Anspannung, dass ihn jemand aus seiner Gang hintergehen würde, und so war es dann ja auch. Sein Charakter war nervös, immer wachsam und doch nicht in der Lage, alles zu kontrollieren. In der Interaktion mit seinen Opfern überspielte er jegliche Unsicherheit, er tauschte sie gegen gehässige Coolness. War er allein zu sehen, spürte man seine Verletzbarkeit.

Rivers Charakter und seine Polizeipartnerin waren die moralische Instanz, ein eingespieltes Team. Sie unterschieden sich nur darin, dass er sich fast bestechen ließ und sie nicht. Das mit Rivers Korruptheit hatte ich gar nicht gewusst, den Teil des Drehbuchs hatte ich nie mitbekommen! Ich lachte herzlich darüber. Die Polizistin wurde von der strahlenden Newcomerin aus dem Jugendprogramm gespielt. Ihr Name war Rebecca Wright. Heute Abend wollte ich all meinen Mut vom Boden aufkratzen und endlich mal mit ihr reden. Sie saß in der ersten Reihe, weit weg von mir. Jetzt aber bloß nicht zu sehr auf sie fixieren, kam mir der nächste Gedanke. Dabei hatte ich doch noch gar nichts getan, außer festzustellen, dass noch ein VIP im Film mitspielte, über den ich mich viel zu wenig informiert hatte. War das nicht sogar respektlos?

Da war sie, meine Todesszene. Ich musste beim Zusehen wieder daran denken, wie mir das Geräusch entwischt war, das der Regie gar nicht gepasst hatte. Jetzt musste ich darüber grinsen und fragte mich, wie oft so was wohl vorkam.

Das große Finale flackerte über die Leinwand. Die Piraten wurden geschnappt, ein Charakter, der nichts mehr zu verlieren hatte, opferte sich. Dorianth plante aus dem Gefängnis weiter seine Machenschaften und damit war Raum für eine Fortsetzung gegeben. Die kleine Tochter des ebenso echsenhaft aussehenden Bankdirektors wurde wieder mit diesem vereint, Franks Alien-Alter-Ego schaffte es auch. Sein Erwachen im Kreis seiner Familie war die letzte Szene und sie war wirklich rührend.

Der Abspann begann, die Musik setzte ein. Normalerweise fühlte man sich in diesem Moment immer, als würde man ein neues Leben beginnen, das die gleiche Atmosphäre besaß wie der Film. Es waren immer nur diese wenigen

Schritte durch den Kinosaal, die dunklen Stufen mit Teppichboden hinunter, bis man die Tür aufstieß und in den hell erleuchteten Flur mit den Werbeplakaten und Getränkeautomaten trat. Dann fuhr man nachhause oder rannte aufs Klo. Schon bei der Nachbesprechung über den Film wurde das Gefühl schwächer, aber es blieb noch etwas da, mindestens bis zum Einschlafen.

Heute kam dieses Gefühl nicht in mir auf. Das lag aber daran, dass ich heute nicht so tat, als ob mein Leben ab jetzt anders verlaufen würde. Ich wusste, dass es faktisch so war.

Noch auf dem Gang zwischen den Sitzen sprach mich ein netter Herr aus der Reihe vor uns darauf an, dass er mich wiedererkannt hatte im Film. Er gab mir ein Kompliment für meinen Todeskampf. Ich dankte ihm, freute mich ehrlich, wir plauderten kurz, ich hatte keine Ahnung, wer er war.

Im Flur vor dem Kinosaal krallte ich mir ein Sektglas mit Orangensaft. Ich brauchte etwas, woran ich mich festhalten konnte. Nicks Stimme war direkt hinter mir, er klang glücklich. Das war so schön. Ihm antwortete eine Frauenstimme. Ich drehte mich um, wollte mich mit ihm unterhalten, aber schon belagerte eine wichtige Person ihn und Kate. Also weiter, tu beschäftigt, Demi! Ich redete wieder mit dem Mann, der vor mir gesessen hatte. Er stellte sich als Produzent für Warner heraus. Alle meine Bewegungen, meine Worte, mein Lächeln schrien jetzt ›bald berühmte Schauspielerin‹. Ein weiteres Foto wurde gemacht, der Blitz leuchtete mir noch hell in den Augen, als ein volles Glas Rotwein in meinem Gesicht landete.

Das hatte ich nicht kommen sehen.

Bailey quiekte erschrocken.

Kate?

Ich meinte, sie durch meine rot getränkten Haare zu sehen.

Noch mehr Blitzlichter.

Nick sagte aggressiv, verzweifelt und gehaucht einfach nur: »Nein.«

Langsam klärte sich das Bild. Der Wein tropfte auf mein Kleid, was wirklich ärgerlich war.

Stille im vollen Saal. Die meisten blieben stehen.

Kate und ich standen uns jetzt gegenüber, wie in einem Western kurz vor dem Schusswechsel. Sie wollte, dass in ihrem Gesicht kalter Hass flammte, doch ich erkannte eher Angst in ihren Augen.

Nick flehte sie an: »Kannst du das nicht anders klären?«

Seine Freundin entgegnete: »Nein, kann ich nicht. Sie sollen es ruhig alle mitbekommen.«

Sie wartete extra, bis auch die letzte Kamera und das hinterste Mikrofon auf uns gerichtet waren. Die Security kam dazu, aber ihnen war gar nicht klar, wen sie rauswerfen sollten.

»Sie hat Nick, meinen Nick, den Vater meines Sohnes, vergewaltigt!«

Noch stillere Stille.

Ich stand da, unfähig zu verarbeiten, was sie sagte. Rühren konnte ich mich nicht, auch nicht ›Nein‹ sagen. Zu geschockt und verwirrt war ich über den Angriff, also ließ ich es einfach über mich ergehen. Die Sicherheitskräfte standen auch weiterhin wie eingefroren da.

»Na gut, nicht ganz«, relativierte sich Kate abschätzig. »Aber sie war drauf und dran, es zu tun. Nur im letzten Moment konnte Nick sie aus seinem Wohnwagen schmeißen.«

»Kate!«, zischte Nick laut, »Du weißt, dass es so nicht war.«

»Sei ruhig, du nimmst sie doch nur in Schutz, weil du auf sie stehst!«, lachte Kate nervös. Spätestens jetzt hörte jeder zu.

Klack, wieder ein Foto. So langsam verstand ich. Alles. Also das da eben war ja ein guter Film gewesen. Aber das hier war ganz großes Kino.

Kate genoss die Aufmerksamkeit sichtlich. »Ihr wollt die ganze Story?«, fragte sie süffisant. Sie tat so stark, doch ihre Stimme brach immer wieder. »Die könnt ihr haben. Diese junge Frau, eine unbekannte, hoffnungslose Schauspielerin, hat Nick vor unserem Haus aufgelauert. Sie ist ihm gefolgt. Nicht nur einmal. Sondern eine ganze Woche lang, glaube ich. Wahrscheinlich hat sie auch Fotos gemacht. Womöglich sogar geplant, einzubrechen.«

Was? Ich wollte den Kopf schütteln und konnte doch nicht. Kate trat weiter von mir weg, als hätte sie wirklich panische Angst vor einem Ungeheuer. Dann fuhr sie mit ihrer Abenteuergeschichte fort: »Nick hat sie natürlich zur Rede gestellt. Das hast du mir bestätigt, Schatz, also sag jetzt nichts anderes.« Nick sagte nichts. »Aber sie ist ihm am nächsten Tag in seinen Trailer gefolgt, am Filmset, hat ihn angefasst, wo er es nicht wollte, und wollte ihn nicht mehr loslassen, bis er einem Date mit ihr zugesagt hätte. Auf der Party von Nicks Kollegen River ist es wieder passiert.«

»Du übertreibst«, rief Nick. Er wollte Kate wegziehen, doch sie schlug mit ihren spitzen Fingernägeln zu. Nick zog sich zurück.

»Damit hörte es nicht auf, oh nein. Frau Shaw hier wurde wohl im beliebten Club, dem Whisky a Go Go gesichtet, wie sie sich Backstage-Zugang verschaffen wollte. Ihr Argument war, dass sie die Geliebte von Nick Morgan sei und deswegen überall Zutritt erhalten sollte. Sie hätte dafür ein gemeinsames Beweisfoto. Was für ein Käse ist das denn bitte? Wie erbärmlich ist das?«

Es kam tatsächlich etwas aus meinem Mund, nämlich: »Äh, ja, das ist totaler Käse!«

Nick und ich besaßen kein gemeinsames Foto. Die Geschichte bekam allmählich Löcher. So wie stinkender Käse das eben tat.

Aus den Augenwinkeln entdeckte ich Florian und Kalisha. Ihre Körperhaltung machte klar, dass sie bereit waren, mich notfalls mit Gewalt zu verteidigen. Doch körperlich war Kate jetzt ganz ruhig. Sie setzte sich sogar erzwungen entspannt auf einen Barhocker. Ich sah verzweifelt zu Nick, dann zu River, doch die wussten selbst nicht, was sie sagen sollten.

Unser Publikum wurde unruhig. Wildes Geplauder fing an, jemand beschwerte sich, dass wir uns wichtigmachen würden. So langsam wandte man sich von uns ab, wir wurden langweilig. Rebecca und auch Frank wirkten ernsthaft betroffen und besorgt.

Nick näherte sich mir wie einem wilden Tier, das er beruhigen wollte. »Demi«, fing er an, »ich hatte es dir versprochen: Ich habe nie jemandem was erzählt. Nicht mal Kate. Ich habe keine Ahnung, wo sie das alles herhat.«

»Ich habe da so meine Quellen«, warf Kate ein, während sie sich ein neues Weinglas nahm. »die gleichen wie die Filmfirma. Schlimm genug, dass *du* nicht mit mir darüber redest.« Damit meinte sie Nick. Das Gequassel um uns herum wurde noch lauter. Kate erhob ihre Stimme, um die Aufmerksamkeit zurückzugewinnen.

»Timothy?«, rief ich aus einer spontanen Eingebung in die Runde.

Erst regte sich nichts. Dann trat der ehemalige Praktikant, inzwischen Junior-Angestellte, nach vorne. Er sah verunsichert aus. Was habe ich damit zu tun, fragte er sich sicher.

»Du hast mir doch die Verwarnung geschickt. Von wem hattet ihr die Info, dass etwas passiert war? Und was hat man dir gesagt? Passt das zu dem, was Kate sagt?«

Jetzt traten auch die Produzenten nach vorne. Sie unterbrachen Timothy, noch bevor er reden konnte: »Lass gut sein, Jones. Damit musst du dich nicht belasten.« An mich gewandt sagte einer von ihnen: »Timothy erhielt eine anonyme E-Mail. Darin wurde uns von Belästigung berichtet und dass Sie Herrn Morgans Grundstück unerlaubterweise betreten hätten. Außerdem die Geschichte mit dem alten Rockerclub. Von Vergewaltigung oder einem Einbruch war allerdings nicht die Rede.«

Kate schnaubte wütend. Ich meinte, ein leises, giftiges »oh doch« aus ihrem Mund zu hören. Der Produzent sprach weiter: »Wir hatten Herrn Morgan natürlich dazu befragt. Er beschuldigte Sie nicht, jedoch war er sehr ausweichend und wirkte verunsichert. Wir schlossen daraus, dass an der Sache etwas dran war. Wir mussten Sie verwarnen, denn solches Verhalten ist inakzeptabel. Wenn wir aber jeden irren Fan oder Darsteller vor Gericht schleifen würden, kämen wir nicht mehr zum Filme drehen. Woher sie ihre weiteren Informationen hat, wissen wir nicht.« Der Produzent schaute bei seinem letzten Satz auf Kate.

Ich sah Nick an. Es schien, als wollte er sich per Telepathie entschuldigen. Dabei hatte er gar nichts getan. Kate versuchte weiterhin, mich in den Boden zu starren oder mit ihrem Blick in Flammen aufgehen zu lassen.

»Woher kam dann die Info?«, fragte ich den Produzenten.

Die Aufmerksamkeit lag wieder auf uns. Ich fürchtete, dass wir morgen die News des Tages sein würden. Aber hauptsächlich wegen Kates Ausraster und dem Rotwein auf meinem Kleid.

Der Vertreter von Golden Mind Productions sah mir eindringlich in die Augen: »Es war eine besorgte Freundin von Ihnen. Sie sagte, Sie würden sich sehr nahestehen. Und dass man Sie vor sich selbst retten müsste, oder so etwas. Wir waren uns da erst auch nicht sicher. Es klang kurios. Aber wie gesagt, Herr Morgans nervöses Verhalten, sobald Ihr Name fiel, hat uns den Verdacht bestätigt. Unsere Informantin sagte auch, sie wollte Ihnen einen Therapieplatz besorgen. Das Showgeschäft würde Ihnen nicht guttun.«

Eine besorgte – oh.

Niemand hatte zu dem Zeitpunkt des Verrats gewusst, dass ich überhaupt im Whisky gewesen war. Außer Florian und eine weitere Person.

Es war so offensichtlich. Sie hatte es sogar selbst angedeutet, ihr eigenes Foreshadowing betrieben, welches ich für einen lahmen Witz und überheblichen Vergleich gehalten hatte. Irgendwie war es auch wie bei *Glass Onion*. Scheinbar intelligent, aber im Kern doch nur dumm. Sie hatte die Handlung von *Do Revenge* nicht richtig nachinszenieren können. Ich musste ihr allerdings dafür Anerkennung zukommen lassen, dass sie scheinbar einen Kontaktweg direkt zu Kate gefunden hatte. Denn ihre Mailadresse hatte ich nicht auf meinem Handy.

Der Produzent fragte: »Wissen Sie, wer das sein könnte? Wer könnte sich solch große Sorgen um Sie machen?«

Kalisha sprach es aus, doch so leise, dass nur ich es wahrnahm.

Was dann passierte, war trotz allem Irrsinn der letzten Monate das Filmreifste, was mir je passiert war. Die Schurkin meiner Geschichte hatte selbst ihren großen, finalen, perfekt getimten Auftritt geplant. Sie wollte ein Teil hiervon sein, genau wie ich. Sie war mein Spiegelbild.

Die Eingangstür des Kinos wurde aufgerissen. Jemand kam aufgelöst hereingerannt. Ein Jammern war zu hören, und wütende Schreie: »Mörderin! Tierschänderin!«

Dann lief eine Frau, umgeben von Sicherheitsleuten, zwei Reportern, einem Fotografen und anderen Hilfskräften, zurück ins Kino. Ihr ehemals cremefarbenes Kleid war blutrot. Auch sie war eine Nebendarstellerin von *Orion Nebula*, ich erkannte sie wieder. Die Frau schrie. Das war kein Wein, kein Kunstblut, auch kein Ketchup. Das war echtes Blut. Ein Mann kippte um. Aus irgendeiner Ecke kamen Sanitäter. Sie wurden vom wilden Gefuchtel der Frau vertrieben. »Ich bin nicht verletzt!«, rief sie, als müsste sie sich verteidigen. Die Stimmung im Raum eskalierte nun schnell.

Sofort war die Aufmerksamkeit weg von mir, Kate und Nick. Eine Hälfte der Gäste folgte der blutüberströmten Dame, die andere Hälfte eilte nach draußen. Ich rannte mit zur Eingangstür. Unter dem kunstvollen Torbogen des TCL blieb ich stehen. Rotweinreste klebten weiterhin in meinem Gesicht und auf dem Sternenkleid. Schaulustige versammelten sich bereits auf der Touristenfallenallee, wie ich sie liebevoll nannte. Autos hupten. Sogar die Tänzer und Entertainer vom Platz nebenan versammelten sich vor uns. Mir gegenüber, etwa zwanzig Meter entfernt, stand jetzt Rose. Sie wurde von zwei Bodyguards festgehalten. Schon sah ich das Blaulicht der Polizei von der Seite kommen. Rose sah aus, als wollte sie jemanden umbringen. In ihrer Hand war ein Behältnis, aus dem dunkles Blut tropfte. Sie selbst hatte auch ein paar Spritzer abbekommen. Jede Kostüm- und Set-Designerin hätte einen Anfall bekommen. Entweder positiv oder negativ.

»Schlampe!«, rief Rose nur und ich war nicht sicher, wen von uns sie jetzt meinte.

»Es ist nur Schweineblut!«, hörte ich Keuchen von hinten. Pures Chaos um uns herum. Es war richtig apokalyptisch. Die Journalisten bekamen alles mit und jeder wollte in der ersten Reihe stehen. Hier würde es auch nicht mehr helfen, einen Elefanten durch die Lobby zu führen, um vom Geschehen abzulenken.

»Ich glaub das jetzt nicht«, sagte ich lachend zu dem jungen Journalisten von vorhin, der wieder neben mir aufgetaucht war. »Willst du deine Headline?«

Er sah mich an, als wolle er sagen: »Als ob ich die noch nicht hätte!«

»Nein«, meinte ich, »eine bessere.« Von jetzt auf gleich war ich tiefenentspannt. »Die Frau, die da gerade blutgetränkt von der Polizei abgeführt wird. Das ist auch die vermeintliche gute Freundin, die mich verpfiffen hat. Schreibt das bitte in alle Meldungen und lasst gerne die Beamten danach fragen. Ich wette, sie ist so überzeugt von ihrer Aktion, dass sie alles gestehen wird.«

»Ist sie eine Aktivistin?«, fragte der Redakteur.

»Oh ja, und was für eine.«

Der Journalist überlegte laut: »Dann habe ich vielleicht auch schon ein Tatmotiv für das Schweineblut. Frau Hill, die bedauerlicherweise das Opfer dieser Attacke wurde, hat kürzlich in einem Werbespot mitgespielt. Und zwar ging es um einen Burger.«

Mehr zu mir selbst als zu ihm sagte ich: » … der nicht vegetarisch war. Sie hat Werbung für Fleisch gemacht.«

Ich schüttelte lachend den Kopf. Sie könnte sich, statt mit Blut um sich zu werfen, ja mal dem Autorenstreik anschließen oder dem aktuellen Pride-Monat. Wie wählte diese Frau nur ihre sozialen Themen aus?

Erst jetzt bemerkte ich, dass River schräg hinter mir stand. Er hatte alles gehört. Ganz nach seiner Art rief er über den tosenden Lärm hinweg: »Alle mal herhören! Demetria Shaw gibt eine Pressemitteilung.«

Der junge Redakteur hasste diese Aktion. Er wollte seine Exklusivstory. Aber was sollte er tun? Das hier war zu groß. Frau Hill war immerhin die Tochter einer bekannten Unternehmerin …

Man könnte nun meinen, dass all das hier viel zu unrealistisch wäre, weil jeder eine viel zu große Show machte. Dazu muss ich nochmal betonen: Wir befanden uns im Herzen Hollywoods auf einer Filmpremiere. Jeder hier wollte Drama und jeder wollte alle Blicke auf sich ziehen. Wir waren die tragischen Helden unseres eigenen Plots geworden. Sogar Kate gehörte dazu, sie hatte die maßlos übertreibende Femme Fatale mit Bravour dargestellt. Rose war auch eine ›von uns‹, selbst wenn sie es nie zugeben würde.

So kam es, dass ich mich förmlich und durchdacht vor allen entschuldigen konnte. Die Ironie war, dass sich niemand für mich als Schurkin interessiert hätte, wenn Kate nicht ihren Ausraster gehabt hätte. Letztlich hatte sie mir meine 15 Minuten Fame verpasst. Ich erklärte in zehn Kameras hinein, was passiert war. Dass ich mit Nick Freundschaft geschlossen und meinen Besuch daher nicht als bedrohlich wahrgenommen hatte. Das Missverständnis und meine Aufdringlichkeit täten mir leid. Ich hätte jetzt verstanden, dass ich zu weit gegangen war, doch ich hatte Nick nie vergewaltigt oder bestohlen. Alle könnten sich beruhigen, von mir ginge keine Gefahr aus.

Rückfragen wurden mir entgegengeschleudert. Ich ging nicht darauf ein, bis ich alles, was aus meiner Sicht wichtig war, erzählt hatte. Dann schlug ich die Brücke zum Vorfall mit dem Schweineblut. Die Aktion hatte nichts mit mir direkt zu tun. Jedenfalls nicht, dass ich davon wüsste. Ich denke jedoch, Rose wollte einfach nur ihren großen Auftritt, womöglich für ihre Social-Media-Kanäle. Letztlich war sie nur eine scheinheilige Dramaqueen. An dieser Stelle lachte mein Publikum sogar.

Nick trat während meiner Erzählungen neben mich. Er legte seinen Arm um meine Schulter, wir verdeutlichten damit unsere angstfreie Nähe. In Kates Gesicht regte sich einiges, doch sagen tat sie nichts. Da ahnte ich, dass noch mehr im Busch war.

Auch River kam zu mir. Er stand mir einfach symbolisch bei, lächelte und raunte mir kaum hörbar sarkastisch zu: »Ich freue mich schon drauf, wenn ich das erste Mal gecancelt werde. Ich frage mich, was ich verbocken darf.«

Effie und Kalisha konnten endlich auf mich zu rennen, als ich die improvisierte Bühne verließ. Luiza, Florian und Vicky blieben lieber im Hintergrund. Sie wussten auch alle nicht, ob sie lachen oder heulen sollten. Kalisha rieb sich schließlich die Hände und meinte: »Schade, dass Rose so schnell wegmusste. Ich hätte ihr gerne noch einen Fluch hinterhergejagt, der ihr Selbstbild in alle Ewigkeiten zerstört. Vielleicht besser so, dass ich es nicht mehr tun konnte.«

Effie sagte etwas von: »Demi, du hättest nie zu diesem Casting gehen sollen.«

»Ich hätte nie im selben Dorf wie Rose geboren werden dürfen!«

Darüber lachte Effie sich beinahe kaputt, vor Aufregung und weil es einfach so herrlich absurd war.

Ich konnte nicht anders, ich musste mit ihr lachen.

Nick lachte nicht, doch aus seinem ganzen Körper vibrierte Befreiung. Kate kam auf ihn zu. Sie wolle nachhause gehen. Jetzt! Ihr stand der Schweiß auf der Stirn.

Er kommentierte nur kalt: »Dann geh doch nachhause.« Dafür drehte er sich nicht mal zu ihr um. Stattdessen fragte er River, ob er später bei ihm übernachten könne. Oha, das war eine Abfuhr der besonderen Güte. Parallel dazu wurde Rose gerade aufs Polizeirevier gebracht. Das bekamen wir nicht mal mehr mit.

Als die Aufregung sich endlich gelegt hatte, war Party angesagt. Immerhin gab es noch die Premiere eines grandiosen Films zu feiern.

Nick räusperte sich, bevor wir aufbrechen wollten.

Was ist los?, fragte mein Blick.

Noch nicht, antwortete der von Nick. Jetzt war nicht der Augenblick, aber ich durfte mich noch auf etwas gefasst machen.

Wir feierten noch. Und wie wir das taten. Eine edle Flasche nach der anderen wurde aufgemacht. Korken flogen durch die Luft. Rotwein landete auf dem Boden. Die Musik kam von einem DJ, der auch schon auf dem Burning Man Festival aufgetreten war. Etwas, das eindeutig noch auf meiner Bucket List stand. Am liebsten würde ich zusammen mit Kalisha in die postapokalyptisch-utopisch-kunstvolle Wüstenstadt fahren … oder vielleicht sogar mit Nick? Während mir mein Energydrink die Finger verklebte, malte ich mir meine Zukunft warm, hell und instagrammable aus. Mein Leben bewegte sich einen weiteren Schritt in diese Richtung, als ich mit Rebecca sprach. Gut, wir wechselten nur fünf Sätze über unsere liebsten Nintendo-Charaktere, doch das reichte schon. Mein neuer Favorit war nach dem Mario-Film natürlich Lumalee, ihrer war Prinzessin Zelda. Nach diesem erhellenden Gespräch konnte mir Frank endlich mehr über den Film erzählen, für den noch Darsteller gesucht wurden. Der Hauptbösewicht darin sollte ein Dämon sein und seine Handlanger waren Hexen. Frank hatte mich dafür empfohlen. Ich umarmte ihn aus Dankbarkeit, allein schon für die Chance auf ein Vorsprechen.

Irgendwann saß ich tatsächlich auf Nicks Schoß. Er bestellte uns was zu trinken. Wie in meinen Vorstellungen. Zugegeben, ich hatte mich absichtlich auf sein Bein gesetzt, um die Szene aus meinem Kopf nachzustellen. Aber genau dafür würde Kalisha mir gratulieren, wenn sie davon wüsste. Sie saß neben mir, bei River und zwei weiteren seiner Freunde. Die anderen aus unserer Gang waren am Hollywood Boulevard geblieben.

Mit etwas zu viel Erleichterung im Blut fand Nick es superlustig, dem Table Service bei der Arbeit zu helfen. Übermotiviert schubste er mich von seinem Schoß. Dann lief er von Tisch zu Tisch und empfahl Getränke, von denen er keine Ahnung hatte. Auch mit dem Korkenzieher mühte er sich ab. Er lachte erst über sich selbst, dann schien es ihm peinlicher zu werden. Eine Profiflaschenöffnerin eilte ihm zur Rettung in der Not. Das Trinkgeld, das ihm daraufhin mit viel Theatralik zugesteckt wurde, brachte er brav zur Theke. Ich drückte ihm für seine Anständigkeit einen Kuss auf die Backe.

Eine weitere Stunde verging in guter Stimmung. Irgendwann war meine soziale Batterie am Limit. Ich tänzelte zum Rhythmus der Musik, oder jedenfalls passte es in meiner Wahrnehmung zusammen, auf einen weitläufigen Balkon.

Die Luft hier draußen fühlte sich leicht an. Dunkle Hochhäuser umgaben mich. Unten, so weit weg, hausten die Armen der Stadt. Skid Row war nicht weit. Hier oben floss der Champagner. Wie war ich hier gelandet? Eigentlich gehörte ich doch nach dort unten, denn bald würde meine letzte Gage aufgebraucht sein. Ich war Schrödingers Rich Bitch. Inmitten der High Society und doch kein Teil davon. Was sich jedoch in jedem Moment ändern könnte, und ich traute mich zugleich nicht, dieser Wahrheit ins Gesicht zu blicken. Es wäre zu viel gehofft, größenwahnsinnig, verrückt. Doch es war schon so viel Absurdes passiert im letzten Jahr, dass ein weiterer unwahrscheinlicher Zufall den Braten auch nicht mehr fett machen würde. Ich als Sidekick eines Bösewichts, für den unter anderem ein Darsteller aus *Game of Thrones* im Gespräch war! Leider durfte ich dazu noch keine Details nennen, am besten nicht mal denken. Sowieso stand wegen der hitzigen Verhandlungen zwischen Schreibern, Darstellern und den Studios die Zukunft der Branche in den Sternen. Aber es bestand eine Chance für Schrödingers Rich Bitch und heute wollte keiner über die Streiks nachdenken, ich schon gar nicht. Also wagte ich es und schaute in die Pappkiste, die links neben mir stand. Erst öffnete ich den einen Deckel, dann den anderen. Oh, ganz viele Gläser, bedeckt von Servietten, alle unversehrt. Wer hätte das gedacht, auf dem Balkon einer Bar?

Hinter mir waren Schritte zu hören, begleitet von einem entspannten, langen Durchatmen. Ich erkannte diesen Atem. War das jetzt auch eine gruselige Fähigkeit von mir? Oder war es romantisch? Im Zweifelsfall kam es darauf an, ob ich Milliardär war oder hässlicher Freak aus der Gasse. Man weiß ja inzwischen, *Fifty Shades of Grey* wäre ein Thriller, wenn der Typ weder reich noch gutaussehend wäre. Ich driftete schon wieder gedanklich ab. Die frische Luft und das Rauschen der Straßen holten mich nur langsam wieder zurück in die geradlinig verlaufende, klare Realität. Außerdem hielt ich ein Glas Wasser in der Hand, stellte ich gerade wieder fest. Davon trank ich einen Schluck.

Die Schritte und der Atem gehörten zu Nick. Er sagte nichts, rief mir auch keinen lockeren Spruch zu. Er kam einfach nur zu mir, langsam und nachdenklich, stellte sich neben mich und sah mit mir über die Brüstung nach unten in die Straßen. In einem Hinterhof türmte sich der Müll.

»Wenn ich morgen, oder vielleicht auch erst übermorgen, wieder nach Hause komme, werde ich mit ihr reden. In Ruhe. Es geht nicht mehr.«

Ein Lächeln schlich sich auf mein Gesicht, ich sagte aber nichts. Sah nur auf die Stadt hinaus. Warmer, stickiger Wind, der nach japanischem Essen roch, wehte mir vor dem Gesicht herum. In der Ferne sah ich den meistgefilmten Kanal der Welt.

»Wir waren am Anfang so verliebt.« Nick seufzte vor sich hin und versank in träumerischer Erinnerung. Ich reagierte nicht, sah ihn auch nicht an. Deutete er das als Abweisung? Denn er warf sofort hinterher: »Aber so ist es schon lange nicht mehr!«

Es war doch immer so, dachte ich. Am Anfang gab es immer gute Gründe, warum man mit jemandem zusammenkam. Nick hatte nichts falsch gemacht. Man konnte überhaupt erst mit der Zeit lernen, dass es doch nicht passte, oder wie dieser Mensch wirklich war.

»Was hat sich denn verändert?«, wollte ich wissen, bewusst freundlich. Ich musste mich dafür nicht einmal bemühen, denn selbst in meinem tiefsten Inneren war alles ruhig.

Alle Knoten hatten sich heute gelöst.

Nick lehnte sich nach vorne auf die Brüstung. Er wollte gerade anfangen, die große Liebesgeschichte zu erzählen, als er verwundert den Kopf zurückzog. Da unten, am Fuß des Hochhauses, befand sich ein Pool und darin schwammen auf den ersten Blick eine Nonne und ein Priester in voller Montur. Ihre Roben wehten im Wasser hinter ihnen her. Auf den zweiten Blick waren ihre Körper aber fast nackt. Die Frau trug nur den schwarzen Schleier auf dem Kopf sowie einen Bikini und der Mann eine Art Bischofsmütze und ein geistlich anmutendes Gewand plus Badehose. Jetzt kam ein lachendes Teufelchen in rotem Samt und Glitzer dazu gesprungen. Eine Mottoparty? »Na los, dann erzähl mal deine Beziehungsgeschichte!«, sagte ich lachend. Nick schüttelte den Kopf über die Leute da unten und zugleich dachte er wohl darüber nach, dass er solche Charaktere manchmal gerne in Filmen spielte. So schüchtern er im echten Leben sein konnte, für die Kunst mochte er es exzentrisch.

»Naja«, begann er, »damals zuhause kam sie mir so herrlich normal vor und gleichzeitig hatte sie diese Eleganz. Sie hatte eigentlich schon Hollywood Glamour, bevor sie hierhergezogen ist, aber ohne die ganze Kaputtheit. Du müsstest sie tanzen sehen und singen hören! Sie hat echt Talent. Vor allem kannte sie meine Filme nicht. Das ist ein Klischee, aber ich fand das schön. Sie mochte *mich*, nicht den Filmstar.«

»Aber sie wusste schon bei eurem Kennenlernen, dass du für deine nächste Rolle tanzen lernst, oder?«

Er nickte. »Ja, das wusste sie. Für sie machte es aber, so schien es, keinen Unterschied.«

»Glaubst du, sie wollte eigentlich doch Geld und Ruhm und hat dir nur was vorgespielt?« Ich dachte nicht darüber nach, ob ihn diese Frage verletzen würde. Sie schwebte ohnehin im leeren Raum zwischen uns.

Zu meiner Überraschung verneinte Nick. »Kein bisschen. Sie wollte ja nie in die Öffentlichkeit. Sie hat sogar abgelehnt, damals als Tänzerin mit mir vor der Kamera zu stehen. Besonders viel Geld für Shopping und so was wollte sie auch nie. Klar hat sie sich die ein oder andere gute Handtasche gekauft, aber alles voll im Rahmen. Sie hat auch bis zur Schwangerschaft noch weitergearbeitet. Also, das kann es eigentlich nicht gewesen sein. Ich verstehe es selbst nicht ganz. Ich weiß nur, dass sie sich irgendwann beschwert hat, wie langweilig ich wäre, wie ängstlich, wie unspontan, übervorsichtig. Sie bräuchte jemandem mit mehr Feuer, das hat sie immer gesagt. Ich glaube, sie kann einfach nicht erwachsen werden.«

Die Nonne unten stieg aus dem Wasser und zog erst mal eine Line. Es war selbst von hier oben klar ersichtlich, sie versuchte nicht mal, es zu verbergen.

Nick stammelte vor sich hin: »Ich habe einen Verdacht. Wegen Kate. Aber erst will ich mit ihr darüber reden, bevor ich dir etwas erzähle. Erst recht nicht hier und heute. Ich hoffe, du verstehst das.«

Ich gab ihm mein Wort. Ich würde alles tun, damit er mir endlich vertraute und ich wollte mir dieses Vertrauen auch ehrlich verdienen. Keine Spionage mehr. Nur noch echte, aufrichtige Freundschaft. Und Erwachsenensein. Kurz erwischte ich mich dabei, wie ich über die Designertaschen nachdachte. Eine von Roberto Cavalli wäre schon nice. Ich schubste diesen Gedanken über die Brüstung.

»Wie läuft es bei dir eigentlich in der Liebe? Datest du wen?«, wollte Nick wissen. Ich lachte kurz und mit etwas Sarkasmus. Nein. Ich datete nicht. Ich träumte immer nur. »Nein«, sagte ich, »seit einer kurzen Geschichte im College war bei mir nicht mehr viel los mit der Liebe.«

Nicks Antwort lautete: »Dann geht es dir ja wie River« und ich fragte mich instinktiv, ob er Bescheid wusste über unseren besonderen Abend.

Der Priester unten machte Gesten, als würde er einen anderen Mottopartygast segnen. Der war aber nicht zu sehen, weil wir auf unserem Balkon direkt über ihm standen. Nick und ich berührten uns nun leicht an den Armen. Mehr geschah nicht, doch ich gehe davon aus, jeder kennt *dieses* Gefühl. Er nahm einen Schluck von seiner Cola mit Eis und vertraute mir scheinbar sehr. Denn als nächstes erzählte er mir von älteren Frauen, die ihn schon als Jugendlichen attraktiv gefunden hätten. Über das Thema Collegeliebe kamen wir darauf. Er hätte als gerade Sechzehnjähriger bereits Fanbriefe von über vierzigjährigen Damen erhalten, die nur darauf warteten, dass er endlich volljährig wird. Die unmoralischen Angebote hatten ihm Selbstbewusstsein gegeben, ihn aber auch gegruselt. Ständig sah er sich damals auf der Straße um, voller Angst, dass gleich eine kam, sich als seine Mutter ausgeben und ihn mitschleifen würde. Mir wurde ein wenig übel bei dem Gedanken. Obwohl ich das Gefühl selbst kannte, doch das schien so lange her. Inzwischen wurde ich von Männern auf der Straße eher ignoriert. Auch eine merkwürdige Erkenntnis.

»Wenn du willst«, bot ich an, »kannst du mir mehr über deine Erfahrungen erzählen. Es interessiert mich wirklich. Aber nur das, was du offen teilen willst. Und keine Sorge, ich gehe damit nicht an die Presse.«

Nick lächelte mich an. Dann sah er auf sein Glas. Es war leer. Er wollte sich ein neues holen. »Willst du auch noch was, Demi?«, fragte er. Ich war schon wieder in die Partygesellschaft weiter unten vertieft, die jetzt ›Bloody Mary‹ laufen ließ. Das Teufelchen ließ es sich nicht nehmen, dazu den *Wednesday*-Tanz aufzuführen. Sie wirkte eigentlich zu alt, um die Serie gesehen zu haben. Gerade drehte ich mich um, als Rebecca zu uns nach draußen kam. Sie war noch gar nicht richtig aus der Tür herausgetreten, da zündete sie sich eine Zigarette an. »Bitte verratet mich nicht«, scherzte sie, als wir an ihr vorbeitraten. »Es muss keiner wissen, dass der alte Kinderstar raucht.«

Nick antwortete ihr: »Leider sind das die, die wohl am ehesten ein Laster entwickeln.«

»Ach stimmt ja, du bist ja auch einer von uns.«

Von unten kam ein zeitlich gut passendes, betrunkenes »Amen«.

Während Nick sich Nachschub von der Bar holte, und mir eine nette Überraschung mitbringen wollte, schrieb ich zum ersten Mal seit langer Zeit meiner Mutter eine Nachricht. Sie kannte Rose noch von früher. Also erzählte ich ihr in Kurzform die Geschichte, die sich vorhin ereignet hatte. Vielleicht konnte ich mich jetzt endlich wieder in Michigan blicken lassen. Jetzt, wo ich interessante Engagements gefunden hatte und mir nicht mehr die Vorwürfe meiner Eltern anhören musste, wie illusionär ich doch war …

Meine Mutter tippte bereits. Sie war noch wach? Bei ihr war es doch noch später als hier. Ich konnte nicht mehr sehen, was sie antwortete, denn gerade als Nick zurückkam und mir einen abenteuerlichen Cocktail in die Hand drückte, regnete mit einem lauten Knall Konfetti auf uns herab. River hielt die Kanone in der Hand. Die goldenen Schnipsel fielen in Nicks edlen Whiskey und blieben mir auf den Haaren hängen. Dann schallte ein Geburtstagslied aus den Boxen. Mein erster Gedanke war gewesen: Schon wieder so ein filmreifer Moment. Denn der Blick, den Nick mir im Moment der Getränkeübergabe zugeworfen hatte, war das Tiefste und Vielsagendste, was ich seit langer Zeit erlebt hatte. Als das Lied anfing, realisierte ich allerdings, dass es gar nicht um uns ging. Sondern einer der Kellner hier hatte Geburtstag, es war jetzt Punkt Mitternacht und natürlich hatte River sich den Spaß nicht nehmen lassen, eine Konfettikanone abzufeuern. Es ging nicht um mich oder uns und doch passte es wieder einmal so schön, als der Glitzer zwischen uns zu Boden wirbelte und alle in Jubel und Gesang ausbrachen, und irgendwer schrie aus voller Kehle: »Freibier!!«

Um kurz nach drei standen Kalisha und ich vor ihrer Wohnung. Betrunken stolz zeigte sie mir noch ihr Auto, das sie neuerdings besaß. Hübsch, dachte ich, nur sehe ich im Dunkeln nicht viel. Zeig es mir morgen nochmal.

Wir nüchterten gemeinsam in ihrer Badewanne aus und redeten bis in die Morgenstunden hinein über alles, was passiert war. Erst jetzt sah ich die Sprachnachricht von Meredith.

»Rose hat mir schon vor Wochen etwas erzählt«, stammelte unsere Agentin vor sich hin, »genau wie Gabriel damals. Sie hat mir gestern gesagt, dass du alles verdienst, was sie getan hat. Irgendwas von einem Schauspieler, den du belästigt hättest? Sie hat es eurem Arbeitgeber erzählt. Weißt du, wovon sie redet?«

Arme Meredith. Immer zwischen den Fronten. Ich schickte ihr einen Kussmund zurück und sagte nur: »Alles gut. Danke für deine Ehrlichkeit! Hat sich inzwischen alles aufgeklärt. Wenn du willst, kannst du übrigens mal bei uns vorbeikommen. Würde mich freuen, dich wiederzusehen, aber bring bloß nicht Rose mit. Ach, nein, warte, die verschimmelt gerade auf dem Polizeirevier.«

Ich machte bestimmt sieben Tippfehler, die ich in meinem jetzigen Zustand nicht sah.

Zwei oder drei Stunden Schlaf fanden Kalisha und ich dann doch noch. Bis wir uns wieder aus dem Bett rollten und meine beste Freundin vorschlug, eine Spritztour mit ihrem neuen Wagen zu machen. Eigentlich fand ich sinnlosen Spritverbrauch ja nicht so gut, aber wenn, dann würde ich das heute tun. »Wir können ja in den Bergen ein bisschen Spazieren gehen«, schlug Kalisha vor, während sie ihre Sonnenbrille aufsetzte, »dann ist es nicht ganz für die Katz.«

Apropos Katze. Phobos und Deimos forderten hungrig ihr Frühstück ein. Deimos schnurrte mir um die Beine herum.

Wir fuhren in die Hills und bis zum Universal City Overlook. Meine Google Alerts über Nick Morgan waren wieder eingeschaltet und sie drehten durch. Kalisha und ich saßen auf einer Holzbank, schauten ins Valley hinab und ich las ihr vor, welche Bombe Nick hatte platzen lassen:

Camilo war nicht sein Kind.

Da stand, er hatte schon den Verdacht gehegt, als er und Kate in der Zeit, als die Schwangerschaft entstanden war, sich nicht wirklich körperlich nahe gewesen waren. Doch von jetzt auf gleich wollte sie es immer wieder.

Ich ließ einen Pfiff der Bewunderung aus, dass er so offen über sein Sexleben mit den Medien sprach.

Jedenfalls hatte das schon einen Verdacht bei ihm getriggert. Nun sah das Kind ihm kein bisschen ähnlich und Kate hätte weitere verdächtige Verhaltensweisen gezeigt. Sie war es gewesen, die nie in der Öffentlichkeit mit ihm gesehen werden wollte. Dabei hätte er es halb so wild gefunden, vielleicht sogar schön. Ein Vaterschaftstest hatte seinen Verdacht letztlich belegt. Camilo war das Kind eines anderen. Vielleicht würde er herausfinden, wer es war, vielleicht auch nicht. Jedenfalls würde er sich von Kate trennen. Oh, und er freute sich, bald einen echten Dad in einem Kinderfilm zu spielen.

Ich staunte nicht schlecht. Kalisha ebenso wenig. Wir hielten unseren Iced Coffee in der Hand. Er kühlte uns ab, während der Junimorgen allmählich heißer wurde. Ein Wagen hielt hinter uns an. Eine ganze Truppe Touristen stieg aus. Sie bewunderten die Aussicht und machten ihre obligatorischen Fotos. Da drehte sich einer von ihnen zu mir. Er fragte: »Ich glaube, ich habe dich heute Morgen auf meinem Facebook-Feed gesehen. Warst du die in den Nachrichten? Wegen dieser Filmpremiere?«

Ich nickte. »Ja, die bin ich.« Höchst professionell unterdrückte ich meine überschäumende Freude.

Der Tourist wollte wissen: »Dürfen wir ein Foto mit dir machen?«

»Aber klar doch.«

Kalisha kam bereits herangesprungen. Kaum war das Foto geschossen und die Touristen verschwunden, drehten wir gemeinsam durch. Sie prostete mir anerkennend und kein bisschen neidisch mit dem Kaffeebecher zu. Ich setzte mich wieder hin, dieses Mal auf den Tisch, um weiter die Aussicht zu genießen. Wir schauten auf Hogwarts hinab, oder in die Ferne, bis zu den nächsten Bergen. Da vibrierte wieder einmal mein Handy. Wieder stand dort Nicks Name. Aber diesmal kam die Nachricht nicht von Google, sondern von ihm selbst.

Es war eine Einladung zu ihm nachhause.

Ende

DANKSAGUNG

Zuerst war ich mir nicht sicher, ob ich überhaupt eine Danksagung schreiben möchte. Es fühlt sich noch etwas merkwürdig an. Dann dachte ich, die Stars bei der Oscar-Verleihung müssen auch immer ein paar Worte sagen, und was wäre eine bessere Übung als das hier?

Also sage ich danke schön! Dafür, dass du als Leser*in Demi und all die anderen bis hierhin begleitet hast. Als Autorin bin ich einfach glücklich über jede gelesene Seite. Danke, dass du diesem Buch eine Chance gegeben hast.

Nun zu den Menschen, die am Entstehungsprozess beteiligt waren:

Danke zunächst an Julia »Belle« Schulz und an Stephanie K. Foster, weil ihr mein Manuskript mit so viel Sorgfalt durchgelesen habt. Vor euch war kein Denk- oder Grammatikfehler sicher. Danke auch an Emelie Cinzento für dein wundervolles Feedback genau zur rechten Zeit.

Das grandiose Cover stammt von der lieben Florin von 100Covers4you. Dir danke ich vor allem dafür, dass du so flexibel warst und dein Premade für mich angepasst hast. Ich liebe das Ergebnis!

Danke auch an Mel Gurenko, die sich um den Buchsatz und die innere Gestaltung kümmern wird, sobald ich diese Zeilen fertig verfasst habe.

Vielen Dank an alle, die das Projekt vorab über startnext unterstützt haben. Ihr werdet auf dem Walk of Fame noch einmal gesondert genannt, so wie es versprochen war. Ich freue mich sehr, dass ihr an mich und mein Projekt geglaubt habt.

Ein wichtiger Dank gilt auch dem Unperfekthaus in Essen. Ich war zwar noch nicht allzu oft dort, doch wenn ich da bin, ist es immer inspirierend und motivierend. Bei dieser Gelegenheit möchte ich mich auch bei der Schriftstellerei für die Organisation der offenen Lesebühne bedanken. Dort konnte ich zum ersten Mal live vor Publikum aus *Golden State of Mind* lesen.

Wichtig für die Entstehung dieses Buchs waren auch alle Gastgeber*innen, Tour Guides und sonstigen flüchtigen Begegnungen während meiner Reise nach Los Angeles. Es war eine ganz besondere Mischung aus Urlaub, Workation und Rechercheреise. Ich hoffe, dass ich mit meinen Erfahrungen und Erinnerungen die Stadt zum Leben erwecken konnte.

Danke an alle Musen, die mich zu dieser Story inspiriert haben und Danke an all die YouTuber, durch die ich noch mehr über Beverly Hills, Hollywood und Co. erfahren konnte.

Und an meine »drei Kater« zuhause, die mir im unsicheren Leben als Autorin und Texterin die nötige Sicherheit, Ruhe und Routine geben. Ihr seid die Stars in meinem Leben.

WALK OF FAME

Die folgenden Unterstützer*innen haben sich ihren Stern auf dem legendären Walk of Fame verdient, denn sie haben *Golden State of Mind* mit ihrer Teilnahme am Crowdfunding möglich gemacht:

Elke

Belle

MausiLu

Andy Schalm

Sarah Rubal

Florian Eichhorn

Sarah

Emelie Cinzento

Tala Luna

martyria. books

Andi Kaluza

Désirée Blank

Nadeshda Tyrell

Becky

Heike Stalinski

ÜBER DIE AUTORIN

Sophie Mauve ist hauptberuflich freie Texterin und Ghostwriterin. Unter diesem Pseudonym schreibt sie Fantasy-, Romance- und Young-Adult-Geschichten.

Noch vor dem Schreiben waren die Musik und das Theater ihre erste große Liebe – was sich auch in ihren Romanen widerspiegelt. Sie singt im Musicalchor, geht gerne auf Konzerte und Festivals oder schaut sich andere Shows auf der Bühne an. Seit den Lockdowns ist Sophie Mauve auch immer tiefer in die Welt des Filmemachens eingetaucht, zumindest als Fan. In Kalifornien oder den USA generell kennt sie sich unter anderem so gut aus, weil sie einmal ein Auslandsjahr in South Carolina verbracht hat und seitdem zwei Mal in das Land zurückgekehrt ist.

Seit Sommer 2022 lebt die Autorin in Düsseldorf, vorher in Köln, Mannheim und im idyllischen Odenwald. Mit ihr zusammen wohnen noch ihr Freund und die Norwegischen Waldkater Puck und Ajani. Geboren wurde Sophie 1993 in Lindenfels, der Stadt der Drachen und Nibelungen.

BEVERLY
HILLS

SOPHIE MAUVE
FEUER
FUNKEN
NEU ENTFACHT

Die ganze Welt ist eine Bühne - so sehen es Annabelle, Melinda und Jackie, die auf die Akademie der Schaustellung gehen und der Musiktheatergruppe Feuerfunken beitreten. Sie wollen tanzen und singen und im Internatszimmer über ihre Gefühle und Träume reden. Wie man das mit 14 halt so macht. Doch sie erfahren schnell, dass das Leben kein Wunschkonzert ist. Dass manchmal gerne zwei Personen die gleiche Rolle in der romantischen Komödie spielen würden. Doch nur eine bekommt sie! Und es ist gar nicht so einfach, die Charakterfarbe von dem zu übernehmen, den man liebt, wie es im Weizental üblich ist. Zum Glück gibt ihnen das Bühnenleben die Möglichkeit, ihre äußeren und inneren Kämpfe "nur zu spielen"...Dann kommt Jackie auf die irrsinnige Idee, das Land zu verlassen. Einfach so zum Spaß, weil es ihr trotz des ganzen Gefühlschaos noch zu langweilig ist. Sie will die Welt erkunden, nur in Begleitung ihrer Fuchsdämonin Diana. Bringt sie diesen Schritt übers Herz? Oder wird sie von ihren Freundinnen und einem frechen Kater mit Gesangstalent zurückgehalten?

ISBN 978-3-7584-1248-6
www.epubli.com